VIDAS DE MENINAS E MULHERES

ALICE MUNRO

VIDAS DE MENINAS E MULHERES

Tradução
Pedro Sette-Câmara

Copyright © 2024 by Alice Munro
Copyright da tradução © 2024 Editora Globo

Todos os direitos reservados. Nenhuma parte desta edição pode ser utilizada ou reproduzida — em qualquer meio ou forma, seja mecânico ou eletrônico, fotocópia, gravação etc. — nem apropriada ou estocada em sistema de banco de dados sem a expressa autorização da editora.

Texto fixado conforme as regras do novo Acordo Ortográfico da Língua Portuguesa (Decreto Legislativo nº 54, de 1995).

Título original: *Lives of girls and women*

Editora responsável: Amanda Orlando
Editor-Assistente: Renan Castro
Assistente editorial: Lara Berruezo
Capa: Mariana Newlands
Diagramação: Renata Zucchini
Revisão: Vanessa Raposo
Foto de capa: Dave Fimbres Photography/Getty Images

CIP-BRASIL. CATALOGAÇÃO NA PUBLICAÇÃO
SINDICATO NACIONAL DOS EDITORES DE LIVROS, RJ

M939v
Munro, Alice, 1931-2024
Vidas de meninas e mulheres / Alice Munro ; tradução Pedro Sette-Câmara. - 1. ed. - Rio de Janeiro : Biblioteca Azul, 2024.
336 p.

Tradução de: Lives of girls and women
 ISBN 978-65-5830-215-5

1. Feminismo - Ficção canadense. I. Sette-Câmara, Pedro. II. Título.

24-92098 CDD: 819.13
  CDU: 82-3(71)

Direitos de edição em língua portuguesa para o Brasil adquiridos por Editora Globo s.a.
Rua Marquês de Pombal, 25 – 20230 -240 – Rio de Janeiro – RJ
www.globolivros.com.br

Para Jim

Este romance é autobiográfico na forma, mas não nos fatos. Minha família, vizinhos e amigos não serviram de modelos.
— A. M.

SUMÁRIO

A FLATS ROAD 11
HERDEIROS DO CORPO VIVO 45
PRINCESA IDA 91
IDADE DA FÉ 127
MUDANÇAS E CERIMÔNIAS 159
VIDAS DE MENINAS E MULHERES 191
BATISMO 235
EPÍLOGO: O FOTÓGRAFO 317

A FLATS ROAD

Passávamos os dias à beira do rio Wawanash, ajudando o tio Benny a pescar. Ajudávamos pegando os sapos. Perseguíamos, espreitávamos, chegávamos devagarzinho neles, ao longo das margens lodosas debaixo dos salgueiros e em covas alagadas, cheias de um matagal afiado que deixava os cortes mais finos — e inicialmente invisíveis — em nossas pernas nuas. Os sapos velhos sabiam que deviam ficar fora do nosso caminho, mas não eram eles que queríamos; eram os jovens verdes e esguios, os adolescentes suculentos, que procurávamos, frios e viscosos; nós os esmagávamos delicadamente nas mãos, e depois os jogávamos num balde de plástico e tampávamos. Ali eles ficavam até que o tio Benny estivesse pronto para colocá-los no anzol.

Ele não era nosso tio, nem o de ninguém.

Ele ficava mais adiante, dentro da água rasa e marrom, onde o fundo lodoso dava lugar a pedrinhas e areia. Usava as mesmas roupas todos os dias da sua vida, onde quer que você o visse — botas de borracha, macacão, camisa nenhuma e um paletó preto desbotado e abotoado, mostrando um V de pele vermelha e rija com uma borda macia de branco. Um chapéu de feltro na cabeça tinha preservado a fita fina e duas peninhas, completamente escurecidas pelo suor.

Apesar de nunca se virar, ele sabia quando colocávamos um pé na água.

— Crianças, se querem brincar na lama e assustar os peixes, vão brincar noutro lugar. Podem sair da minha margem.

Não era dele. Bem ali, onde costumava pescar, era nossa. Mas nunca pensávamos nisso. Na sua cabeça, ele era meio que dono do rio e do mato e de todo o pântano de Grenoch, porque os conhecia melhor do que qualquer um. Dizia que era a única pessoa que tinha cruzado todo o pântano, em vez de ficar só passeando pelas beiradas. Dizia que lá dentro tinha um buraco de areia movediça capaz de engolir um caminhão de duas toneladas como se fosse um petisco. (Na minha cabeça, eu o via brilhando, com uma ondulação de líquido seco — eu o tinha misturado com azougue.) Dizia que no rio Wawanash havia buracos que no meio do verão chegavam a seis metros de profundidade. Dizia que podia nos levar até esses buracos, mas nunca levava.

Diante da menor dúvida, estava sempre propenso a se ofender.

— Quando caírem em algum deles vão acreditar em mim.

Ele tinha um bigode preto cerrado, olhos intensos, o rosto delicado e predatório. Não era tão velho quanto suas roupas, seu bigode, seus hábitos te levariam a crer; era o tipo de homem que se torna resolutamente excêntrico quase antes de sair da adolescência. Em todas as suas afirmações, previsões e juízos havia uma paixão concentrada.

— Sabem o que é aquilo? — gritou certa vez, em nosso quintal, olhando um arco-íris. — É a promessa do nosso Senhor de que nunca mais vai acontecer outro dilúvio! — Estremeceu com a grandiosidade dessa promessa como se tivesse acabado de ser feita, e fosse ele mesmo seu portador.

Depois que pegava os peixes que queria (ele devolvia os achigãs e ficava com os *chubs* e os lúcios, dizendo que o lúcio era saboroso, mas tinha tantos ossos quanto uma alfineteira tem alfinetes), saíamos das sombras daquela depressão no rio e cruzávamos os campos até a casa dele. Owen e eu, descalços, andávamos sem dificuldade no restolho. Às vezes Major, nosso cão arisco, seguia a distância. Lá na beira da floresta —, a floresta que virava um pântano, um quilômetro e meio para dentro — ficava a casa do tio Benny, alta e prateada, tábuas velhas sem pintura, descoloradas e ressecadas no verão, com persianas verde-escuras, rachadas e rasgadas, baixadas em todas as janelas. A floresta atrás dela era preta, quente, densa de arbustos espinhosos e infestada de insetos a rodopiar em galáxias.

Entre a casa e a floresta havia diversos cercados em que ele sempre mantinha alguns animais presos — um furão champanhe semidomesticado, um par de visons selvagens, uma raposa-vermelha cuja pata tinha sido rasgada por uma armadilha. Ela mancava, uivava à noite e era chamada Duquesa. Os guaxinins não precisavam de cercado. Viviam pelo quintal e pelas árvores, mais dóceis que gatos, e vinham à porta para serem alimentados. Gostavam de chiclete. Os esquilos também apareciam e sentavam-se, destemidos, nos parapeitos, e vasculhavam as pilhas de jornais na varanda.

Havia também uma espécie de cercado baixo, ou escavação, na terra ao lado do muro da casa, com tábuas pregadas em volta nos outros três lados, alcançando pouco mais de meio metro de altura. Era ali que o tio Benny guardava as tartarugas. Num belo verão ele havia abandonado tudo para pegar tartarugas. Dizia que ia vendê-las para um americano de Detroit, que pagaria setenta centavos o quilo.

— Fazer uma sopa com elas — dizia o tio Benny, olhando de cima o cercado das tartarugas. Por mais que gostasse de domesticar e alimentar os animais, também gostava de seus destinos infelizes.

— Sopa de tartaruga!

— Para os americanos — dizia o tio Benny, como se fosse uma explicação. — Eu mesmo nem encostaria.

Ou o americano não apareceu, ou não quis pagar o que tio Benny queria, ou nunca tinha passado de um boato, para começo de conversa; o plano não deu em nada. Algumas semanas depois, tio Benny faria cara de quem não estava entendendo se você falasse de tartarugas.

—Ah, não estou mais nem pensando nesse negócio — dizia, como se sentisse pena de você por estar tão desatualizado.

Sentado em sua cadeira favorita quase na porta da nossa cozinha — ele sentava ali como se mal tivesse tempo de sentar-se, não queria incomodar ninguém, já ia embora num minutinho —, tio Benny estava sempre cheio de novidades sobre alguma empreitada, sempre extraordinária, com a qual pessoas não muito longe, lá pro sul do condado ou tão perto quanto no município de Grantly, estavam ganhando um dinheiro absurdo. Elas criavam chinchilas. Criavam periquitos-australianos. Ganhavam dez mil dólares por ano e mal tinham de trabalhar para isso. Talvez o motivo de ele continuar trabalhando para meu pai, ainda que nunca tivesse trabalhado continuamente em nenhum outro emprego, era porque meu pai criava raposas prateadas, e havia nesse ramo algo precário e peculiar, uma esperança de fortuna glamourosa e espectral, nunca realizada.

Ele limpava os peixes na sua varanda, e, caso tivesse vontade de comer, fritava alguns imediatamente numa panela que guardava aquela gordura ancestral e empretecida. Comia direto da panela. Não importava o quanto estivesse quente e claro do lado de fora, sempre mantinha a luz acesa, uma lâmpada solitária pendendo do teto. A bagunça e a sujeira amontoada nas camadas profundas, bem profundas daquele lugar engoliam a luz.

Owen e eu, no caminho de volta, tentávamos às vezes enumerar as coisas que ele tinha em casa, ou apenas na cozinha.

— Duas torradeiras, uma com portinhas, outra em que você deita a torrada.

— Banco de carro.

— Um colchão enrolado. Um acordeão.

Mas não chegávamos nem na metade, e sabíamos disso. Os objetos de que lembrávamos poderiam ser tirados da casa e ninguém daria falta; eram só algumas coisas reveladas e identificáveis no topo de uma vasta riqueza de detritos, toda uma espessa maçaroca escura e putrefata de carpetes, linóleo, partes de móveis, engrenagens de máquinas, pregos, cabos, ferramentas, utensílios. Essa era a casa em que os pais do tio Benny tinham vivido toda a sua vida de casados. (Eu tinha uma vaga lembrança deles, velhos, gordos, semicegos, sentados na varanda à luz do sol, vestindo várias camadas escuras de roupas em desintegração.) Assim, parte do acúmulo vinha de mais ou menos cinquenta anos de vida familiar. Mas era feito também do que outras pessoas tinham jogado fora, de coisas que o tio Benny pedia e trazia para casa, ou até arrastava do lixão de Jubilee. Ele esperava consertar as coisas e torná-las usáveis e vendê-las, dizia. Se tivesse morado numa cidade, teria uma loja de bugigangas enorme; teria passado a vida entre pilhas de móveis estragados, eletrodomésticos gastos, pratos quebrados e fotos encardidas dos parentes de outras pessoas. Ele valorizava os detritos pelo que eram, e só fingia, para si mesmo e para os outros, que pretendia tirar deles alguma utilidade prática.

Porém, o que eu mais gostava na casa dele, aquilo de que nunca me cansava, eram os jornais empilhados na varanda. Ele não recebia nem o *Herald-Advance* de Jubilee nem o jornal da cidade, que chegava em nossa caixa de correio com um dia de atraso. Ele não assinava o *Family Herald* nem o *The Saturday Evening Post*. Seu jornal vinha uma vez por semana, impresso porcamente em papel áspero, com manchetes de oito centímetros de altura. Era sua única fonte de informação sobre o mundo exterior, já que ele raramente tinha um rádio que funcionasse. Era um mundo que não se parecia com aquele sobre o qual meus pais liam na imprensa, ou ouviam falar no noticiário do dia. As manchetes não tinham nada a ver com a guerra, que tinha começado naquela época, nem com eleições, nem com ondas de calor, nem com acidentes, mas eram assim:

PAI ALIMENTA PORCOS COM AS FILHAS GÊMEAS
MULHER DÁ À LUZ UM MACACO HUMANO
VIRGEM ESTUPRADA NA CRUZ POR MONGES DOIDOS
MANDA TORSO DO MARIDO PELO CORREIO

Eu sentava e lia à beira da varanda afundada, meus pés roçando os cravos-dos-poetas que a mãe do tio Benny devia ter plantado. Por fim, ele dizia:

— Pode levar esses jornais para casa se quiser. Já li tudo.

Eu sabia que era melhor não levar. Eu ia lendo cada vez mais rápido, tudo o que conseguia armazenar, e depois saía cambaleando ao sol pelo caminho que levava à nossa casa, do outro lado dos campos. Eu ficava inchada e estonteada com as revelações do mal, de sua versatilidade e grande inventividade e jocosidade horripilante. Porém, quanto mais eu me aproximava de casa, mais a visão esvanecia. Por que é que a simples parede dos fundos, os tijolos claros lascados, a laje de cimento diante da porta da cozinha, as tinas pendendo dos pregos, a bomba d'água, o arbusto de lilases com folhas pintalgadas de marrom, faziam com que parecesse duvidoso que uma mulher realmente mandasse pelo correio o torso do marido, embrulhado em papel de presente de Natal, para a namorada dele na Carolina do Sul?

Nossa casa ficava no final da Flats Road, que seguia para o oeste a partir da Loja do Buckles, nos limites do povoado. Aquela loja frágil de madeira, tão estreita da frente aos fundos que parecia uma caixa de papelão virada de lado, coberta aleatoriamente com metal e placas pintadas que anunciavam farinha, chá, flocos de aveia, refrigerantes, cigarros, era para mim sempre o sinal de que o povoado tinha acabado. Calçadas, postes de luz, árvores enfileiradas para providenciar sombra, carrinhos de leiteiros e de vendedores de gelo, bacias de banho para os pássaros, canteiros de flores, varandas com cadeiras de vime, das quais senhoras observavam a rua — todas aquelas coisas civilizadas e desejáveis tinham chegado ao fim, e andávamos (Owen e eu vindo da escola, minha mãe e eu vindo das compras num sábado à tarde) pela larga e tortuosa Flats Road, sem sombra da Loja do Buckles até nossa casa, entre campos inundados de ervas daninhas e amarelados devido aos dentes-de-leão, mostardas-dos-campos ou varas-de-ouro, dependendo da estação do ano. As casas ficavam mais distantes umas das outras e em geral pareciam mais negligenciadas, pobres e excêntricas do que as casas do povoado jamais pareceriam; a parede era pintada até a metade e o trabalho abandonado, a escada deixada ali; cicatrizes de uma varanda arrancada eram deixadas a descoberto, e uma porta da frente sem degraus, a um metro do chão; as janelas podiam estar cobertas com jornais amarelados em vez de persianas.

A Flats Road não era parte do povoado, mas também não era parte do campo. A curva do rio e o pântano Grenoch cortavam-na do resto da municipalidade, à qual pertencia nominalmente. Não havia fazendas de verdade. Havia os terrenos do tio Benny e dos Potter, com seis e oito hectares, o do tio Benny indo até a floresta. Os meninos Potter criavam cabras. Nós tínhamos quase quatro hectares e criávamos raposas. A maior parte das pessoas tinha meio ou um hectare e um pequeno rebanho, normalmente uma vaca, algumas galinhas e às vezes algo mais bizarro que não se encontraria numa fazenda comum. Os garotos Potter tinham uma família de bodes, que soltavam para pastar ao longo da rua. Sandy Stevenson, que era solteiro, tinha um burrinho acinzentado, como na ilustração de uma história da Bíblia, que ficava pastando num trecho pedregoso do campo. Ali, o empreendimento do meu pai não ficava deslocado.

Mitch Plim e os meninos Potter eram os contrabandistas da Flats Road. Seus estilos eram diferentes. Os Potter eram alegres, mas ficavam violentos quando bêbados. Eles davam carona pra mim e pro Owen na picape; íamos na caçamba, sendo jogados de um lado pro outro porque eles dirigiam muito rápido e não desviavam dos muitos buracos; minha mãe precisava respirar fundo quando ficava sabendo. Mitch Plim morava na casa que tinha jornais tampando as janelas; ele mesmo não bebia, o reumatismo o deixara todo travado, e não falava com ninguém; sua esposa saía perambulando até a caixa de correio a qualquer hora do dia, descalça e usando uma bata esvoaçante em farrapos. A casa inteira parecia encarnar tanta coisa maligna e misteriosa que eu nunca a olhava diretamente, e passava ao largo com o rosto rígido para a frente, segurando a vontade de sair correndo.

Havia também dois idiotas na rua. Um era Frankie Hall; ele morava com o irmão Louie Hall, que operava um negócio de conserto de relógios de todos os tipos numa loja de fachada falsa sem pintura, ao lado da Loja do Buckles. Era gordo e branquinho, como se tivesse sido talhado de um sabonete Ivory. Ficava sentado ao sol, ao lado da janela suja da loja onde os gatos dormiam. A outra era Irene Pollox, e ela não era nem tão bondosa nem tão idiota quanto Frank; perseguia as crianças pela rua e ficava pendurada no seu portão grasnando e batendo os braços como um galo bêbado. Assim, também era perigoso passar pela casa dela, e havia uma rima que todos conheciam:

> *Irene, correr atrás de mim você nem queira,*
> *que eu te penduro pelas tetas*
> *na macieira.*

Eu falava isso quando passava ali com a minha mãe, mas era esperta e mudava *tetas* para *pernas*. De onde tinha vindo aquela rima? Até o tio Benny a repetia. Irene tinha cabelos brancos, não por causa da idade, mas porque havia nascido daquele jeito, e sua pele também era branca feito penas de ganso.

A Flats Road era o último lugar em que minha mãe queria morar. Assim que seus pés tocavam a calçada do povoado e ela erguia a cabeça, grata pela sombra urbana depois do sol da Flats Road, uma sensação de alívio, uma nova sensação de importância fluía dela. Ela me mandava até a Loja do Buckles quando alguma coisa acabava, mas fazia as compras de verdade no povoado. Charlie Buckle talvez estivesse fatiando carne na salinha dos fundos quando passávamos; dava para vê-lo pela tela escura como uma figura parcialmente escondida num mosaico, e baixávamos a cabeça e andávamos rápido na esperança de que ele não nos visse.

Minha mãe me corrigia quando eu dizia que morávamos na Flats Road; ela dizia que morávamos *no final* da Flats Road, como se isso fizesse toda a diferença. Mais tarde, ela descobriria que seu lugar também não era em Jubilee, mas naquele momento ela se agarrava ao lugar com esperança e com gosto, garantindo que ele a notasse, lançando cumprimentos às senhoras que se viravam com rostos surpresos mas gentis, entrando na escura loja de tecidos e sentando-se num dos bancos altos, chamando alguém para por favor lhe trazer um copo d'água depois daquela caminhada quente e cheia de poeira. Até então eu a seguia sem sentir vergonha, gostando da bagunça.

Minha mãe não era popular na Flats Road. Ela falava com as pessoas lá com uma voz menos afável do que a que usava no povoado, com uma cortesia severa e o uso um tanto evidente da boa gramática. À esposa de Mitch Plim — a qual outrora trabalhara, embora eu não soubesse à época, no bordel da sra. McQuade — nem dirigia a palavra. Ela ficava do lado dos pobres por toda parte, do lado dos negros, dos judeus, dos chineses e das mulheres, mas não conseguia tolerar a embriaguez, de forma alguma, nem tolerava a devassidão, os palavrões, as vidas improdutivas, o contentamento com a alienação; e assim ela acabava excluindo o povo da Flats Road das pessoas realmente oprimidas e em privação, os pobres de verdade, que ela ainda amava.

Meu pai era diferente. Todo mundo gostava dele. Ele gostava da Flats Road, embora ele mesmo quase nem bebesse, não fosse devasso com as mulheres nem falasse palavrões, embora acreditasse no trabalho e trabalhasse duro o tempo inteiro. Ele se sentia confortável ali, ao passo que com os homens do povoado, com qualquer homem que usasse camisa e gravata para trabalhar, não conseguia deixar de ficar receoso, meio orgulhoso e temeroso de um insulto, com aquela prontidão delicada e peculiar para farejar pretensão que é o talento de certa gente do campo. Ele tinha sido criado (como minha mãe, mas ela havia deixado tudo isso para trás) numa fazenda bem longe de qualquer centro urbano; mas ele também não se sentia à vontade lá, entre as tradições incrustadas, a pobreza orgulhosa e a monotonia da vida rural. A Flats Road bastava para ele; tio Benny bastava como amigo.

Com tio Benny, mamãe estava acostumada. Ele sempre comia à nossa mesa ao meio-dia, menos aos domingos. Espetava o chiclete na ponta do garfo, e ao fim da refeição tirava-o e nos mostrava o padrão, tão belamente entalhado no chiclete cinza que dava pena de mastigar. Ele servia chá no pires e soprava. Com um pedaço de pão fincado num garfo, deixava o prato tão limpo quanto o de um gato. Ele levava para a cozinha um cheiro, de que eu não desgostava, de peixes, de bichos peludos, de brejo. Lembrando de seus modos ao estilo do campo, nunca se servia, nem aceitava repetir antes que perguntassem três vezes.

Ele contava histórias nas quais quase sempre acontecia alguma coisa que minha mãe insistia que não poderia ter acontecido, como na história do casamento de Sandy Stevenson.

Sandy Stevenson tinha se casado com uma mulher gorda lá do leste, de fora do condado, com dois mil dólares no banco e dona de um carro Pontiac. Era viúva. Assim que veio morar com Sandy aqui na Flats Road, coisa de doze, quinze anos atrás, estranhezas começaram a acontecer. Os pratos se jogavam no chão durante a noite. Um cozido saiu voando sozinho do fogão, espalhando-se pelas paredes da cozinha. Sandy acordava no meio da noite e sentia algo como um bode chifrando-o pelo colchão, mas quando olhava não tinha nada debaixo da cama. A melhor camisola da sua esposa foi rasgada de cima a baixo e amarrada na corda da persiana. À noite, quando queriam ficar sentados em paz e conversar um pouco, havia batidas nas paredes, tão altas que você não conseguia ouvir nem os próprios pensamentos. Enfim a esposa disse a Sandy que sabia quem estava fazendo aquilo. Era o seu marido falecido, zangado porque ela tinha se casado outra vez. Ela reconhecia pelo jeito das batidas, eram os próprios nós dos dedos dele. Tentaram ignorá-lo, mas não adiantou. Decidiram fazer uma viagenzinha de carro para ver se assim desistia. Nada, ele foi junto. Viajou em cima do carro. Batia no teto com os punhos e chutava e golpeava e sacudia, de forma que Sandy mal conseguia manter o carro na estrada. Os nervos de Sandy enfim colapsaram. Encostou e disse à mulher para pegar o volante, ele ia sair e voltar para casa andando ou de carona. Aconselhou-a a dirigir de volta pro próprio povoado dela e tentar esquecer dele. Ela rompeu em lágrimas, mas concordou que era a única coisa a fazer.

— Mas você não acredita nisso, acredita? — disse minha mãe com um entusiasmo enérgico. Ela começou a explicar como era tudo coincidência, imaginação, autossugestão.

Tio Benny lhe lançou um olhar feroz de pena.

— Vai lá e pergunta pro Sandy Stevenson. Eu vi os roxos. Vi com meus próprios olhos.

— Que roxos?

— De onde ele levou as chifradas que vinham de debaixo da cama.

— Dois mil dólares no banco — refletiu meu pai, para impedir que a discussão continuasse. — Isso é que é mulher. Você precisa achar uma dessas, Benny.

— Pois é isso mesmo que eu vou fazer — disse o tio Benny, modulando o mesmo tom brincante-sério —, qualquer dia desses quando arrumar um tempo.

— Uma mulher dessas pode ser bem útil de se ter por perto.

— É o que eu fico pensando.

— A pergunta é: gorda ou magra? As gordas certamente vão cozinhar bem, mas podem comer muito. Só que tem as magrinhas que comem muito também, é difícil dizer. Às vezes você arruma uma dessas grandonas que meio que vive da própria gordura, e vai acabar poupando nas despesas. É importante ela ter bons dentes, ou isso ou não ter nenhum e uma boa dentadura. Melhor se ela já tiver tirado o apêndice e a vesícula também.

— Falam como se fossem comprar uma vaca — disse minha mãe. Mas a verdade é que não se importava; ela tinha esses momentos imprevisíveis de indulgência, que depois deixou de ter, em que o próprio contorno do seu corpo parecia amaciar e seus movimentos indiferentes, o levantar dos pratos, tinham uma supremacia tranquila. Ela era uma mulher mais encorpada e mais bonita do que se tornou depois.

— Mas vai que ela te engana — continuou meu pai, com sobriedade. — Vai que ela diz que já tirou a vesícula e o apêndice, e eles estão lá. Melhor pedir para ver as cicatrizes.

Tio Benny soluçou, ficou vermelho, riu quase em silêncio, inclinando-se sobre o prato.

**

— Você sabe escrever? — me perguntou o tio Benny, em sua casa, enquanto eu lia na varanda e ele esvaziava uma chaleira de latão cheia de folhas de chá; elas gotejavam do corrimão. — Há quanto tempo vai pra escola? Em qual ano você tá?

— No quarto ano quando as aulas voltarem.

— Entra aqui.

Ele me levou até a mesa da cozinha, afastou um ferro de passar que estava consertando e uma caçarola esburacada no fundo, pegou um bloquinho de notas novo, um frasco de tinta, uma caneta-tinteiro.

— Dá uma praticada na escrita aí pra eu ver.

— O que você quer que eu escreva?

— Não importa. Só quero ver como você faz.

Escrevi seu nome e o endereço completo: *Sr. Benjamin Thomas Poole, Flats Road, Jubilee, Condado Wawanash, Ontário,*

Canadá, América do Norte, Hemisfério Ocidental, Mundo, Sistema Solar, Universo. Ele leu por sobre o meu ombro. — Onde fica isso em relação ao Céu? Você não foi longe o bastante. O Céu não fica fora do Universo? — disse, ríspido.

— O Universo significa tudo. É tudo que existe.

— Tudo bem, você acha que sabe tanto, o que é que existe quando você chega ao fim dele? Tem que haver algo lá, do contrário não teria fim, é preciso outra coisa para marcar o fim, não é?

— Não tem nada — falei, duvidosa.

— Ah, tem sim. Tem o Céu.

— Bom, e quando você chega ao fim do Céu, tem o quê?

— Você nunca chega ao fim do Céu, porque o Senhor está lá! — disse tio Benny, triunfante, e olhou de perto minha letra, que era redonda, trêmula e incerta. — Bom, qualquer um consegue ler isso aí sem muito problema. Quero que você sente aqui e escreva uma carta pra mim.

Ele conseguia ler muito bem, mas não conseguia escrever. Dizia que a professora na escola havia batido nele o tempo todo, para ver se apanhando ele aprendia, e a respeitava por causa disso, mas nunca adiantou de nada. Quando precisava de uma carta, normalmente pedia ao meu pai ou à minha mãe para escrever.

Ele ficou inclinado, vendo de cima o que eu escrevia no alto: *Flats Road, Jubilee, 22 de agosto de 1942*.

— Isso, assim mesmo! Agora pode começar. *Cara Dama*.

— Você começa com *Cara* e depois vem o nome da pessoa — eu disse —, a menos que seja uma carta comercial, e aí você começa com *Caro Senhor*, ou *Cara Senhora* se for uma senhora. É uma carta comercial?

— É e não é. Escreva *Cara Dama*.

— Qual o nome dela? — eu disse, perturbando. — Dá o mesmo trabalho colocar o nome dela.

— Não sei o nome dela. — Sem paciência, tio Benny me trouxe o jornal, o jornal dele, abriu-o no final, nos classificados, uma seção que eu nunca olhava, e segurou-o debaixo do meu nariz.

DAMA COM UMA CRIANÇA DESEJA POSIÇÃO DE GOVERNANTA PARA HOMEM EM CASA DE CAMPO TRANQUILA. GOSTA DA VIDA RURAL. MATRIMÔNIO POSSÍVEL, CASO APROPRIADO.

— Essa é a dama para quem estou escrevendo, então do que é que eu posso chamar ela a não ser dama?

Cedi e escrevi a palavra, executando uma vírgula grande e cuidadosa, e esperei para começar a carta debaixo do primeiro *a* de *Cara*, como tínhamos aprendido.

— Cara Dama — disse o tio Benny irrefletidamente. — Escrevo esta carta...

Escrevo esta carta em resposta ao que você colocou no jornal que recebo pelo correio. Sou um homem de trinta e sete anos e vivo sozinho em meu próprio terreno, que tem seis hectares e fica no final da Flats Road. Ele tem uma boa casa, com fundação de pedra. Fica bem ao lado da floresta, então nunca ficamos sem lenha no inverno. Tem um bom poço, com vinte metros de profundidade, e uma cisterna. Na floresta tem mais frutinhas vermelhas do que a gente consegue comer, tem bons peixes no rio, e se você conseguir afastar os coelhos, dá para fazer uma boa horta. Tenho uma raposa de estimação num cercado ao lado da casa, e também um furão e dois visons, e, além disso, o tempo todo aparecem guaxinins e esquilos e tâmias. Sua criança será bem-vinda. Você não diz se é menina ou menino. Se for menino, posso ensiná-lo a montar boas armadilhas e caçar. Tenho um emprego com um homem que cria raposas prateadas no terreno ao lado. A esposa dele é estudada, caso você queira visitá-la. Espero receber uma carta sua em breve. Cordialmente, Benjamin Thomas Poole.

Uma semana depois, tio Benny recebeu uma resposta.

Caro sr. Benjamin Poole, escrevo em nome da minha irmã, a srta. Madeleine Howey, para dizer que ela aceita com gosto sua oferta e está disposta a ir a qualquer momento depois de 1º de setembro. Quais são as linhas de trem ou de ônibus para Jubilee? Ou seria melhor se o senhor pudesse vir aqui, vou escrever nosso endereço completo ao fim da carta. Nossa casa não é difícil de encontrar. A criança da minha irmã não é um menino, é uma menina de dezoito meses chamada Diane. Na esperança de ter mais notícias suas, subscrevo-me. Cordialmente, Mason Howey, Chalmers Street 121, Kitchener, Ont.

— Bem, isso é assumir um risco — disse meu pai quando o tio Benny nos mostrou essa carta na mesa de jantar. — Por que acha que é ela a mulher que você quer?

— Não vejo mal nenhum em dar uma olhada nela.

— Para mim parece que o irmão está bem disposto a se livrar dela.

— Leve-a a um médico, mande fazer um exame — disse minha mãe com firmeza.

Tio Benny disse que sem dúvida mandaria. A partir daí os preparativos foram rápidos. Ele comprou roupas novas. Pediu o carro emprestado para dirigir até Kitchener. Saiu cedo de manhã, usando um terno verde-claro, camisa branca, gravata verde, vermelha e laranja, chapéu de feltro verde-escuro e sapato marrom e branco. Tinha ido cortar o cabelo e aparar o bigode e havia tomado banho. Ele parecia estranho, pálido, sacrificial.

— Anime-se, Benny — disse meu pai. — Você não está indo pra forca. Se não gostar do que vir, pode dar meia-volta e voltar para casa.

Minha mãe e eu cruzamos o campo com um esfregão, uma vassoura, pá de lixo, caixa de sabão e desinfetante Old Dutch. Porém, minha mãe nunca estivera naquela cozinha, nunca tinha realmente entrado ali antes, e foi demais para ela. Começou a jogar coisas na varanda, mas depois de um tempo viu que era inútil.

— Você precisaria cavar um buraco e jogar tudo dentro — disse ela, e se sentou nos degraus segurando o cabo da vassoura sob o queixo, como se fosse uma bruxa de história, e riu. — Estou rindo para não chorar. Pense na mulher vindo aqui. Ela não aguenta uma semana. Vai voltar para Kitchener nem que seja a pé. Ou isso ou vai se jogar no rio.

Esfregamos a mesa e duas cadeiras e um espaço central no chão e também o fogão com papel pardo e tiramos as teias de cima da lâmpada. Peguei um buquê de varas-de-ouro e coloquei num jarro no centro da mesa.

— Pra que limpar a janela — disse minha mãe —, e iluminar ainda mais o desastre do lado de dentro?

Fomos para casa.

— Acho que agora estou com pena da mulher — ela disse.

Depois que escureceu, o tio Benny colocou as chaves na mesa. Ele nos olhou com o jeito de quem volta de uma longa viagem cujas aventuras nunca poderão ser devidamente narradas, embora ele saiba que precisará tentar.

— Deu tudo certo para chegar lá? — perguntou meu pai, incentivando. — Algum problema com o carro?

— Nadinha. O carro foi que é uma beleza. Errei o caminho uma vez, mas quando percebi não tinha me afastado muito.

— Você olhou o mapa que eu te dei?

— Não, vi um sujeito num trator, perguntei, e ele me mandou voltar.

— Então você chegou lá direitinho?

— Cheguei sim, cheguei direitinho!

Minha mãe se intrometeu.

— Achei que você ia trazer a srta. Howey para uma xícara de chá.

— Bem, ela está meio cansada da viagem e tudo mais, e precisava botar a bebê pra dormir.

— A bebê! — disse minha mãe com remorso. — Esqueci da bebê! Onde a bebê vai dormir?

— A gente vai dar um jeito. Acho que tenho um berço em algum lugar, só preciso colocar umas ripas novas. — Ele tirou o chapéu, mostrando o vinco vermelho na testa suada. — Eu ia falar que não é mais srta. Howey, é sra. Poole.

— Muito bem, Benny. Parabéns. Desejo toda a felicidade. Então você se decidiu na hora em que a viu, foi isso?

Tio Benny deu uma risada nervosa.

— Bem, tava todo mundo lá. Todo mundo pronto pro casamento. Arrumaram tudo antes de eu chegar. Estavam com o pastor lá, com a aliança comprada, e combinaram com um sujeito pra arranjar correndo a certidão. Percebi que tava tudo arrumado. Tudo preparado prum casamento. Tudinho. Não deixaram nada de fora.

— Pois agora então você é casado, Benny.

— Isso mesmo, um homem casado!

— Bem, você precisa trazer a noiva para conhecer a gente — disse minha mãe, corajosa. Seu uso da palavra *noiva* causou sobressalto, por evocar longos véus brancos, flores, celebrações, não cogitadas na ocasião. Tio Benny disse que traria. Que sim, traria com certeza. Assim que ela se recompusesse da viagem, traria sim.

Mas não trouxe. Não houve sinal nenhum de Madeleine. Minha mãe achava que agora ele ia almoçar na própria casa, mas entrava na nossa cozinha, como sempre. Minha mãe dizia:

— Como vai a sua esposa? Como ela está se virando? Ela entende daquele tipo de fogão? — E ele respondia tudo com afirmações vagas, dando risadinhas e sacudindo a cabeça.

— Querem ver uma coisa? — disse ele no fim da tarde, quando terminou o trabalho.

— O quê?

— Venham comigo que vocês vão ver.

Owen e eu fomos atrás dele pelos campos. Ele se virou e nos deteve no começo do seu quintal.

— Owen quer ver o furão — falei.

— Ele vai ter de esperar uma próxima oportunidade. Não se aproximem mais que isso.

Depois de algum tempo, ele saiu da casa carregando uma criança pequena. Fiquei decepcionada; o que ia mostrar era ela. Ele a colocou no chão. Ela se curvou, cambaleando, e pegou uma pena de corvo.

— Diga seu nome — pediu tio Benny, com jeitinho. — Como é seu nome? É Di-ane? Diga seu nome para as crianças.

Ela não dizia.

— Ela sabe falar direitinho quando quer. Sabe falar mama e Benny e Di-ane e qué áhgua. Né? Qué áhgua?

Uma garota de casaco vermelho apareceu na varanda.

— Volte já aqui!

Estaria ela chamando Diane ou o tio Benny? Sua voz era ameaçadora. O tio Benny pegou a garotinha.

— Melhor vocês correrem pra casa agora. Podem vir ver o furão outro dia — disse baixinho para nós, e foi para casa.

Nós a vimos a distância, com o mesmo casaco vermelho, descendo a rua até a Loja do Buckles. As mãos estavam nos bolsos do casaco, a cabeça baixa, as pernas longas movendo-se como tesouras. Minha mãe finalmente a conheceu na loja. Ela fez questão. Viu o tio Benny do lado de fora, segurando Diane, e perguntou o que ele estava fazendo ali.

— A gente tá só esperando a mãe dela — ele disse.

Assim, minha mãe entrou e foi até o balcão onde estava a garota, enquanto Charlie Buckle anotava a conta dela.

— Você deve ser a sra. Poole. — Ela se apresentou.

A garota não disse nada. Olhou minha mãe, ouviu o que tinha sido dito, mas ela própria não disse nada. Charlie Buckle fitou minha mãe.

— Acho que você tem estado ocupada se instalando. Precisa andar até minha casa para me visitar quando tiver vontade.

— Eu não vou a lugar nenhum andando em ruas de cascalho, a menos que seja necessário.

— Você poderia vir pelo campo — disse minha mãe, só porque não queria sair e dar a última palavra àquela garota.

— É uma *criança* — disse ela a meu pai. — Não tem mais de dezessete anos, não é possível. Ela usa óculos. É muito magra. Não é idiota, não é por isso que estavam se livrando dela, mas tem alguma perturbação mental, talvez, ou está perto de ter. Coitado do Benny. Mas ela veio morar no lugar certo. Vai se adaptar perfeitamente na Flats Road!

Ela já estava ficando conhecida ali. Tinha perseguido Irene Pollox pelo próprio quintal, subido os degraus da casa, ficado de joelhos e então agarrara aquele cabelo branco de bebê com ambas as mãos. Era o que falavam.

— Não vão lá, esqueçam aquele furão, não quero ninguém mutilado — minha mãe dizia.

Mesmo assim, eu fui. Não levei Owen porque ele ia contar. Pensei em bater à porta e perguntar, muito educadamente, se não tinha problema eu ler os jornais na varanda. Mas antes de chegar aos degraus, a porta abriu e Madeleine saiu com um pegador de bocas de fogão na mão. Talvez estivesse levantando uma boca de fogão quando me ouviu, talvez não o tivesse pegado de propósito, mas eu só conseguia enxergar aquilo como uma arma.

Por um instante ela me fitou. O rosto dela era como o de Diane, fino, branco, e, de início, evasivo. Sua fúria não foi imediata. Foi necessário um momento para se lembrar dela, para reunir forças. Não que houvesse qualquer possibilidade, desde o momento em que me viu, de algo que não fosse fúria. Isso ou o silêncio pareciam ser as únicas opções de que ela dispunha.

— O que é que você veio espionar aqui? O que é que você veio xeretar na minha casa? Melhor você se mandar.
— Ela começou a descer os degraus. Diante dela, recuei, fascinada, apenas com a velocidade necessária. — Você é uma pestinha nojenta. Uma pestinha xereta e nojenta. Pestinha xereta e nojenta, não é? — Seu cabelo curto não estava penteado, ela usava um vestido estampado em farrapos sobre seu corpo jovem e plano. Sua violência parecia calculada, teatral; a vontade que dava era de ficar e assistir, como se fosse um espetáculo, e no entanto não houve dúvida, tampouco, quando ela levantou o pegador de fogão acima da cabeça, de que o arrebentaria no meu crânio se tivesse vontade; isto é, se ela achasse que a cena pedia. Ela estava se observando, pensei, e a qualquer momento poderia parar, voltando a uma expressão vazia, ou, feito criança, começar a se gabar:

— Está vendo como eu assustei você? Não sabia que eu estava brincando, sabia?

Eu queria poder levar comigo a cena para contar em casa. Histórias sobre Madeleine já circulavam pela rua. Alguma coisa a tinha incomodado na loja e ela havia jogado uma caixa de absorventes Kotex em Charlie Buckle. (*Sorte que ela não estava segurando uma lata de xarope de milho!*) Tio Benny vivia sob uma torrente de xingamentos, e dava para ouvir da rua. "Arrumou uma tártara, foi, Benny?", as pessoas diziam, e ele dava uma risada e assentia com a cabeça, envergonhado, como se estivesse recebendo elogios. Depois de um tempo ele próprio começou a contar histórias. Ela havia jogado a chaleira pela janela porque não tinha água dentro. Tinha pegado a tesoura e picotado seu terno verde, que só fora usado uma vez, no casamento; ele não sabia o que ela tinha contra o terno. Ela dissera que ia botar fogo na casa, porque ele havia comprado a marca errada de cigarros para ela.

— Benny, você acha que ela bebe?

— Não bebe não. Nunca levei garrafa de nada pra casa, e como é que ela vai arrumar bebida sozinha? Além disso, eu teria sentido o cheiro nela.

— Você já chegou perto o bastante dela para sentir o cheiro, Benny?

Tio Benny baixava a cabeça, dando uma risadinha.

— Você alguma vez chegou perto assim dela, Benny? Aposto que ela briga que nem um bando de gatos selvagens. Você precisa dar um jeito de amarrar ela quando estiver dormindo.

Quando Tio Benny vinha à nossa casa fazer a esfola, ele trazia Diane junto. Ele e meu pai trabalhavam no porão de casa, esfolando os corpos das raposas, virando as peles do avesso e esticando-as em longas tábuas para secar. Diane subia e descia os degraus do porão ou sentava no degrau do topo, observando. Ela nunca falava com ninguém, só com o tio Benny. Desconfiava de brinquedos, de biscoitos, de leite, de tudo o que lhe oferecíamos, mas nunca reclamava nem chorava. Tocada ou abraçada, ela se submetia com cautela, seu corpo reagindo com pequenos tremores de consternação, o coração batendo com força, como o de um pássaro quando você o captura na mão. Porém, ela se deitava no colo do tio Benny ou adormecia encostada no seu ombro, mole feito espaguete. A mão dele cobria os roxos nas pernas dela.

— Ela fica o tempo todo esbarrando nas coisas na minha casa. Tenho tanta coisa espalhada que é inevitável que ela bata nas coisas, fique trepando nelas e caia.

No começo da primavera, antes de a neve sumir por completo, ele veio um dia dizer que Madeleine tinha ido embora. Quando fora para casa à noite, no dia anterior, ela sumira. Ele achava que ela podia estar em Jubilee e ficou esperando-a voltar para casa. Depois reparou que várias outras coisas também tinham sumido: uma luminária de mesa cuja fiação planejava trocar, um tapetezinho excelente, alguns pratos e um bule azul que tinha pertencido à mãe dele, além de duas cadeiras dobráveis em perfeito estado. Ela tinha levado Diane também, é claro.

— Ela deve ter ido embora numa picape, aquilo tudo não ia caber num carro.

Então minha mãe se lembrou que tinha visto um furgão, ela achava que era cinza, e estava indo na direção do povoado, por volta de umas três da tarde do dia anterior. Mas ela não tinha se interessado, nem reparado em quem estava dentro.

— Um furgão cinza! Aposto que era ela! Pode ter colocado as coisas atrás. Tinha uma lona por cima, você viu?

Minha mãe não tinha percebido.

— Preciso ir atrás dela — disse tio Benny, nervoso. — Ela não pode ir embora assim com o que não é dela. Ela fica me falando o tempo todo, tira esse entulho daqui, arranca esse entulho daqui! Bem, se quer ficar com um pouco pra ela então não deve ser entulho. O único problema é: como vou saber pra onde ela foi? Melhor eu falar com aquele irmão.

Depois das sete, quando as taxas ficavam mais baratas, meu pai fez a ligação interurbana — no nosso telefone, o tio Benny não tinha um — para o irmão de Madeleine. Em seguida, colocou o tio Benny no telefone.

— Ela foi pra sua casa? — gritou imediatamente o tio Benny. — Ela foi embora num furgão. Foi embora num furgão cinza. Ela apareceu aí? — Parecia haver confusão do outro lado da linha; talvez tio Benny estivesse gritando alto demais para alguém conseguir ouvir. Meu pai precisou pegar o telefone e explicar pacientemente o que tinha acontecido. No fim, Madeleine não tinha ido para Kitchener. O irmão dela não parecia muito preocupado em saber para onde tinha ido. Desligou sem se despedir.

Meu pai começou a tentar convencer o tio Benny de que, no fim das contas, não era tão ruim se livrar de Madeleine. Ele observou que ela não havia sido uma governanta particularmente boa e que não tinha tornado a vida do tio Benny exatamente confortável e serena. Ele fez isso de maneira diplomática, sem esquecer que estava falando da esposa de um homem. Ele não falou da falta de beleza dela, nem de suas roupas desleixadas. Quanto às coisas que ela tinha pego — *roubado*, dizia o tio Benny —, bem, isso era péssimo, uma vergonha (meu pai sabia que não devia sugerir que aquelas coisas não tinham grande valor), mas talvez esse fosse o preço de se livrar dela, e, a longo prazo, o tio Benny poderia considerar que tivera sorte.

— Não é isso — disse minha mãe, de repente. — É a menininha. Diane.

Tio Benny riu com tristeza.

— A mãe bate nela, não é? — gritou minha mãe com uma voz de súbita compreensão e alarme. — É isso. É assim que os roxos nas pernas...

Tio Benny tinha começado a dar risada e não conseguia parar, eram como soluços.

— É i-isso. É, e-la...

— Por que você não nos contou quando ela estava aqui? Porque não nos falou no inverno passado? Por que eu mesma não pensei nisso? Se soubesse a verdade, podia ter denunciado ela...

Tio Benny ergueu os olhos, sobressaltado.

— Denunciado ela pra polícia! Podíamos ter acusado ela. Podíamos ter separado ela da criança. O que precisamos fazer agora, porém, é colocar a polícia atrás dela. Eles vão achá-la. Não se preocupe.

Tio Benny não pareceu nem contente nem aliviado com essa garantia.

— Como a polícia vai saber onde procurar? — disse, astucioso.

— A polícia provincial, eles vão saber. Podem trabalhar com a província inteira. Com o país inteiro, se for necessário. Vão achá-la.

— Espera um instante — disse meu pai. — O que faz você pensar que a polícia estaria disposta a fazer isso? Só os bandidos eles procuram assim.

— E uma mulher que bate na filha é o quê? Uma bandida.

— Você precisa de um caso. Você precisa de testemunhas. Se vai sair acusando assim, precisa de provas.

— Benny é a testemunha. Ele contaria. Testemunharia contra ela. — Ela se virou para o tio Benny, que começou a soluçar de novo.

— Isso quer dizer que eu tenho de fazer o quê? — ele disse, estupidamente.

— Chega de falar disso agora — disse meu pai. — Vamos esperar para ver.

Minha mãe se levantou, ofendida e perplexa. Ela tinha de dizer mais alguma coisa, por isso falou o que todo mundo sabia:

— Não sei qual o motivo da hesitação. Para mim está tudo claro como a luz do dia.

Porém, aquilo que era claro como a luz do dia para minha mãe era obviamente nebuloso e assustador para o tio Benny. Se ele estava com medo da polícia ou só com medo do que aquele plano tinha de público e oficial, das palavras em torno dele, dos lugares estranhos aonde o levaria, era impossível dizer. O que quer que fosse, ele franziu o rosto, e não quis mais falar de Madeleine e Diane.

O que deveria ser feito? Minha mãe matutava a ideia de agir por conta própria, mas meu pai falou com ela.

— Você já começa encrencada quando interfere na família das outras pessoas.

— Mesmo assim eu sei que tenho razão.

— Você pode ter razão, mas isso não significa que você possa fazer alguma coisa a respeito.

Naquela época do ano, as raposas estavam tendo seus filhotes. Se um avião da Escola de Treinamento da Força Aérea voasse baixo demais sobre o lago, se um estranho aparecesse perto dos cercados, se surgisse qualquer perturbação ou sobressalto, elas podiam decidir matá-los. Ninguém sabia se elas faziam isso por pura irritação, ou se por um sentimento maternal aguçado e aterrorizado — será que queriam tirar os filhotes, que ainda não tinham aberto os olhos, da situação perigosa para a qual achavam que os tivessem trazido, naqueles cercados? Elas não eram como os animais domésticos. Só tinham vivido bem poucas gerações em cativeiro.

Para convencer ainda mais minha mãe, meu pai disse que Madeleine poderia ter ido para os Estados Unidos, onde ninguém jamais a encontraria. Muita gente má, louca e também inquieta e ambiciosa acabava indo para lá.

Madeleine, porém, não tinha ido. Mais tarde, na primavera, chegou uma carta. Ela teve a audácia de escrever, disse tio Benny, que trouxe a carta e a mostrou. Sem cumprimentá-lo, ela dizia: *Deixei meu suéter amarelo, um guarda-chuva verde e o cobertor de Diane na sua casa. Mande tudo para cá. Ridlet St. 1249, Toronto, Ont.*

Tio Benny já tinha decidido que ia até lá. Pediu o carro emprestado. Ele nunca tinha ido a Toronto. Na mesa da cozinha, meu pai abriu o mapa rodoviário, mostrando como chegar lá, embora dissesse estar se perguntando se aquilo era boa ideia. Tio Benny disse que planejava pegar Diane e trazê-la de volta. Tanto minha mãe quanto meu pai observaram que isso era ilegal, e aconselharam-no a não fazer. Mas tio Benny, tão aterrorizado com a ideia de agir pelos meios legais e oficiais, não tinha a menor preocupação quanto a fazer o que poderia acabar sendo um sequestro. Agora ele contava histórias do que Madeleine havia feito. Ela tinha amarrado as pernas de Diane às barras do berço com tiras de couro. Ela tinha surrado Madeleine com uma telha. Ela tinha feito pior que isso, talvez, quando ele não estava lá. Nas costas da menina achava ter visto marcas do atiçador do fogão. Ao contar tudo isso, ele era dominado pelo seu meio-riso de desculpas; precisava sacudir a cabeça e engolir.

Dois dias ele ficou fora.

— Bem, a gente precisa ver se prenderam o Benny! — disse meu pai, ligando o jornal das dez. Na noite do segundo dia ele apareceu com o carro no nosso quintal e ficou sentado ali um instante, sem olhar pra gente. Em seguida, saiu devagar e andou com dignidade e cansaço na direção da casa. Ele não estava com Diane. Será que tínhamos esperança de que a pegasse?

Sentávamo-nos na laje de cimento diante da porta da cozinha. Minha mãe estava em sua própria cadeira reclinada de lona, para lembrá-la do ócio e dos gramados urbanos, e meu pai sentava-se numa cadeira de cozinha de costa reta. No comecinho da estação, os insetos eram poucos. Estávamos mirando o pôr do sol. Às vezes minha mãe reunia todo mundo para olhar o pôr do sol, como se fosse algo que ela tivesse combinado de acontecer, e isso estragava um pouco a coisa — pouco tempo depois eu me recusaria a olhar de vez —, mas por outro lado não havia lugar melhor no mundo para ver um pôr do sol do que o final da Flats Road. Minha mãe mesma dizia isso.

Meu pai tinha instalado a porta de tela naquele dia. Owen se balançava nela, desobediente, para ouvir o velho som reconhecível da mola se esticando e depois se fechando com um estalo. Mandavam ele não fazer isso, e ele parava e depois, muito cuidadosamente, quando meus pais viravam as costas, começava de novo.

A tristeza em torno do tio Benny era tão maciça que nem minha mãe o questionou diretamente. Meu pai me falou em meia-voz para trazer uma cadeira da cozinha.

— Benny, sente aí. Cansado da viagem? Como é que o carro rodou?

— O carro foi que é uma beleza.

Ele se sentou. Não tirou o chapéu. Sentou rígido, como se estivesse num lugar desconhecido, onde não esperava ou sequer gostaria de receber boas-vindas. Enfim minha mãe falou com ele, num tom de banalidade e alegria forçadas:

— E então, elas estão morando numa casa ou num apartamento?

— Não sei — disse tio Benny, carrancudo. — Não achei o endereço — acrescentou, depois de uma pausa.

— Você não achou onde elas estão morando?

Ele sacudiu a cabeça.

— Então nem viu elas?

— Não vi.

— Você perdeu o endereço?

— Não perdi. Anotei nesse papelzinho. Tá aqui. — Ele sacou a carteira do bolso, tirou um pedaço de papel, mostrou para nós e depois leu: — Ridlet Street, 1249. — Dobrou e guardou de volta. Todos os seus movimentos pareciam desacelerados, cerimoniosos e arrependidos. — Não consegui achar. Não consegui achar o lugar.

— Mas você arrumou um mapa da cidade? Lembra que falamos pra ir até um posto e pedir um mapa da cidade de Toronto?

— Eu fiz isso — disse tio Benny, com uma espécie de triunfo enlutado. — Com certeza. Parei num posto e pedi e me disseram que não tinham mapas. Tinham mapas, mas só da província.

— Você já tinha um mapa da província.

— Eu falei que já tinha. Disse que queria um mapa da cidade de Toronto. Eles disseram que não tinham nenhum.

— Você tentou em outro posto?

— Se um lugar não tinha nenhum, achei que os outros também não teriam.

— Você poderia ter comprado um numa loja.

— Não sabia que tipo de loja.

— Uma papelaria! Uma loja de departamentos! Você podia ter perguntado no posto onde podia comprar um!

— Achei que em vez de ficar correndo de um lugar pro outro tentando achar um mapa, seria melhor só perguntar às pessoas como chegar lá, uma vez que eu já tinha o endereço.

— É muito arriscado, perguntar às *pessoas*.

— Nem me fale — disse tio Benny.

Quando juntou a coragem, começou a história.

— Primeiro perguntei a um sujeito, ele me falou pra atravessar essa ponte, e fiz isso e cheguei a um sinal vermelho e era pra eu virar à esquerda, foi o que ele falou, mas quando cheguei lá eu não sabia como. Não conseguia entender se era pra virar à esquerda no sinal vermelho ou no sinal verde.

— Você vira à esquerda no sinal verde — gritou minha mãe em desespero. — Se você virasse à esquerda num sinal vermelho, você atravessaria o trânsito passando bem na sua frente.

— Pois é, eu sei, mas se você virasse à esquerda num sinal verde, precisaria atravessar o trânsito que está vindo *na sua* direção.

— Você espera até alguém dar passagem.

— Naquele caso você poderia passar o dia inteiro esperando, porque ninguém ia dar passagem. Então eu não sabia, não sabia o que era certo fazer, e fiquei ali sentado tentando entender, e todo mundo começou a buzinar atrás de mim, então pensei, bem, eu viro à direita, isso posso fazer sem problemas, e depois faço a volta e volto por onde vim. Daí acabaria indo na direção certa. Mas eu não conseguia ver lugar nenhum pra fazer a volta, então só continuei indo e indo. Daí virei numa rua na transversal e continuei dirigindo até pensar, bem, acabei saindo totalmente do caminho que o primeiro sujeito me indicou, então melhor perguntar pra outra pessoa. Daí parei e perguntei pra essa senhora que andava com um cachorro na coleira, mas ela disse que não tinha sequer ouvido falar da Ridlet Street. Ela nunca tinha *ouvido falar*. Ela disse que morava em Toronto há vinte e dois anos. Chamou um menino numa bicicleta e *ele* tinha ouvido falar, me contou que era lá do outro lado da cidade e que eu estava saindo dela indo por aquele caminho. Mas achei que pudesse ser mais fácil dar a volta na cidade em vez de atravessar ela, mesmo que demorasse mais, e segui no caminho em que estava, meio que circulando ou foi assim que me pareceu, e a essa altura percebi que estava escurecendo e pensei: bom, melhor eu ir logo, quero achar esse lugar antes que escureça, porque não vou gostar nem um pouco de dirigir aqui no escuro…

Ele acabou dormindo no carro, no acostamento, na frente do pátio de uma fábrica. Tinha se perdido entre fábricas, ruas sem saída, armazéns, ferros-velhos, trilhos de trem. Ele nos descreveu cada curva que tinha feito e cada pessoa a quem tinha pedido informação; relatou o que cada uma delas dissera e o que tinha pensado então, as alternativas que havia considerado, por que tinha, em cada caso, decidido fazer o que fizera. Ele se lembrava de tudo. Um mapa da viagem estava gravado em sua mente. E enquanto ele falava, uma paisagem diferente — carros, outdoors, prédios industriais, estradas e portões trancados e cercas altas, trilhos de trem, barrancos íngremes e acinzentados, barracões de latão, valas com um pouco de água marrom dentro, e também latinhas, caixas de papelão amassadas, todo tipo de lixo obstruído ou que mal flutuava —, tudo isso parecia crescer à nossa volta, criado pela voz monótona e meticulosamente memoriosa dele, e conseguimos ver, conseguimos ver o que era estar perdido ali, como simplesmente não era possível achar nada, nem continuar procurando.

Mesmo assim minha mãe protestou.

— Mas as cidades são assim! É por isso que você precisa de um mapa!

— Bom, eu acordei lá hoje de manhã — disse o tio Benny como se não a tivesse ouvido —, e entendi que o melhor a fazer era simplesmente sair, sair de qualquer jeito.

Meu pai suspirou; assentiu com a cabeça. Era verdade.

Assim, paralelo ao nosso mundo, estava o mundo do tio Benny, como um perturbador reflexo distorcido, o mesmo mas nunca exatamente o mesmo. Neste mundo as pessoas podiam desaparecer na areia movediça, eram derrotadas por fantasmas ou por terríveis cidades triviais; a sorte e a maldade eram gigantescas e imprevisíveis; nada era merecido, tudo podia acontecer; as derrotas eram recebidas com uma satisfação insana. O triunfo dele, que ele não tinha como perceber, era nos fazer enxergar.

Owen estava balançando na porta de tela, cantando de maneira cautelosamente depreciativa, como fazia quando havia conversas longas.

*Terra de Sonho e Gló-ria
Das gentes Livres és mãe
Louvamos tua lendó-ria fama
Nós do teu chão aldeães**

Eu tinha ensinado essa música para ele — naquele ano cantávamos esse tipo de música todo dia na escola, para ajudar a salvar a Inglaterra de Hitler. Minha mãe dizia que era *lendária*, mas eu não acreditava, porque se fosse assim como ia rimar?

Minha mãe ficou sentada na sua cadeira de lona e meu pai na de madeira; eles não se olhavam. Mas estavam conectados, e essa conexão era evidente como uma cerca, ela ficava entre nós e tio Benny, nós e a Flats Road, ficaria entre nós e qualquer coisa. Era como no inverno, nas vezes em que distribuíam as cartas do baralho e sentavam à mesa da cozinha, e jogavam, esperando o noticiário das dez, depois de nos ter mandado ir dormir lá em cima. E lá em cima parecia quilômetros acima deles, escuro e cheio do barulho do vento. Lá em cima você descobria aquilo de que nunca se lembrava na cozinha: que estávamos numa casa tão pequena e compacta quanto qualquer barco fica no mar, perdido numa maré de ventos uivantes. Eles pareciam estar

---

*Início do hino não oficial da Inglaterra "Land of Hope and Glory", composto por Edward Elgar em 1902. No original: *Land of Hope and Glory/ Mother of the free/How shall we extol thee/Who are born of thee*. (N. do E.)

conversando, jogando cartas, lá longe, numa frestinha de luz, irrelevantemente; no entanto essa ideia deles, prosaica como um soluço, familiar como a respiração, era o que me segurava, o que piscava para mim do fundo do poço enquanto eu adormecia.

Tio Benny não teve mais notícias de Madeleine, ou, se teve, nunca mencionou. Quando lhe perguntavam a respeito ou caçoavam, ele parecia lembrar dela sem arrependimento, com certo desprezo por ser algo, ou alguém, há muito descartado, como as tartarugas.

Depois de um tempo todos nós simplesmente ríamos, lembrando de Madeleine descendo a rua em seu casaco vermelho, com as pernas de tesoura, disparando xingamentos ao tio Benny que ia atrás, com a filha dela. Ríamos ao pensar nas cenas que ela fazia, no que fez com Irene Pollox e Charlie Buckle. Tio Benny podia ter inventado as surras, disse minha mãe enfim, e buscou conforto nisso; como confiar nele? A própria Madeleine parecia algo que ele pudesse ter inventado. Lembrávamos dela como uma história, e, não tendo nada mais para dar, dávamos a ela nosso aplauso estranho, atrasado, desapaixonado.

— Madeleine! Aquela louca!

HERDEIROS DO CORPO VIVO

A casa em Jenkin's Bend tinha esse nome pintado numa placa — obra do tio Craig — e pendurada na varanda, entre um estandarte vermelho canadense e uma bandeira do Reino Unido.* Parecia um posto de recrutamento ou um ponto de travessia da fronteira. Já tinha sido uma agência dos Correios e ainda parecia uma espécie de lugar oficial, semipúblico, porque o tio Craig era o notário da municipalidade de Fairmile, e as pessoas o procuravam para obter certidões de casamento e outros tipos de certidões; a Câmara Municipal se reunia em seu covil, ou escritório, que era mobiliado com arquivos, um sofá de couro preto, uma enorme escrivaninha com tampa deslizante, outras bandeiras, uma foto dos Pais da Confederação e outra do rei, da rainha e das princesinhas, todos com as roupas elegantes da coroação. Havia também a foto emoldurada de uma casa feita de toras que já tinha ocupado o local desta casa comum de tijolos, grande e bonita. Essa foto parecia ser em outro país, onde tudo era muito mais baixo, turvo e escuro do que aqui. Arbustos borrados, com várias árvores perenes pontiagudas e pretas,

---

*A Bandeira da União (Union Flag) é a bandeira oficial do Reino Unido. O estandarte vermelho canadense foi a bandeira não oficial do país de 1890 a 1965, quando foi substituída pela atual Folha de Bordo; possuía um brasão do Canadá à direita sobre um fundo vermelho, e à esquerda uma Bandeira da União pequena, simbolizando sua então filiação ao Reino Unido. (N. do E.)

aproximavam-se das construções, e a estrada em primeiro plano era feita de toras.

— Era o que chamavam de estrada de veludo — instruiu-me o tio Craig.

Vários homens sem paletó, com bigodes pendentes e expressões ferozes, mas de algum modo indefesas, estavam em volta de um cavalo com carroça. Cometi o erro de perguntar ao tio Craig se ele estava na foto.

— Achei que você sabia ler — disse ele, e apontou a data garatujada debaixo das rodas da carroça: *10 de junho de 1860*. — Meu pai nem era adulto nessa época. Ele está aqui, atrás da cabeça do cavalo. Ele só se casou em 1875. Eu nasci em 1882. Isso responde sua pergunta?

Ele não estava descontente comigo por alguma vaidade relacionada à sua idade, mas por causa das minhas noções imprecisas do tempo e da história.

— Na época em que nasci — prosseguiu ele, severo —, essa floresta toda que você está vendo na foto já teria sumido. Essa estrada também. No lugar dela haveria uma estrada de cascalho.

Um dos olhos dele era cego, tinha sido operado, mas continuava escuro e enevoado; aquela pálpebra caía de um jeito ameaçador. Seu rosto era quadrado e flácido, seu corpo, robusto. Havia outra foto, não naquele cômodo, mas na sala de estar, do outro lado do corredor, que o mostrava estendido num tapete diante de seus pais sentados, ambos de aparência idosa: um adolescente louro, rechonchudo, satisfeito consigo mesmo, a cabeça descansando num dos ombros. Titia Grace e tia Elspeth, as irmãs mais novas, com franjas encaracoladas e vestidos de marinheira, estavam sentadas em pufes ao lado de seus pés e de sua cabeça. Meu próprio avô, pai do meu pai, que morrera da gripe em 1918, estava de pé atrás das cadeiras dos pais, com tia Moira (magra naquela época!), que vivia em Porterfield, de um lado, e tia Helen, que se casara com um viúvo e dera a volta no mundo e agora vivia, rica, na Colúmbia Britânica, do outro.

— Olha só o seu tio Craig! — diriam tia Elspeth ou titia Grace, espanando o pó dessa foto. — Ele não parece cheio de si, hein? Parece um gato que lambeu o creme todo! — Elas falavam como se ele ainda fosse aquele garoto, estendido ali em sedutora insolência, para elas mimarem, para que rissem dele.

Tio Craig dava informações; algumas que me interessavam, outras que não. Eu queria saber como Jenkin's Bend tinha ganhado esse nome, por causa de um rapaz morto por uma árvore que caíra ali perto, subindo um pouco a estrada; ele vivera aqui no país menos de um mês.* O avô do tio Craig, meu tataravô, ao construir sua casa aqui, ao abrir sua agência dos Correios, ao começar o que ele esperava e acreditava que viria a ser um povoado importante, tinha-lhe dado o nome desse rapaz, pois o que mais esse rapaz, um jovem solteiro, teria para ser lembrado?

— Onde ele morreu?

— Subindo a estrada, nem meio quilômetro.

— Posso ir ver onde foi?

— Não tem nada marcado. Esse tipo de coisa não fica com marcação nenhuma.

O tio Craig me olhou com reprovação; a curiosidade não o comovia. Com frequência ele me achava volúvel e burra e eu não ligava muito; havia algo grande e impessoal em seu juízo que me deixava livre. Ele mesmo não ficava ferido nem diminuído de maneira alguma pela minha inadequação, ainda que a apontasse. Era essa a grande diferença entre decepcioná-lo e decepcionar alguém como minha mãe,

---

*Bend também é "curva" em inglês; Curva do Jenkin. (N. do E.)

ou mesmo minhas tias. O autocentramento masculino fazia com que fosse repousante estar com ele.

O outro tipo de informação que ele me dava tinha a ver com a história política do Condado Wawanash, as lealdades das famílias, os parentescos entre as pessoas, o que tinha acontecido nas eleições. Ele era a primeira pessoa que eu conhecia que realmente acreditava no mundo dos acontecimentos públicos, da política, que não questionava ser parte dessas coisas. Apesar de os meus pais sempre ouvirem o noticiário e ficarem desalentados ou aliviados com o que ouviam (quase sempre desalentados, pois estávamos no começo da guerra), eu tinha a sensação de que, para eles e para mim, tudo que acontecia no mundo estava fora do nosso controle, irreal e mesmo assim calamitoso. O tio Craig não ficava tão intimidado. Ele enxergava uma conexão simples entre ele próprio, cuidando dos assuntos da municipalidade, por mais complicados que costumassem ser, e o primeiro-ministro em Ottawa, cuidando dos assuntos do país. E ele tinha uma visão otimista da guerra, uma erupção enorme na vida política corriqueira que haveria de esgotar-se; ele na verdade estava mais interessado em como ela afetava as eleições, no que a questão do alistamento obrigatório afetaria o Partido Liberal, do que no andamento da guerra em si. Apesar disso, ele era patriótico; exibia a bandeira, vendia títulos de guerra.

Quando não estava trabalhando nas questões da municipalidade, ele se envolvia em dois projetos: uma história do Condado Wawanash e uma árvore genealógica, que remontava a 1670, na Irlanda. Ninguém na nossa família tinha feito nada de notável. As pessoas haviam se casado com outras protestantes irlandesas e tido famílias numerosas. Algumas não se casaram. Algumas das crianças morreram cedo. Quatro de uma família morreram queimadas num incêndio. Um homem perdeu duas esposas no parto. Um casou-se com uma católica romana. Vieram para o Canadá e seguiram pelo mesmo caminho, muitas vezes se casando com presbiterianos escoceses. E para o tio Craig parecia necessário que os nomes dessa gente toda, suas conexões uns com os outros, as três grandes datas de nascimento, casamento e morte, ou as duas, de nascimento e morte, se isso era tudo o que lhes tinha acontecido, fossem descobertas, com frequência com grande esforço e uma quantidade formidável de correspondência com o mundo inteiro (ele não tinha esquecido o ramo da família que fora para a Austrália) e escritas ali, em ordem, em sua própria letra grande e cuidadosa. Ele não pedia que ninguém na família tivesse feito nada mais interessante, ou escandaloso, do que se casar com uma católica romana (a religião da mulher anotada em vermelho abaixo do nome); aliás, todo o seu registro ficaria desequilibrado caso alguém tivesse. Não eram os nomes individuais que eram importantes, mas toda a estrutura sólida e intricada de vidas que nos sustentavam desde o passado.

Era a mesma coisa com a história do condado, que tinha sido instituído e assentado, e depois havia crescido e entrado em seu lento declínio atual com desastres modestos, apenas: o incêndio em Tupperton, a inundação recorrente do rio Wawanash, alguns invernos terríveis, alguns assassinatos sem muito mistério; e tinha produzido apenas três pessoas notáveis: um juiz da Suprema Corte, um arqueólogo que escavara aldeias indígenas em torno da baía Georgiana e escrito um livro a respeito, e uma mulher cujos poemas costumavam ser publicados em jornais por todo o Canadá e os Estados Unidos. Não eram essas coisas que interessavam; era a vida cotidiana que interessava. Os arquivos e as gavetas do tio Craig estavam repletos de recortes de jornal, de cartas, que continham descrições do clima, o relato de um cavalo fugido, listas de pessoas que compareceram a funerais, um grande acúmulo dos fatos mais banais, que cabia a ele colocar em ordem. Tudo tinha de entrar em sua história, para fazer dela a história completa do Condado Wawanash. Ele não podia deixar nada de fora. Foi por isso que, ao morrer, ele só tinha chegado até o ano 1909.

Quando li, anos depois, sobre Natasha em *Guerra e paz*, e sobre como ela "atribuía imensa importância às ocupações intelectuais e abstratas do marido, ainda que não tivesse o menor entendimento delas", não pude deixar de pensar em tia Elspeth e em titia Grace. Não faria nenhuma diferença se o tio Craig efetivamente tivesse possuído "ocupações intelectuais e abstratas" ou se houvesse passado o dia organizando penas de galinha; elas estavam dispostas a acreditar no que ele fazia. Ele tinha uma antiga máquina de escrever preta, cujas teclas tinham bordas de metal e todas as longas hastes pretas expostas; quando começava sua digitação lenta, barulhenta, hesitante mas imponente, elas baixavam as vozes, faziam esgares absurdos de reprovação uma para a outra se uma panela batesse. *Craig está trabalhando!* Elas não me deixavam sair na varanda por medo de que eu andasse na frente da janela dele e o perturbasse. Elas respeitavam o trabalho dos homens mais do que tudo; também riam dele. Isso era estranho; elas podiam acreditar absolutamente em sua importância, e ao mesmo tempo transmitir seu juízo de que, de certo ponto de vista, ele era frívolo, não essencial. E elas nunca, mas nunca, iriam interferir nele; entre o trabalho dos homens e o das mulheres era traçada a linha mais preciosa, e cruzar essa linha, qualquer sugestão de cruzá-la, era recebida por elas com um riso tão leve, espantado e lamentavelmente superior.

A varanda era onde elas se sentavam à tarde, após terem concluído maratonas matinais de esfregar o chão, plantar pepino com enxada, escavar batata, colher feijão e tomate, enlatar, produzir conservas, lavar, engomar, regar, passar roupas, encerar, assar. Sentadas ali, elas não ficavam ociosas; em seus colos havia trabalho à beça: cerejas e maçãs para descaroçar, ervilhas para descascar. Suas mãos, suas velhas faquinhas de aparar de cabos de madeira, moviam-se com velocidade maravilhosa, quase vingativa. Dois ou três carros passavam a cada hora, e normalmente diminuíam a velocidade para acenar, cheios de gente da municipalidade. Tia Elspeth ou titia Grace gritavam a fórmula hospitaleira do campo:

— Parem aqui um pouquinho, saiam dessa estrada empoeirada!

E as pessoas no carro gritavam de volta:

— Se a gente tivesse tempo, parava! Quando vão nos visitar?

Tia Elspeth e titia Grace contavam histórias. Não parecia que estavam contando as histórias para mim, para me entreter, mas era como se fossem contá-las de qualquer jeito, para seu próprio prazer, mesmo que estivessem sozinhas.

— Ah, o faz-tudo que o papai tinha, lembra, o estrangeiro, ele tinha um temperamento dos diabos, desculpe falar assim. O que é que ele era, Grace, não era alemão que ele era?

— Austríaco. Apareceu pela estrada procurando trabalho e papai contratou. Mamãe nunca deixou de ter medo dele, não confiava nos estrangeiros.

— Não me admira.

— Ela o colocava para dormir no celeiro.

— Ele ficava sempre gritando e xingando em austríaco, lembra quando nós pulamos os repolhos dele? A torrente de xingamento estrangeiro, era de gelar o sangue.

— Até que eu decidi que ele ia ver só.

— O que é que ele estava queimando daquela vez, estava no pomar queimando um monte de galhos...

— Lagartas.

— É isso, ele estava queimando as lagartas e você botou um macacão do Craig e uma camisa, se encheu de travesseiros e prendeu o cabelo num chapéu de feltro do papai, e deixou as mãos e a cara pretas para ficar igual a um preto...

— E peguei o facão de carne, aquele mesmo facão enorme e cruel que a gente ainda tem...

— E foi devagarzinho pelo pomar, se escondeu atrás das árvores, Craig e eu olhando o tempo todo da janela do andar de cima...

— Impossível que papai e mamãe estivessem aqui.

— Não, não, eles tinham ido ao povoado! Tinham ido a Jubilee de charrete!

— Cheguei a uns cinco metros dele e saí de trás de um tronco de árvore e... meu Deus do céu, que berro que ele deu! Berrou e correu pro celeiro. Um covarde, o maior covarde!

— Aí você voltou para dentro de casa, tirou aquela roupa e se limpou antes que mamãe e papai voltassem do povoado. Ali estávamos nós, todos sentados em volta da mesa de jantar, esperando por ele. A gente secretamente esperava que ele tivesse fugido.

— Eu não. Não esperava. Eu queria ver o efeito.

— Ele entrou pálido feito um lençol, triste feito Satanás, sentou e nem disse nada. A gente esperava que ao menos dissesse que tinha algum preto maluco à solta pelo condado. Ele nem disse nada.

— Não queria que ninguém soubesse que tinha sido covarde, nada disso!

Elas riram até as frutas caírem do colo.

— Não era sempre eu, eu não era a única que ficava pensando nessas armações! Foi você quem pensou em amarrar as latas por cima da porta da frente daquela vez que eu saí para dançar. Não vamos esquecer disso.

— Você tinha saído com Maitland Kerr. (Coitado do Maitland, morreu.) Você estava num baile em Jericho...

— Jericho! Era um baile na escola Stone.

— Certo, onde quer que fosse, você estava trazendo ele pro salão da entrada para dar boa-noite, ah, você estava trazendo ele de fininho aqui para dentro, quietinhos os dois que nem ovelhas...

— E as latas vieram *abaixo*...

— Parecia uma avalanche. Papai pulou da cama e pegou a espingarda. Lembra da espingarda no quarto deles, sempre atrás da porta? Mas que confusão! E eu debaixo do lençol, com o travesseiro na boca, para ninguém ouvir minhas gargalhadas!

Elas ainda não tinham parado de pregar peças. Titia Grace e eu entrávamos no quarto onde tia Elspeth tirava sua soneca, deitada de costas, roncando como uma rainha, e levantávamos a colcha com todo cuidado e amarrávamos seus tornozelos com uma fita vermelha. Numa tarde de domingo, em que o tio Craig estava dormindo no seu escritório, no sofá de couro, mandaram-me ir acordá-lo para dizer que havia um jovem casal lá fora que tinha vindo pedir uma certidão de casamento. Ele levantou, ranzinza, foi até a cozinha nos fundos e se lavou na pia, molhou e penteou o cabelo, colocou a gravata, o colete e o paletó (ele nunca entregava uma certidão de casamento sem as roupas adequadas) e foi até a porta da frente. Havia uma senhora idosa com uma longa saia xadrez, um xale sobre a cabeça, curvada e apoiada numa bengala, e um velho igualmente curvado, usando um terno brilhante e um chapéu Fedora antigo. Tio Craig ainda estava zonzo de sono.

— Olá, como vão... — disse, hesitante, antes de irromper numa fúria jovial. — Elspeth! Grace! Sua dupla de demônias!

Quando iam ordenhar as vacas, elas amarravam lenços nos cabelos, com as pontas para fora como asinhas, e vestiam todo tipo de peças de roupa remendadas e em farrapos e iam vagando pelas trilhas das vacas, pegando algum graveto pelo caminho. Suas vacas tinham sinetas pesadas e tilintantes em volta do pescoço. Uma vez, tia Elspeth e eu seguimos o som preguiçoso e esporádico dessas sinetas até a margem da floresta, e lá vimos um veado, imóvel, de pé, entre os cepos e as samambaias pesadas. Tia Elspeth não disse uma palavra, mas ergueu o graveto como uma monarca mandando-me ficar parada, e pudemos olhá-lo um instante antes que ele nos visse, e pulasse de um jeito que seu corpo pareceu dar meia volta no ar, como faria uma bailarina, e foi saltitando para longe, sua anca ondulando para dentro da mata fechada. Era uma tardinha quente e perfeitamente imóvel, a luz caindo em feixes nos troncos, dourados como cascas de damasco.

— Antigamente você via eles o tempo todo — disse tia Elspeth. — Quando a gente era jovem, ah, você, você via eles indo pra escola. Mas agora não. Esse é o primeiro que eu vejo em nem sei quantos anos.

No estábulo, elas me mostraram como ordenhar, que não é tão fácil quanto parece. Elas se alternavam esguichando leite na boca de um gato do celeiro, que se levantava sobre as patas traseiras a cerca de um metro delas. Era um gato malhado de aparência suja, chamado Robber. Tio Craig vinha, ainda usando a camisa engomada, as mangas dobradas, o colete de costas brilhosas com caneta e lápis presos no bolso. Ele presidia o separador de nata. Tia Elspeth e titia Grace gostavam de cantar enquanto ordenhavam.

— Me encontre em St. Louis (Louie), me encontre na Feira!... Eu tenho seis centavos, excelentes seis centavos... Ela vai dar a volta na montanha quando vier...* — Canta-

---

*Trechos de cantigas populares, respectivamente: "Meet Me in St. Louis, Louie"; I've Got Sixpence"; "Coming 'Round the Mountain". (N. do E.)

vam músicas diferentes ao mesmo tempo, uma tentando abafar a outra. — Eu não sei de onde essa mulher tirou a ideia de que sabe cantar! — reclamavam. Ordenhar as deixavam ousadas e jubilosas. Titia Grace, que tinha medo de entrar na despensa da casa porque podia haver um morcego, corria pelo curral batendo nas ancas das vacas de chifres compridos, enxotando-as portão afora e de volta para o pasto. Tia Elspeth levantava as latas de nata com um movimento forte e fácil, quase desdenhoso, como o de um rapaz.

Todavia, essas eram as mesmas mulheres que, na casa da minha mãe, tornavam-se amuadas, dissimuladas, idosas, ansiosas para se ofender. Somente longe dos ouvidos da minha mãe é que me falavam coisas do tipo:

— É essa a escova que você usa no cabelo? Ah, achamos que era a do cachorro!

Ou:

— É com isso que você enxuga os pratos?

Elas se inclinavam por cima das panelas, esfregando, esfregando cada pedacinho de pretume que tinha se acumulado desde a sua última visita. Quase sempre acolhiam o que minha mãe dizia com sorrisinhos estonteados; a franqueza dela, seu jeito escandaloso, paralisavam-nas por um instante, e só conseguiam ficar piscando para ela rápida e impotentemente, como se confrontadas por uma luz cruel.

As coisas mais gentis que ela dizia eram as mais erradas. Tia Elspeth sabia tocar piano de ouvido; ela sentava e tocava as poucas músicas que conhecia: "My Bonny Lies over the Ocean" e "Road to the Isles". Minha mãe se oferecia para ensiná-la a ler música.

— Aí você vai poder tocar coisas boas de verdade.

Tia Elspeth recusava, com um riso delicado e artificial, como se alguém tivesse se oferecido para ensiná-la a jogar sinuca. Ela saía e encontrava um canteiro sem cuidados e se ajoelhava na terra, ao sol quente do meio-dia, arrancando as ervas daninhas.

— Eu simplesmente já não ligo mais para esse canteiro. Já desisti dele — minha mãe falava em voz alta, como se dando um aviso, da porta da cozinha. — Nele não tem nada plantado além daquelas velhas saxífragas, e por mim já arrancava todas elas logo!

Tia Elspeth seguia arrancando as ervas daninhas como se nem tivesse ouvido. Minha mãe fazia uma cara exasperada, e, por fim, de desdém, e efetivamente sentava na sua cadeira de lona, inclinava-se para trás, fechava os olhos e ficava sem fazer nada, sorrindo com raiva, por cerca de dez minutos. Minha mãe seguia por linhas retas. Tia Elspeth e titia Grace ziguezagueavam em volta dela, recuando e sumindo e voltando, escorregadias, de fala mansa, indestrutíveis. Ela as empurrava para fora do caminho como se fossem teias de aranha; eu sabia que era melhor não fazer isso.

De volta à casa em Jenkin's Bend (aguentando-me com elas durante a longa visita de verão), ficavam revigoradas, intumescidas como se tivessem sido postas n'água. Eu podia ver a mudança acontecendo. Eu também, com algumas pontadinhas de deslealdade, trocava o mundo da minha mãe, com suas sérias questões céticas, seus afazeres domésticos intermináveis, mas de alguma forma negligenciados, seus caroços de batata no meio do purê e suas ideias perturbadoras, pelo mundo delas, de trabalho e alegria, de conforto e ordem, de formalidade intricada. Havia toda uma nova linguagem para aprender na casa delas. As conversas lá tinham vários níveis, nada podia ser dito diretamente, cada piada podia ser um golpe virado do avesso. A desaprovação de minha mãe era aberta e inequívoca, como o tempo ruim; a delas vinha como pequenos cortes de navalha, desconcertantemente, no meio da ternura. Elas tinham o dom irlandês da zombaria desenfreada, adornada com deferência.

A filha da família na fazenda ao lado tinha se casado com um advogado, um homem da cidade, de quem a família dela tinha muito orgulho. Eles o levaram para ser apresentado. Tia Elspeth e titia Grace tinham assado várias coisas, e polido os talheres, separado os pratos pintados à mão e as faquinhas com cabo perolizado para esta visita. Alimentaram-no com bolos, biscoitos amanteigados, pão de nozes, tortas. Ele era um rapaz guloso ou talvez desesperadamente estonteado, que comia de nervoso. Pegava bolinhos inteiros que se esmigalhavam na hora em que os levava à boca; a cobertura ficava presa no bigode. No jantar, a titia Grace, sem dizer palavra, começou a imitar o jeito dele de comer, exagerando pouco a pouco, fazendo sons de engolidas e agarrando coisas imaginárias do prato.

— Ah, o a-*de*-vogado! — gritou elegantemente tia Elspeth, e inclinou-se sobre a mesa. — Você sempre... teve interesse... pela *vida do campo*? — perguntou.

Após a incrível cortesia delas para com ele, achei isso ligeiramente assustador; era um aviso. *Então ele achava que era alguém!* Essa era a condenação final delas, dita com leveza. *Ele acha que é alguém. Então eles acham que são importantes.* As pretensões estavam por toda parte.

Não que fossem contra o talento. Elas o reconheciam na própria família, na nossa família. Mas parecia que o certo era mantê-lo mais ou menos secreto. O que as deixava alarmadas era a ambição, porque ser ambicioso era cortejar o fracasso e correr o risco de fazer papel de bobo. A pior coisa, pelo que entendi, a pior coisa que poderia acontecer nesta vida era ter gente rindo de você.

— O seu tio Craig — me disse a tia Elspeth —, o seu tio Craig é um dos homens mais inteligentes, e o mais querido, e o mais respeitado do Condado Wawanash. Ele poderia ter sido eleito para a Câmara. Podia ter sido ministro, se quisesse.

— Ele não foi eleito? O tio Craig?
— Não seja boba, ele nunca concorreu. Ele não se permitiria usar seu nome assim. Preferiu não fazer isso.

Ali estava, a misteriosa, e para mim nova, sugestão de que escolher não fazer as coisas demonstrava, no fim das contas, mais sabedoria e respeito próprio do que escolher fazê-las. Elas gostavam que as pessoas recusassem as coisas que lhes eram oferecidas: casamento, cargos, oportunidades, dinheiro. Minha prima Ruth McQueen, que morava em Tupperton, tinha ganhado uma bolsa para a universidade, porque era muito inteligente, mas pensou a respeito e recusou-a, decidiu ficar em casa.

— Preferiu não.

Por que era tão admirável ter feito isso? Assim como certas harmonias sutis da música ou das cores, as belezas da negativa me escapavam. Porém, eu não estava disposta, como minha mãe, a negar que elas existiam.

— Tinha é medo de botar a cabeça para fora do próprio buraco — era o que minha mãe tinha a dizer sobre Ruth McQueen.

Tia Moira era casada com o tio Bob Oliphant. Eles moravam em Porterfield, e tinham uma filha, Mary Agnes, nascida bem depois de terem se casado. Durante o verão, a tia Moira às vezes dirigia os vinte quilômetros de Porterfield até Jenkin's Bend para passar a tarde, e trazia Mary Agnes junto. Tia Moira sabia dirigir um carro. Tia Elspeth e titia Grace achavam isso muito corajoso da parte dela (minha mãe estava aprendendo a dirigir o nosso carro, e achavam isso imprudente e desnecessário). Elas ficavam de olho, esperando o carro antiquado e de teto quadrado atravessar a ponte e aparecer na estrada que vinha do rio, e saíam para recebê-la com gritos de admiração, de incentivo, de boas-vindas, como se ela tivesse acabado de encontrar o caminho no meio do Saara, e não nas estradas quentes e poeirentas de Porterfield.

Essa maldade ágil que dançava sob as cortesias que faziam ao resto do mundo estava totalmente ausente nas atenções delas entre si, ao irmão e à irmã. Uma pela outra, só tinham ternura e orgulho. E por Mary Agnes Oliphant. Eu não conseguia deixar de pensar que preferiam ela a mim. Eu era bem recebida, minha presença era apreciada, verdade, mas eu estava maculada por outras influências e por metade da minha hereditariedade; minha criação era repleta de heresias, que nunca poderiam ser corrigidas. Mary Agnes, ao que me parecia, era recebida com um afeto mais puro, brilhoso, confiante.

Em Jenkin's Bend nunca se mencionaria que poderia haver algo de errado com Mary Agnes. E de fato a questão nem se apresentava tanto; ela era quase igual às outras pessoas. Só que nem dava para imaginar ela entrando sozinha numa loja e comprando alguma coisa, indo sozinha a qualquer lugar; ela tinha de estar com a mãe. Ela não era uma idiota, não era nem um pouco parecida com Irene Pollox e Frankie Hall na Flats Road, ela certamente não era idiota o bastante para ter permissão de andar o dia todo no carrossel da Feira da Kinsmen* de graça, como eles tinham — mesmo se tia Moira deixasse ela fazer papel de boba para que os outros assistissem, o que não deixaria. Sua pele parecia empoeirada, como se houvesse uma fina folha de vidro sobre ela ou um papel ligeiramente oleoso.

— Ela ficou sem oxigênio — disse minha mãe, sentindo como sempre alguma satisfação com explicações. — Ela ficou sem oxigênio no canal de parto. O tio Bob Oliphant

---

**Kinsmen and Kinette Clubs of Canada* (atualmente *Kin Canada*) é uma organização canadense de trabalho voluntário sem fins lucrativos. (N. do E.)

ficou segurando as pernas fechadas da tia Moira na ida para o hospital porque o médico lhes tinha dito que ela podia sofrer uma hemorragia.

    Eu não queria ouvir mais. Para começar, eu recusava a implicação de que aquilo era algo que poderia acontecer com qualquer um, que eu mesma podia ter ficado embotada, e tudo por causa de algo nomeável, mensurável, banal, como oxigênio. E as palavras canal de parto me faziam pensar num rio de sangue com margens retas. Eu imaginava o tio Bob Oliphant segurando as pernas pesadas e cheias de veias da tia Moira enquanto ela fazia força e tentava parir; nunca mais consegui olhar para ele sem pensar nisso. Sempre que o víamos em sua própria casa, ele estava sentado ao lado do rádio, fumando seu cachimbo, ouvindo os rádio-dramas *Boston Blackie* ou *Police Patrol*, os pneus cantando e os revólveres disparando enquanto assentia seriamente com sua cabeça careca. Será que estava de cachimbo na boca enquanto segurava as pernas da tia Moira, será que ficou assentindo profissionalmente diante da agitação dela, exatamente como fazia com *Boston Blackie*?

    Talvez por causa dessa história me parecesse que a tristeza que emanava da tia Moira tinha uma fragrância ginecológica, como a das bandagens desfiadas e emborrachadas em suas pernas. Ela era uma mulher que hoje eu reconheceria como provável portadora de varizes, hemorroidas, útero caído, cisto no ovário, inflamações, corrimentos, caroços e pedras em vários lugares, uma dessas sobreviventes pesadas e destroçadas, de movimentos cuidadosos, da vida feminina, com histórias para contar. Ela se sentava na varanda na cadeira de balanço de vime, usando, apesar do calor, algum vestido imponente em camadas, escuro e trêmulo com contas, um chapéu largo como um turbante, meias cor de terra que ela às vezes baixava, para deixar as bandagens "respirarem".

Sobre casamento, a verdade é que não havia muito o que dizer, se você fosse compará-la com as irmãs, que ainda conseguiam se erguer num pulo, que ainda tinham um cheiro fresco e saudável, e que às vezes, desdenhando, mencionavam as medidas das cinturas. Até mesmo ao levantar ou sentar-se, ou balançar na cadeira, a tia Moira emitia resmungos de reclamação, involuntários e eloquentes como ruídos de digestão ou de gases.

Ela falava de Porterfield. Não era um lugar sem comércio de álcool como Jubilee, havia bares nos dois hotéis do povoado, um de frente pro outro na rua principal. Às vezes, numa noite de sábado ou na madrugada de domingo, havia alguma briga feia na rua. A casa da tia Moira ficava só a meia quadra da rua principal e perto da calçada. De trás de suas janelas da frente escurecidas, ela tinha visto homens fazendo algazarra como selvagens, tinha visto um carro girar de lado e bater num poste de telefone, esmagando o volante contra o coração do motorista; tinha visto dois homens carregando uma menina bêbada que não conseguia ficar de pé, e a menina estava urinando na rua, nas roupas. Tinha raspado o vômito dos bêbados de sua cerca pintada. Isso tudo não era nada além do que ela esperava. E não eram só os bêbados do sábado, mas padeiros, vizinhos e entregadores que roubavam, eram rudes, cometiam absurdos. A voz da tia Moira, contando as coisas sem pressa, espalhava-se pelo dia, pelo quintal, como óleo preto, e tia Elspeth e titia Grace simpatizavam.

— Ora, não, não se pode esperar que você aceite isso!
— A gente nem sabe a sorte que tem, aqui.

E entravam e saíam com xícaras de chá, copos de limonada, biscoitos de fermento amanteigados fresquinhos, bolo Martha Washington, fatias de bolo inglês com passas, docinhos de frutas cristalizadas enroladas em coco, deliciosos para ficar beliscando.

Mary Agnes ficava sentada ouvindo e sorrindo. Ela sorria para mim. Não era um sorriso franco, mas o sorriso da pessoa que arbitrariamente, e até despoticamente, oferece a uma criança toda a sociabilidade que não pode, por medo e por hábito, ser oferecida a ninguém mais. Ela tinha o cabelo chanel, as pontas aparecendo no fino pescoço moreno; ela usava óculos. Tia Moira a vestia como a colegial que nunca fora, com saias xadrez plissadas folgadas na cintura e blusas brancas de manga longa cuidadosamente lavadas e largas demais. Ela não usava maquiagem, nenhum pó para cobrir os pelos escuros e macios nos cantos da boca. Ela falava comigo usando os tons ásperos, intimidadores e incertos de quem não está simplesmente brincando, mas *imitando* brincar, imitando o jeito como tinha ouvido certas pessoas atrevidas e espirituosas, talvez vendedores de loja, falando com crianças.

— Por que você faz isso? — Ela veio e me pegou olhando pelos quadradinhos de vidro colorido em volta da porta da frente. Colocou o olho diante do vermelho. — O quintal tá pegando fogo! — disse ela, mas riu para mim como se eu tivesse falado aquilo.

Outras vezes, ela se escondia no corredor escuro e pulava e me agarrava por trás, fechando as mãos sobre os meus olhos.

— Quem é, quem é! — Ela me apertava e me fazia cócegas até eu guinchar. Suas mãos eram quentes e secas, seus abraços ferrenhos. Eu resistia o máximo que podia, mas não podia xingá-la como xingaria alguém na escola, não podia cuspir nela e puxar seu cabelo, por causa da sua idade (nominalmente, ela era uma adulta) e sua condição de protegida. Por isso, eu a achava uma valentona e dizia (mas não em Jenkin's Bend) que a odiava. Ao mesmo tempo ficava curiosa e não de todo descontente ao descobrir que eu podia ser tão importante, de um jeito que nem conseguia entender, para alguém que não tinha a menor importância para mim. Ela me rolava pelo carpete do corredor, fazendo cócegas ferozes na minha barriga, como se eu fosse um cão, e toda vez eu ficava tanto dominada pelo espanto quanto por sua força imprevisível e truques injustos; ficava espantada como devem ficar as pessoas que são capturadas e sequestradas, e que percebem que, no estranho mundo de seus sequestradores, elas têm um valor totalmente desconectado de qualquer coisa que saibam a respeito de si mesmas.

    Eu sabia de algo, também, que tinha acontecido com Mary Agnes. Minha mãe havia me contado. Anos atrás, ela estava no quintal da frente da casa deles em Porterfield enquanto a tia Moira lavava roupas no porão, e alguns meninos passaram, cinco meninos. Eles a convenceram a dar uma volta com eles e a levaram até o terreno reservado para feiras e tiraram todas as roupas dela e a deixaram deitada na lama fria, e ela pegou bronquite e quase morreu. Era por isso que, agora, ela tinha de usar roupas de baixo quentes mesmo no verão.

    Eu imaginava que a degradação — pois minha mãe tinha contado essa história para me avisar que alguma degradação era possível, se você fosse alguma vez convencida a sair com meninos — estava em terem tirado as roupas todas dela, em ficar pelada. Eu mesma ter de ficar pelada, a ideia de ficar pelada, era uma facada de vergonha no fundo da barriga. Toda vez que eu pensava no médico abaixando as minhas calças e espetando a agulha nas minhas nádegas, para aplicar a vacina da varíola, eu me sentia ultrajada, desesperada, insuportavelmente, quase requintadamente humilhada. Eu pensava no corpo de Mary Agnes lá exposto no terreno da feira, suas nádegas frias e arrepiadas salientes — aquela me parecia a parte mais vergonhosa, de aparência mais indefesa do corpo de qualquer pessoa — e achava que, se tivesse acontecido comigo, ser vista daquele jeito, eu não conseguiria continuar vivendo.

— Del, você e Mary Agnes deviam ir dar uma caminhada.

— Vocês precisam dar uma olhada no celeiro e ver se encontram o Robber.

Eu me levantei obediente, e, ao virar na quina da varanda, bati com um graveto na treliça, num desânimo feroz. Eu não queria ir com Mary Agnes. Queria ficar e comer as coisas, e ouvir mais sobre Porterfield, aquele povoado amuado e depravado, cheio de gente bandida em que não se podia confiar. Ouvi Mary Agnes vindo atrás de mim, com sua corrida pesada e saltitante.

— Mary Agnes, fique fora do sol onde puder. Nada de ir brincar no rio. Você pode pegar um resfriado a qualquer época do ano!

Descemos a estrada e seguimos pela margem do rio. No calor dos campos de restolho seco, leitos rachados de riachos, estradas brancas empoeiradas, o rio Wawanash era uma tina fresca. A sombra vinha de finas folhas de salgueiro, que continham a luz solar como uma peneira. A lama ao longo das margens estava seca, mas não seca a ponto de virar pó; parecia cobertura de torta, delicadamente encrostada no topo, mas úmida e fria por baixo, uma delícia de andar por cima. Tirei os sapatos e andei descalça.

— Vou contar! — Mary Agnes vaiou.

— Pode contar. — Baixinho, chamei-a de peste.

As vacas tinham descido até o rio e deixado marcas dos cascos na lama. Deixaram esterco também, jeitosamente redondos, parecendo artefatos depois de secos, como tampas de barro feitas à mão. Ao longo da beira d'água, dos dois lados, havia carpetes de folhas de nenúfares espalhadas, e aqui e ali um nenúfar amarelo, de aparência tão pálida, tranquila e desejável, que precisei enfiar o vestido nas calças e vadear em meio às raízes sugadoras, na lama negra que subia por entre meus dedos e turvava a água, sedimentando-se nas folhas e nas pétalas dos nenúfares.

— Você vai se afogar, você vai se afogar — gritou Mary Agnes numa empolgação aflita, embora a água mal estivesse acima dos meus joelhos. Trazidas para a margem, as flores pareciam grosseiras e rançosas, e começaram a morrer imediatamente. Segui andando e esquecendo delas, amassando as pétalas no meu punho.

Encontramos uma vaca morta, deitada com as patas traseiras dentro d'água. Moscas negras rastejavam e se aglomeravam em seu couro marrom e branco, cintilando onde o sol refletia nelas como um bordado de contas.

Peguei um graveto e cutuquei o couro. As moscas ergueram voo, circundaram, pousaram de volta. Eu podia ver que o couro da vaca era um mapa. O marrom podia ser o oceano, o branco os continentes flutuantes. Com o graveto, contornei seus formatos estranhos, seus litorais recurvados, tentando manter a ponta do graveto exatamente entre o branco e o marrom. Em seguida, levei o graveto até o pescoço, seguindo uma corda tesa de músculo — a vaca tinha morrido com o pescoço estendido, como se tentasse alcançar a água, mas estava deitada do lado errado para isso — e cutuquei o rosto. Me senti mais acanhada de tocar o rosto. Me senti acanhada de olhar para o seu olho.

O olho estava arregalado, escuro, uma protuberância macia e cega, lustroso como seda e com um reluzir vermelho, um reflexo de luz. Uma laranja enfiada numa meia de seda preta. Moscas agrupavam-se no canto, belamente aglomeradas num broche iridescente. Tive um grande desejo de cutucar o olho com o graveto, para ver se ia cair, se ia tremer e se desfazer feito geleia, mostrando ser ele todo da mesma composição, ou se a pele sobre a superfície se romperia e deixaria cair todo tipo de imundície pútrida, escorrendo rosto abaixo. Contornei todo o espaço ao redor do olho com o graveto e o empurrei — mas não consegui, não pude enfiá-lo.

Mary Agnes nem se aproximou.

— Deixe isso aí — advertiu ela. — Essa vaca velha morta. Está suja. Você vai se sujar.

— Vaca mour-ta — eu disse, esticando deleitavelmente a palavra. — Vaca mour-ta, vaca mour-ta.

— Vamos logo — disse Mary Agnes, mandona, mas com medo, achei, de chegar mais perto.

Por estar morta, ela convidava a profanação. Eu queria cutucá-la, pisoteá-la, fazer xixi nela, qualquer coisa para puni-la, para mostrar o desprezo que eu tinha por estar morta. Surrá-la, quebrá-la, cuspir nela, rasgá-la, jogá-la fora! Mas mesmo assim ela tinha poder, deitada com um estranho mapa reluzente no dorso, o pescoço estirado, o olho macio. Nunca eu tinha olhado uma vaca viva e pensado o que pensava então: por que existe uma vaca? Por que as manchas brancas têm justamente esse formato, e nunca mais, em nenhuma outra vaca ou criatura, o exato formato se repetirá? Contornando outra vez os limites do continente, afundando o graveto, tentando marcar uma linha definida, prestei atenção em seu formato do jeito que às vezes eu prestava atenção no formato dos continentes ou das ilhas de verdade em mapas de verdade, como se o próprio formato fosse uma revelação além do alcance das palavras, e eu fosse capaz de entendê-lo, se me esforçasse o bastante, e tivesse tempo.

— Duvido que você encoste nela — falei desdenhosamente para Mary Agnes. — Que você encoste numa vaca morta.

Mary Agnes se aproximou lentamente, e, para minha surpresa, curvou-se, resmungando, olhando o olho como se soubesse que eu estivera pensando nele, e colocou a mão — colocou *a palma da mão* — sobre ele, sobre o olho. Ela fez isso a sério, encolhendo-se, mas com uma compostura terna que não era típica dela. Porém, assim que o fizera, levantou-se e ergueu a mão diante do rosto, a palma voltada para mim, os dedos espraiados, para dar a impressão de uma mão enorme, maior do que seu rosto inteiro, e escura. Ela riu bem na minha cara.

—Agora você vai ficar com medo de eu pegar você — disse ela, e eu fiquei, mas me afastei com toda a insolência que consegui reunir.

Muitas vezes, naquela época, parecia que ninguém mais sabia o que realmente estava acontecendo, ou o que uma pessoa era, além de mim.

— Coitada da Mary Agnes — as pessoas diziam, por exemplo, ou davam a entender isso, deixando a voz mais grave, um tom contido e protetor, como se ela não tivesse segredos, nenhum lugar que fosse dela, e isso não era verdade.

***

— Seu tio Craig morreu ontem à noite.

A voz da minha mãe, ao contar isso, era quase tímida.

Eu estava tomando meu café da manhã favorito e sorrateiro — cereais *Puffed Wheat* nadando em melaço escuro — sentada na laje de cimento do lado de fora da nossa porta, ao sol da manhã. Fazia dois dias que eu tinha voltado de Jenkin's Bend, e quando ela disse *tio Craig* pensei nele como o tinha visto, de pé na soleira da porta, de colete e sem o paletó, me acenando tchau de maneira afável, mas talvez impaciente.

O verbo ativo me confundiu. Ele *morreu*. Parecia algo que ele quisera fazer, escolhera fazer.

—Agora eu vou morrer — parecia que tinha dito. Nesse caso, não poderia ser algo tão definitivo. Mas eu sabia que era.

— No Salão Orange, em Blue River. Ele estava jogando cartas.

A mesa de carteado, o luminoso Salão Orange.* (Mas eu sabia que na verdade era o Salão dos Orange*men*, o nome não tinha nada a ver com a cor laranja, assim como Blue River não significava que o rio de lá fosse azul.)

Tio Craig estava dando as cartas, com seu jeito sério, de pálpebras quase fechadas. Estava usando seu colete com costas de cetim, com lápis e canetas presas no bolso. *Agora?*

— Ele teve um ataque do coração.

Ataque do coração. Parecia uma explosão, fogos de artifício estourando, disparando raios de luz em todas as direções, disparando uma bolinha de luz — no caso, o coração ou a alma do tio Craig — alto no ar, onde dava uma pirueta e se apagava. Teria ele pulado, jogado os braços pro lado, gritado? Quanto tempo demorou, será que os olhos dele se fecharam, será que sabia o que estava acontecendo? A positividade habitual de minha mãe parecia abalada; meu apetite insensível por detalhes a irritava. Eu a segui pela casa, de cara franzida, insistente, repetindo minhas perguntas. Eu queria saber. Não há proteção que não resida no conhecimento. Eu queria a morte imobilizada e isolada atrás de uma parede de fatos e circunstâncias determinadas, não flutuando solta por aí, ignorada mas poderosa, esperando para se enfiar em qualquer canto.

Porém, quando chegou o dia do funeral, as coisas já tinham mudado. Minha mãe recuperara a confiança; eu tinha me aquietado. Não queria ouvir falar mais nada sobre o tio Craig, nem sobre a morte. Minha mãe havia resgatado meu

---

*A Ordem Orange é uma organização protestante fraternal com origem na Irlanda. Suas lojas existem no Canadá desde o século XIX. O salão citado é uma espécie de centro de convivência. (N. do E.)

vestido de tartã escuro das naftalinas, escovado-o e pendurado no varal para arejar.

— É boa pro verão, mais fresca do que o algodão, essa lã levinha. De qualquer jeito, é a única coisa escura que você tem. Não me importo. Se dependesse de mim você poderia vestir escarlate. Se eles realmente acreditassem no cristianismo, é o que todos usariam, seria só dança e alegria, afinal, eles passam a vida inteira cantando e rezando sobre dar o fora deste mundo e partir rumo ao Céu. Pois é. Mas conheço as suas tias, elas vão querer roupas pretas, convencionais até o último fio de cabelo!

Ela não ficou surpresa ao ouvir que eu não queria ir.

— Ninguém quer — disse ela, com franqueza. — Ninguém nunca quer. Mas você tem que ir. Uma hora você tem que aprender a enfrentar as coisas.

Não gostei do modo como ela disse isso. Seu zelo e sua brusquidão soavam falsos e vulgares. Não confiei nela. Sempre que as pessoas dizem que uma hora você precisa enfrentar tal coisa, quando apressam você sumariamente na direção de qualquer dor ou obscenidade ou revelação indesejada que está traçada para você, há esse travo de traição, esse júbilo frio, mascarado e imperfeitamente oculto nas vozes delas, algo que cobiça a sua dor. Sim, isso nos pais também; particularmente nos pais.

— O que é a Morte? — prosseguiu minha mãe com uma alegria sinistra. — O que é estar morto? Bem, para começar, o que é uma pessoa? Uma grande porcentagem é água. Simplesmente água. Nada numa pessoa é tão notável. Carbono. Os elementos mais simples. Como é que falam? Que tudo somado vale noventa e oito centavos? É só isso. O jeito como está montado é que é incrível. O jeito como tudo está montado, temos o coração e os pulmões. Temos o fígado. O pâncreas. O estômago. O cérebro. Essas coisas todas, o que são elas? Combinações de elementos! Combine-os (combine as combinações) e você obtém uma pessoa! Nós a chamamos de tio Craig, ou de seu pai, ou eu. Mas são só essas *combinações*, essas partes agregadas e funcionado de um certo jeito, por ora. Aí o que acontece é que uma das partes para de funcionar, quebra. No caso do tio Craig, o coração. Por isso dizemos: o tio Craig morreu. A pessoa morreu. Mas esse é só o nosso jeito de enxergar isso. É só o nosso jeito humano. Se não ficássemos pensando o tempo inteiro em termos de pessoas, se pensássemos na Natureza, na Natureza funcionando sem parar, partes dela morrendo; bem, não morrendo, transformando-se, *transformando* é a palavra que eu procuro, transformando-se em outra coisa, todos aqueles elementos que compunham a pessoa se transformando e voltando para a Natureza e reaparecendo repetidamente nos pássaros, nos bichos e nas flores... O tio Craig não precisa ser o tio Craig! O tio Craig é as flores!

— Vou enjoar no carro — falei. — Vou vomitar.

— Não vai não. — Minha mãe, de combinação, esfregava colônia nos braços nus. Colocou o vestido crepe azul-marinho por cima da cabeça. — Vem aqui puxar o zíper. Mas que vestido para usar nesse calor. Dá para sentir o cheiro do sabão nele. O calor realça o cheiro. Vou te falar de um artigo que eu estava lendo há coisa de duas semanas. Ele tem tudo a ver com o que estou dizendo agora.

Ela foi até o quarto e trouxe de lá o chapéu, que colocou na cabeça em frente ao espelhinho da minha cômoda, ajeitando apressadamente o cabelo na frente e deixando algumas mechas soltas atrás. Era um chapéu *pillbox* de uma cor horrenda, popular durante a guerra: azul-força-aérea.

— As pessoas são feitas de partes — ela prosseguiu. — Bem, quando uma pessoa morre, como dizemos, somente uma parte, ou algumas partes, podem estar realmente gastas. Algumas das outras partes poderiam funcionar mais uns trinta, quarenta anos. O tio Craig, por exemplo: de repente ele tinha os rins perfeitos, que uma pessoa jovem doente dos rins poderia usar. E esse artigo dizia que um dia essas partes vão ser usadas! É assim que vai ser. Vamos descer.

Desci atrás dela até a cozinha. Ela começou a passar rouge, no espelho escuro em cima da pia da cozinha. Por algum motivo, ela guardava a maquiagem dela ali, numa prateleira grudenta de latão acima da pia, toda misturada com frascos de pílulas velhas escuras, lâminas de barbear, dentifrício em pó e vaselina, tudo sem tampa.

— Transplantar as partes! Por exemplo, os olhos. Eles já conseguem transplantar olhos, não olhos inteiros, mas a córnea, acho que é isso. E é só o começo. Um dia vão conseguir transplantar corações, pulmões e todos os órgãos de que o corpo precisa. Até cérebros; eu me pergunto, será que daria para transplantar *cérebros*? Assim essas partes todas não vão morrer, vão continuar vivendo como parte de outra pessoa. Parte de outra combinação. Aí mesmo é que você não vai mais poder falar de morte. "Herdeiros do corpo vivo." Era esse o título do artigo. Nós seríamos todos herdeiros uns dos corpos dos outros, seríamos todos doadores também. A morte como a conhecemos hoje acabaria!

Meu pai tinha descido, de terno escuro.

— Você estava planejando discutir essas ideias com as pessoas no funeral?

— Não — disse minha mãe, com uma voz de quem aterrissa na Terra.

— Porque elas têm um jeito diferente de ver as coisas, e seria fácil ficarem chateadas.

— Nunca quero incomodar ninguém — gritou minha mãe. — Nunca! Eu acho que é uma ideia bonita. Ela tem uma beleza própria! Não é melhor do que Céu e Inferno?

Não consigo entender as pessoas, nunca consigo entender no que elas realmente acreditam. Elas acham que seu tio Craig está usando alguma espécie de camisolão branco e flutuando pela Eternidade neste exato instante? Ou acham que vão colocá-lo sob a terra e ele vai apodrecer?

— Elas acham as duas coisas — disse meu pai, e, no meio da cozinha, pôs os braços em volta da minha mãe, abraçando-a com leveza e solenidade, tomando cuidado para não desarrumar seu chapéu ou seu rosto recém-rosado.

Às vezes eu desejava exatamente isso, ver meus pais afirmando, com um olhar ou um abraço, aquele romance (a paixão não me passava pela cabeça) que outrora os capturara e os unira. Porém, naquele momento, vendo minha mãe ficar mansa e perplexa (era isso que os ombros caídos evidenciavam, e que suas palavras nunca mostrariam) e meu pai tocando-a de um jeito tão delicado, compassivo e pesaroso, seu pesar não tendo tanto a ver com o tio Craig, fiquei alarmada, quis gritar para que parassem e voltassem a ser os indivíduos separados, finais e desamparados que eram. Eu tinha medo de que continuassem e me mostrassem algo que eu não queria ver, tanto quanto não queria ver o tio Craig morto.

— O *Owen* não precisa ir — disse eu, amarga, enfiando a cara na malha frouxa da porta de tela, vendo-o no quintal em seu carrinho velho, de shorts, sujo, remoto, fingindo que era outra coisa, qualquer coisa: um árabe numa caravana, ou um esquimó num trenó.

Isso fez com que eles se afastassem e minha mãe suspirou.

— O Owen é pequeno.

***

A casa era como um daqueles enigmas, aqueles labirintos no papel, com um pontinho preto num dos quadrados ou cômodos; você precisa encontrar o caminho até ali ou um caminho de saída. O pontinho preto, no caso, era o corpo do tio Craig, e toda a minha preocupação não era encontrar o caminho até ele, mas sim evitá-lo, não abrir nem mesmo a porta de aparência mais segura por causa do que poderia estar estirado atrás dela.

Os rolos de feno ainda estavam no lugar. Semana passada, quando fiz uma visita, o feno fora cortado até os degraus da varanda e enrolado em colmeias perfeitas e macias mais altas do que a cabeça de qualquer um. No fim da tarde, primeiro projetando sombras compridas e esticadas, depois ficando cinza e sólidos quando o sol descia, esses rolos de feno formavam uma vila ou, se você olhasse pelo canto da casa para o resto do campo lá embaixo, toda uma cidade de cabanas cinza-púrpura, exatamente parecidas, reservadas. Mas um rolo tinha desabado, outro estava molenga e arruinado, deixado para que eu pulasse dentro dele. Eu recuava contra os degraus e depois corria na sua direção com os braços apaixonadamente abertos, pousando fundo no feno fresco, ainda quente, ainda com seu cheiro de grama crescendo. Ele estava cheio de flores secas — *money-musks* brancas e roxas, linárias amarelas, florezinhas azuis cujo nome ninguém sabia. Meus braços, minhas pernas e meu rosto estavam cobertos de arranhões, e quando me levantava do feno esses arranhões ardiam, ou podia senti-los abrasando a pele no contato com a brisa que subia do rio.

Tia Elspeth e titia Grace acabaram vindo e pularam no feno também, com seus aventais esvoaçantes, rindo de si mesmas. Quando chegava a hora, elas hesitavam e pulavam sem aquela entrega toda, pousando numa posição sentada e decorosa, as mãos espalmadas como se numa almofada que quica ou segurando o cabelo.

Elas voltaram e sentaram na varanda com bacias de morangos, dos quais arrancavam os talos para fazer geleia.

— Se um carro tivesse passado, você não teria ficado com vontade de morrer? — titia Grace falou esbaforida, mas com uma voz calma e contemplativa.

Tia Elspeth tirou os grampos do cabelo e o deixou cair sobre o encosto da cadeira. Quando seu cabelo estava preso, parecia quase todo grisalho, mas, quando estava solto, mostrava uma farta quantidade marrom escura, sedosa, cor de visom. Com pequenas fungadas audíveis de prazer ela sacudiu a cabeça para a frente e para trás e passou os dedos espalmados pelo cabelo, para se livrar dos pedacinhos de feno que tinham voado para cima e grudado nele.

— Mas que bobas nós duas! — disse ela.

Onde estava o tio Craig naquele momento? Datilografando destemidamente, atrás de janelas fechadas e persianas abaixadas.

O rolo de feno esmagado estava igual. Mas os homens andavam sobre o restolho do feno, todos de ternos escuros, como corvos altos, falando. Uma coroa de lírios brancos estava pendurada na porta da frente, que estava semiaberta. Mary Agnes apareceu sorrindo alegremente e me fez ficar parada enquanto amarrava e reamarrava minha faixa. A casa e o quintal estavam cheios de gente. Parentes de Toronto ficavam sentados na varanda, com aparência benevolente, mas voluntariamente à parte. Fui levada e obrigada a falar com eles, e evitei olhar as janelas atrás das pessoas, por causa do corpo do tio Craig. Ruth McQueen saiu carregando uma cesta de vime cheia de rosas, que colocou sobre o corrimão da varanda.

— Tem mais flores do que jamais caberia na casa — disse, como se isso fosse algo que nos devesse causar algum pesar. — Pensei em colocá-las aqui fora. — Ela tinha cabelos louros, era discreta, apagadamente solícita; já praticamente uma velha criada. Ela sabia o nome de todo mundo. Apresentou minha mãe e eu a um homem e sua esposa da região sul do país. O homem vestia um paletó sobre um macacão.

— Ele que deu nossa certidão de casamento — disse a mulher, orgulhosa.

Minha mãe disse que precisava ir à cozinha e fui atrás, pensando que pelo menos não teriam como ter colocado o tio Craig lá, de onde vinham os aromas de café e comida. Havia homens no corredor também, como troncos pelos quais você tem que dar um jeito de passar. As duas portas da sala de estar estavam fechadas, uma cesta de gladíolos colocada na frente delas.

Tia Moira, envolta em preto como um enorme pilar público, estava de pé diante da mesa da cozinha, contando xícaras de chá.

— Contei três vezes e toda vez dá um número diferente — disse ela, como se isso fosse um infortúnio especial que só pudesse acontecer com ela. — Meu cérebro não consegue trabalhar hoje. Não consigo ficar de pé por muito mais tempo.

Tia Elspeth, usando um avental maravilhoso, passado e engomado, com babados de tecido branco, deu um beijo em mim e na minha mãe.

— Vai ficar tudo bem — disse ela, recuando do beijo com um suspiro de dever cumprido. — A Grace está lá em cima, retocando os olhos. Nós simplesmente não conseguimos acreditar, veio tanta gente! A Grace me falou: acho que metade do condado está aqui, e falei: o que você quer dizer com metade do condado, eu não me surpreenderia se fosse o país inteiro! Mas estamos sentindo falta da Helen. Ela mandou uma *manta* de lírios. — Tia Elspeth olhou as xícaras de chá. — Tem de haver o bastante, puxa! — disse, com praticidade. — Todas as nossas boas e as da cozinha e as que pegamos emprestadas da igreja!

— Faça como fizeram no funeral do Poole — sussurrou uma senhora perto da mesa. — Ela guardou as xícaras boas, trancou todas, e usou as da igreja. Falou que não ia arriscar a porcelana.

Tia Elspeth revirou os olhos avermelhados em agradecimento; sua expressão habitual, apenas temperada pela ocasião.

— Mas a comida vai durar, de qualquer forma. Acho que aqui tem o bastante para alimentar cinco mil.

Eu também achava isso. Para todo lugar que olhava, via comida. Um assado frio de porco, galinhas gordas assadas, parecendo envernizadas, batatas tostadas em fatias, aspic de tomate, salada de batata, pepino e salada de beterraba, um presunto rosado, muffins, biscoitos de fermento, pão redondo, pão de nozes, bolo de banana com frutas cristalizadas, torta de camadas clara e escura, merengue de limão e tortas de maçã e de frutas vermelhas, tigelas de conservas de frutas, dez ou doze variedades de picles e de molhos. Picles de casca de melancia, os favoritos do tio Craig. Ele sempre dizia que juntando-os apenas com pão e manteiga já tinha uma refeição.

— É só o suficiente — disse tia Moira, sinistra. — Todo mundo vem para os funerais de barriga vazia.

Houve uma agitação no corredor; titia Grace passando, os homens abrindo caminho, ela agradecendo a eles, calada e grata como se fosse uma noiva. O pastor vinha logo atrás. Ele falou com as mulheres na cozinha com um vigor contido.

— Ora, senhoras! Senhoras! Não parece que deixaram o tempo pesar nas suas mãos. O trabalho é uma boa oferenda, o trabalho é uma boa oferenda em tempos de luto.

Titia Grace se curvou e me deu um beijo. Havia um leve cheiro azedo, um aviso, sob sua água de colônia.

— Quer ver seu tio Craig? — sussurrou, terna e jovial como se estivesse prometendo uma recompensa. — Ele está na sala de estar, está muito bonito, debaixo dos lírios que a tia Helen mandou.

Então... Algumas senhoras falaram com ela, e eu fugi. Passei outra vez pelo corredor. As portas da sala de estar ainda estavam fechadas. No pé da escada, perto da porta da frente, meu pai e um homem que eu não conhecia andavam de um lado para o outro, se viravam, mediam discretamente com as mãos.

— Aqui vai ser o lugar difícil. Bem aqui.

— Vamos tirar a porta?

— Já não dá mais. Não é o caso de fazer confusão. As senhoras podem ficar perturbadas se nos virem tirar a porta. Se a gente virar desse jeito...

Mais adiante no corredor lateral, dois velhos conversavam. Me esgueirei entre eles.

— Não como no inverno, lembre-se do de Jimmy Poole. O chão parecia pedra. Não dava para fazer nem um amassado, com ferramenta nenhuma.

— Precisaram esperar mais de dois meses pelo degelo.

— Àquela altura já devia ter uns três ou quatro esperando. Vejamos. Tinha o Jimmy Poole...

— Tinha ele. Tinha a sra. Fraleigh, a mais velha...

— Espere aí, ela morreu antes que o chão congelasse, então com ela não teria dado problema.

Passei pela porta no fim do corredor lateral, que dava para a parte antiga da casa. Essa parte era chamada de depósito; de fora, parecia uma casinha de toras acoplada ao lado da grande casa de tijolos. As janelas eram pequenas, quadradas e instaladas ligeiramente tortas como as janelas nunca exatamente convincentes de uma casa de boneca. Praticamente luz nenhuma entrava, por causa das altas pilhas sombrias de bugigangas por toda parte, até na frente das janelas: o batedor de manteiga e a velha máquina de lavar que era girada à mão, armações de cama de madeira desmontadas, baús, tinas, foices, um carrinho de bebê desajeitado como um galeão, emborcando bêbado para o lado. Era esse o cômodo em que titia Grace se recusava a entrar; tia Elspeth é quem tinha de ir, se quisessem algo dele.

— Mas que lugar! O ar aqui dentro parece o de um túmulo! — dizia, dando uma fungada corajosa da soleira da porta.

Adorei o som daquela última palavra quando a ouvi dizê-la pela primeira vez. Eu não sabia exatamente o que era ou confundi com útero, e nos vi dentro de alguma espécie de ovo oco de mármore, cheio de luz azul, a qual não precisava vir do lado de fora.

Mary Agnes estava sentada no batedor de manteiga, não parecendo nem um pouco surpresa.

— Por que entrou aqui? — disse ela baixinho. — Você vai se perder.

Não respondi. Sem virar de costas, vaguei pelo cômodo. Muitas vezes eu me perguntara, lembrando dessa época, se havia algo naquele carrinho de bebê. Certamente havia; uma pilha de edições antigas da *Family Herald*. Ouvi a voz da minha mãe chamando meu nome. Ela parecia ligeiramente ansiosa, reverencial contra a sua vontade. Não dei um pio, nem Mary Agnes. O que ela estava fazendo ali? Tinha achado um par de botas femininas antiquadas, com cadarço na frente e enfeitadas com pele, e estava agarrada nelas. Ficava esfregando a pele debaixo do queixo.

— Pele de coelho.

Então ela veio e enfiou as botas na minha cara.

— Pele de coelho?

— Não quero elas.

— Vem ver o tio Craig.

— Não.

— Você ainda não o viu.
— *Não*.
Ela ficou esperando com uma bota em cada mão, bloqueando meu caminho, e depois repetiu com uma voz toda marota e convidativa:
— Vem ver o tio Craig.
— Não vou.
Ela deixou as botas caírem e encaixou a mão no meu braço, cravando os dedos. Tentei me soltar com uma sacudida e ela me pegou com a outra mão e me puxou para a porta. Para uma pessoa tão desajeitada, uma pessoa que tinha quase morrido três vezes de bronquite, tinha uma força impressionante. Ela desceu a mão até meu pulso e, com um agarrão de urso, prendeu a minha mão. A voz dela ainda estava relaxada, branda e satisfeita.
— Você vem *ver* o tio Craig.
Abaixei depressa a cabeça e pus o braço dela na minha boca aberta, peguei aquele braço sólido e penugento logo abaixo do cotovelo, e mordi e mordi e rompi a pele e em pura liberdade pensando que tinha feito a pior coisa que jamais faria, provei o sangue de Mary Agnes Oliphant.

***

Eu não tinha que ir ao funeral. Ninguém ia me fazer olhar o tio Craig. Fui colocada no escritório dele, no sofá de couro onde tinha tirado suas sonecas e onde os casais haviam se sentado esperando suas certidões de casamento. Eu estava com um cobertor sobre os joelhos, apesar do dia quente, e uma xícara de chá ao meu lado. Tinham me dado também uma fatia de bolo inglês, mas eu tinha comido imediatamente.
Quando mordi Mary Agnes, achei que com uma mordida eu me desligaria de tudo. Achei que estava me colocando

do lado de fora, onde punição nenhuma jamais seria o bastante, onde ninguém ousaria me pedir para olhar um morto, ou qualquer outra coisa, de novo. Achei que todos iam me odiar, e ódio, naquele momento, me parecia muito cobiçável, como uma dádiva de asas.

Mas não; não se encontra assim tão facilmente a liberdade. Apesar de tia Moira, que sempre diria que teve de me arrancar do braço do Mary Agnes com sangue na boca (mentira: eu já tinha soltado Mary Agnes, e ela, com todo o seu poder demoníaco esvaziado, estava agachada lá, atônita e chorando), ter apertado meus ombros e me sacudido, me segurando de modo a deixar meu rosto a dois centímetros de seus seios blindados, e seu corpo sibilava e tremia acima de mim como um monumento prestes a explodir.

— Cachorra raivosa! Os cachorros raivosos mordem assim! Os seus pais deviam te prender!

Tia Elspeth colocou um lenço no braço de Mary Agnes. Titia Grace e outras senhoras abraçaram-na e acariciaram-na.

— Vou ter de levá-la ao médico. Ela vai precisar levar pontos. Vou ter de comprar injeções para ela. Essa criança pode ter raiva. A raiva também ataca as crianças.

— Moira, querida. Moira. Querida. Não. Ela mal rompeu a pele. É só a dor do momento. Uma lavada e uma gaze e tudo fica bem. — Tanto tia Elspeth quanto titia Grace transferiram sua atenção de Mary Agnes para a irmã, segurando-a e acalmando-a dos dois lados como se estivessem tentando mantê-la inteira até que o risco de explosão tivesse passado. — Não foi nada de mais, querida, nada de mais.

— O erro foi meu, foi todo meu — disse a voz clara e perigosa da minha mãe. — Eu não devia ter trazido essa criança aqui hoje. Ela é muito impressionável. É uma barbaridade submeter uma criança assim a um funeral. — Imprevisível, inconstante e mesmo assim, no momento mais peculiar alguém por quem sentir gratidão, ela ofereceu compreensão e salvação, quando nada disso, estritamente falando, já tinha muita utilidade.

Mas ela causava impacto, ainda que às vezes, só por usar uma palavra como *barbaridade*, pudesse criar uma piscina de silêncio, de consternação em torno de si. Dessa vez ela encontrou simpatia, várias senhoras prontamente aceitando sua explicação e desenvolvendo-a.

— Ela provavelmente nem sabia o que estava fazendo.
— A pressão deixou ela histérica.
— Eu mesma já desmaiei num funeral, certa vez antes de me casar.

Ruth McQueen colocou o braço em volta de mim e me perguntou se eu queria uma aspirina.

Assim, enquanto Mary Agnes era confortada, lavada e enfaixada, e tia Moira era acalmada (foi ela quem tomou a aspirina, e também alguns comprimidos especiais — *para o coração* — que tirou da bolsa), eu também fui cercada e cuidada, pastoreada até esse cômodo e posta no sofá, coberta, como se estivesse doente, ganhado torta e chá.

Meu comportamento não tinha estragado o funeral. A porta estava fechada, eu não podia ver, mas podia ouvir as vozes cantando, primeiro sem harmonia, e depois com mais e mais esforço, com anseio e convicção.

Passam correndo, como a tardinha,
Aos teus olhos mil milênios
Curta vigília, que a noite finda,
Antes do sol nascente.

A casa estava cheia de gente se apertando, todas coladas como velhos lápis de cera de ponta cega, quentes, aquiescentes, cantantes. E eu estava no meio delas, apesar de estar trancada ali sozinha. Enquanto vivessem, a maioria delas se lembraria que eu tinha mordido o braço de Mary Agnes Oliphant no funeral do tio Craig. Ao lembrar disso, elas lembrariam que eu era impressionável, errática ou que tinha sido mal criada ou que era um *caso limítrofe*. Mas não me colocariam para fora. Não. Eu seria o *membro da família* impressionável, errático, malcriado, o que é algo totalmente diferente.

Ser perdoada cria uma vergonha peculiar. Eu sentia calor, e não era só do cobertor. Eu me sentia abraçada, sufocada, como se não fosse ar aquilo através do que eu tinha de me mover e falar nesse mundo, mas algo espesso feito lã de algodão. A vergonha era física, mas ia muito além da vergonha sexual, da minha vergonha anterior da nudez; agora era como se não o corpo nu, mas todos os órgãos dentro dele — estômago, coração, pulmões, fígado — estivessem expostos e indefesos. A coisa mais próxima disso que eu já havia sentido era a sensação que eu tinha quando me faziam cócegas além do que eu conseguia aguentar — o sentimento horrível e voluptuoso de estar exposta, de impotência, de autotraição. E a vergonha ia se espalhando de mim para a casa inteira, cobria todo mundo, até Mary Agnes, até o tio Craig em sua condição atualmente vazia e descartável. Ser feita de carne e osso era humilhante. Eu estava presa numa visão que era, em certo sentido, o exato oposto da visão incomunicável de ordem e luz do místico; uma visão, também incomunicável, de confusão e obscenidade — de desamparo, que foi revelado como a coisa mais obscena que poderia existir. Porém, assim como o outro tipo de visão, essa não podia ser sustentada por mais do que um ou dois instantes, ela desabava por causa de sua própria intensidade e nunca poderia ser reconstruída, nem sequer era possível acreditar nela uma vez que acabava. Na hora em que começaram o último hino do funeral, eu já era eu mesma de novo, apenas normalmente fraca como estaria qualquer pessoa depois de morder um braço humano, e os Pais da Confederação na minha frente tinham recolocado suas roupas e sua dignidade crível, e eu tinha tomado a xícara de chá inteira, explorando seu gosto adulto, desconhecido, importante.

Levantei e abri a porta lentamente. Ambas as portas da sala de estar estavam abertas. As pessoas se moviam, lentamente, suas costas encurvadas, de aparência preocupada, afastando-se de mim.

Jesus nos chama, acima do tumulto
Da tempestade do mar da vida...

Entrei na sala sem ninguém reparar e me enfiei na fila, na frente de uma senhora bondosa e suada que não me conhecia, e que se abaixou e sussurrou, encorajadoramente:

— Você chegou bem na hora da Última Olhada.

Todas as persianas estavam abaixadas para deixar de fora o sol da tarde; a sala estava quente e melancólica, penetrada por feixes aleatórios de luz, como o feno dentro do celeiro numa tarde escaldante. O cheiro era de lírios, lírios encerados, de puro branco, e também como o de uma cave. Fui movida para a frente com as outras pessoas até chegar ao canto do caixão, que estava disposto na frente da lareira — a bonita lareira jamais usada, com seus azulejos lustrosos como esmeraldas. Dentro do caixão tudo era cetim branco, franzido e preguedo como o vestido mais deslumbrante. A metade de baixo de tio Craig estava coberta com uma tampa polida; a metade de cima — dos ombros à cintura — estava ocultada pelos lírios. Em contraste com aquele branco todo, seu rosto tinha cor de cobre, parecia desdenhoso. Ele não parecia estar dormindo; não lembrava em nada a aparência que tinha quando eu entrava no escritório para acordá-lo numa tarde de domingo. As pálpebras estavam deitadas com leveza demais sobre seus olhos, os sulcos e as rugas de seu rosto tinham ficado rasos demais. Ele mesmo fora apagado; aquele rosto era como uma delicada máscara de pele, envernizada, disposta sobre o rosto real — ou sobre nada, pronta para rachar quando você colocasse o dedo. Tive esse impulso, mas num nível muito, muito distante da possibilidade, assim como você teria o impulso de tocar num cabo elétrico. Era assim que tio Craig estava sob seus lírios, em seu travesseiro de cetim, era o terrível, silencioso e indiferente condutor de forças que podiam se acender, num instante, e sair queimando a sala, toda a realidade, deixando-nos no escuro. Me afastei com um zumbido nos ouvidos, mas fiquei aliviada, contente por enfim ter feito aquilo e sobrevivido, e estava abrindo caminho pela sala lotada e cantante até minha mãe, sentada sozinha perto da janela — meu pai estava com os outros carregadores de caixão — sem cantar, mordendo os lábios e parecendo bizarramente esperançosa.

***

Depois disso, tia Elspeth e titia Grace venderam a casa em Jenkin's Bend, junto com a terra e as vacas, e se mudaram para Jubilee. Elas diziam ter escolhido Jubilee em vez de Blue River, onde conheciam mais gente, ou Porterfield, onde morava a tia Moira, porque queriam ser o mais úteis possível para meu pai e sua família. E de fato elas ficavam sentadas em sua casa numa colina na ponta norte do povoado como guardiãs espantadas e feridas, mas zelosas, cuidando do nosso bem-estar, receosas quanto a nossas vidas. Elas cerziam as meias do meu pai, que se acostumou a levar para elas; ainda tinham uma horta e faziam conservas para nós; remendavam, costuravam e assavam para nós. Eu ia vê-las uma ou duas vezes por semana, de início bem espontaneamente, embora em parte por causa da comida; quando cheguei ao secundário, passei a visitá-las com cada vez mais relutância.

— Por que você demorou tanto a aparecer? Você é uma verdadeira estranha aqui! — elas diziam toda vez que eu chegava. Ficavam sentadas, esperando por mim como se tivessem esperado a semana inteira, em sua pequena varanda com telas pretas se o tempo estivesse bom; elas conseguiam ver o lado de fora, mas ninguém que passava podia ver o lado de dentro.

O que é que eu poderia dizer? A casa delas tinha virado um país pequenino e isolado, com seus próprios costumes floreados e sua linguagem elegantemente, ridiculamente complicada, onde notícias reais do mundo exterior não eram exatamente proibidas, mas ficavam cada vez mais difíceis de transmitir.

No banheiro, acima da privada, ficava sua antiga exprobração, bordada em ponto de cruz:

Purifique o ar quando acabar
Cortesia que os outros vão notar

Havia um pote com fósforos abaixo dela. Eu sempre me sentia envergonhada, pega de surpresa, ao ler aquilo, mas sempre acendia um fósforo.

Elas contavam as mesmas histórias, pregavam as mesmas peças, que agora pareciam ressequidas, estaladiças de tanto uso; com o tempo, cada palavra, cada expressão do rosto, cada ondulação das mãos veio a parecer algo aprendido há muito tempo, perfeitamente lembrado, e cada um de seus dois eus era visto como algo construído com terrível cuidado; quanto mais velhas ficavam, mais frágil, admirável e desumana parecia essa construção. Foi isso que elas viraram quando não tinham mais um homem consigo, para alimentar e admirar, e quando se afastaram do lugar em que sua artificialidade florescia naturalmente. Tia Elspeth estava ficando gradualmente surda, e titia Grace sofria de artrite nas mãos, de modo que houve um momento em que ela teve de abandonar todo tipo de costura, exceto o mais grosseiro, mas elas não ficaram radicalmente expostas, prejudicadas ou alteradas; com bastante esforço, com um senso derradeiro de obrigação, mantiveram intactos seus contornos.

Elas tinham guardado o manuscrito do tio Craig e de tempos em tempos falavam de mostrá-lo a alguém, talvez ao sr. Buchanan, professor de história na escola secundária, ou ao sr. Fouks do jornal *Herald-Advance*. Porém, elas não queriam dar a impressão de que estavam pedindo um favor. E em quem você podia confiar? Algumas pessoas poderiam pegar o manuscrito e publicá-lo como se fosse delas.

Certa tarde, trouxeram a lata vermelha e dourada com o retrato da rainha Alexandra, cheia de biscoitos redondos de aveia casados com tâmaras cozidas, e também uma caixa grande de latão preta, à prova de fogo e com cadeado.

— A História do tio Craig.

— Quase mil páginas.

— Mais páginas que ...*E o vento levou!*

— Ele datilografou tão maravilhosamente, não tem nenhum erro.

— Datilografou a última página na tarde do dia em que morreu.

— Tire da caixa — instaram-me elas. — Dê uma olhada. — Do mesmo jeito que ofereciam biscoitos.

Folheei rápido até chegar à última página.

— Leia um pouco — disseram. — Vai te interessar. Você não tirava sempre nota boa em História?

Durante a primavera, o verão e o começo do outono daquele ano, construiu-se muito nas municipalidades de Fairmile, Morris e Grantly. No cruzamento da Concession Five com a River Sideroad, em Fairmile, foi construída uma igreja metodista para atender uma congregação grande e crescente naquela área. Ficou conhecida como a Igreja de Tijolos Brancos, e infelizmente só ficou de pé até 1924, quando foi destruída por um incêndio de origem desconhecida. O galpão dos veículos, apesar de feito de madeira, foi poupado. Na esquina oposta, o sr. Alex Hedley construiu e abriu um empório, mas morreu dois meses depois de derrame e a loja foi tocada por seus filhos Edward e Thomas. Havia também a oficina de um ferreiro funcionando mais adiante na Concession Five, sendo O'Donnell o nome dos proprietários. Essa esquina era conhecida como Esquina dos Hedley ou como Esquina da Igreja. Não há nada naquele local no momento além do prédio do empório, alugado por uma família que nele habita.

Enquanto eu lia isso elas me contaram, com uma bela hesitação para a surpresa, que o manuscrito era meu.

— E todos os arquivos e jornais velhos dele vão ficar com você quando nós... nós nos formos, ou antes, não há porque ficar esperando! Se você estiver pronta para eles.

— Porque nós temos a esperança... temos a esperança de que um dia você conseguirá concluir a obra.

— Costumávamos pensar em entregar isso para Owen, porque ele é o menino...

— Mas você é quem leva jeito na redação.

Seria um trabalho difícil, disseram, e era pedir muito de mim, mas pensavam que eu acharia mais fácil se levasse o manuscrito comigo para casa agora e o guardasse, lendo-o de tempos em tempos, para captar o jeito como o tio Craig escrevia.

— Ele tinha o dom. Ele conseguia colocar tudo e ainda deixar a leitura gostosa.

— De repente você consegue aprender a copiar o estilo dele.

Elas falavam com alguém que acreditava que o único dever de um escritor é produzir uma obra-prima.

Quando fui embora levei comigo a caixa, toda desajeitada, debaixo do braço. Tia Elspeth e titia Grace ficaram na porta, cerimoniosamente, para me ver ir embora, e tive a sensação de que era um navio que levava embora suas esperanças, descendo a linha do horizonte. Em casa, coloquei a caixa embaixo da cama; eu não estava com vontade de conversar a respeito com a minha mãe. Alguns dias depois achei que ela seria um bom lugar para guardar aqueles poucos poemas e trechos de um romance que eu tinha escrito; queria que ficassem trancados onde ninguém os acharia, e onde ficariam seguros em caso de incêndio. Levantei o colchão e peguei-os. Era ali que os tinha guardado até agora, dobrados dentro de um grande exemplar achatado de *O morro dos ventos uivantes*.

Eu não queria que o manuscrito do tio Craig ficasse junto das coisas que eu tinha escrito. Para mim, ele parecia tão morto, tão pesado, tão chato, tão inútil, que achei que deixaria as minhas coisas mortas também e me traria azar. Levei-o para o porão e o coloquei numa caixa de papelão.

Na última primavera que passei em Jubilee, quando estudava para as provas finais, o porão foi inundado por uns oito ou dez centímetros de água. Minha mãe me chamou para ajudá-la. Descemos, abrimos a porta dos fundos e varremos a água fria, com seu odor pantanoso, para um bueiro lá fora. Encontrei a caixa e o manuscrito lá dentro, que havia esquecido por completo. Tinha virado um maço enorme de papel encharcado.

Nem sequer olhei para ver o quanto tinha sido danificado ou se dava para salvá-lo. A mim, ele parecia um erro do começo ao fim.

Cheguei a pensar em tia Elspeth e em titia Grace. (Titia Grace estava naquele momento no hospital de Jubilee, recuperando-se, como se achava, de uma fratura na bacia, e tia Elspeth ia vê-la todos os dias e sentava-se ao seu lado. "Você acredita no que certas pessoas fazem para ficar de cama sendo servidas o dia inteiro?", dizia tia Elspeth para as enfermeiras, que amavam as duas.) Eu pensava nelas observando o manuscrito deixando a sua casa naquela caixa trancada e sentia remorso, aquele tipo de remorso terno que tem, na sua outra face, uma satisfação brutal e sem mácula.

PRINCESA IDA

Agora minha mãe vendia enciclopédias. Tia Elspeth e titia Grace chamavam isso de "pegar a estrada!".
— A sua mãe tem pegado muita estrada por esses dias? — elas me perguntavam, e eu dizia que não, ah, não, ela não tem mais saído muito, mas eu sabia que elas sabiam que eu estava mentindo. — Não sobra muito tempo para passar roupa — talvez prosseguissem com compaixão, examinando a manga da minha blusa. — Não sobra muito tempo para passar a roupa quando ela precisa pegar a estrada.

Eu sentia o peso das excentricidades da minha mãe, de algo absurdo e constrangedor a respeito dela — minhas tias simplesmente me mostravam um pouquinho de cada vez —, pousar nos meus próprios ombros de covarde. Eu queria repudiá-la e me humilhar para cair nas graças delas, órfã, abandonada, de mangas amarrotadas. Ao mesmo tempo, eu queria protegê-la. Ela nunca teria entendido o quanto precisava de proteção contra duas velhas senhoras com seu humor brando e desconcertante, seus decoros tenros. Elas usavam vestidos escuros de algodão com colarinhos brancos perfeitamente passados e recém-engomados, broches de flor de porcelana. A casa delas tinha um relógio que badalava, marcando delicadamente os quartos de hora; e também samambaias regadas, violetas africanas, caminhos de mesa de crochê, cortinas com franjas e, por cima de tudo, a fragrância limpa e acusatória de cera e limões.

— Ela esteve aqui ontem para pegar os scones que fizemos para vocês. Ficaram bons? A gente ficou pensando neles, ficaram leves? Ela nos disse que tinha ficado atolada lá na Jericho Road. Sozinha, atolada na Jericho Road! Pobre Ada! Mas a lama nela, impossível não rir!

— Tivemos de esfregar o linóleo do corredor — disse titia Grace, em tom de desculpas, como se fosse algo que ela não gostasse de me contar.

Daquele ponto de vista, minha mãe parecia mesmo uma selvagem.

Ela dirigia nosso Chevrolet 1937 pelas rodovias e pelas estradas menores do Condado Wawanash, dirigia sobre estradas de cascalho, de terra, trilhas de vaca, se achasse que assim podia chegar a clientes. Ela levava um macaco e uma pá no porta-malas, e duas tábuas curtas para facilitar a saída dos atoleiros. Dirigia o tempo inteiro como se não fosse ficar surpresa caso o chão se abrisse três metros à frente de suas rodas; buzinava desesperadamente em curvas cegas no campo; receava a todo momento que as pontes de madeira não fossem aguentar, e nunca deixava que nada a forçasse a invadir os traiçoeiros acostamentos despedaçados da estrada.

A guerra ainda estava acontecendo naquela época. Os fazendeiros enfim ganhavam dinheiro, com porcos, beterrabas açucareiras ou milho. Era possível que não pretendessem gastá-lo em enciclopédias. Suas mentes se voltavam para geladeiras, carros. Mas essas coisas não estavam disponíveis, e, nesse ínterim, lá estava minha mãe, arrastando bravamente sua mala de livros, adentrando suas cozinhas, suas salas de estar geladas com cheiro de funeral, abrindo fogo com cautela, mas também com otimismo, em nome do Conhecimento. Uma matéria-prima fria que a maior parte das pessoas, já adulta, concorda em dispensar. Porém, ninguém nega que ela é ótima para crianças. Era nisso que minha mãe apostava.

E se a felicidade neste mundo é acreditar no que você vende, ora, então minha mãe era feliz. O conhecimento não era frio para ela, nada disso; era quente e adorável. Mesmo naquela fase da sua vida, era conforto puro saber onde ficavam o mar de Celebes e o Palácio Pitti, saber a ordem das esposas de Henrique VIII, e ser informada sobre o sistema social das formigas, os métodos de abate sacrificial usado pelos astecas, o encanamento em Cnossos. Ela se esquecia de si falando dessas coisas; falava delas com qualquer pessoa.

— A sua mãe sabe tanta coisa, puxa — diziam tia Elspeth e titia Grace com leveza, sem inveja, e eu via que para algumas pessoas, talvez para a maioria das pessoas, conhecimento era apenas esquisitice; ele protuberava, como se fosse uma verruga.

Porém, eu mesma compartilhava o apetite da minha mãe, eu não tinha como evitar. Adorava os volumes da enciclopédia, seu peso (de mistério, de belas informações) quando se abriam no meu colo; adorava sua austera encadernação verde-escura, as letras douradas aracnídeas e reticentes nas lombadas. Abertos, eles poderiam me mostrar a gravura em aço de uma batalha acontecendo na charneca com, digamos, um castelo ao fundo ou no porto de Constantinopla. Todo o derramamento de sangue, os afogamentos, as cabeças decepadas, a agonia dos cavalos, era representado com uma espécie de floreio operístico, uma irrealidade soberba. E eu tinha a impressão de que em tempos históricos o clima era sempre teatral, ominoso; a paisagem franzia o cenho, o mar reluzia em vários tons foscos ou metálicos de cinza. Ali estava Charlotte Corday a caminho da guilhotina, a rainha Maria da Escócia a caminho do cadafalso, o bispo Laud abençoando Stafford através das barras da janela da prisão — ninguém podia duvidar de que era exatamente aquela a aparência deles, as túnicas pretas, as mãos erguidas e os rostos brancos, cheios de compostura e de heroísmo. A enciclopédia, é claro, oferecia outros tipos de coisas para se olhar: besouros, variedades de carvão, interiores diagramados de motores, fotografias de Amsterdã ou de Bucareste tiradas em dias borrados e escuros na década de 1920 (dava para notar pelos carros pequenos, altos e quadrados). Eu gostava mais de História.

Primeiro acidentalmente e depois bem deliberadamente, aprendi coisas na enciclopédia. Eu tinha uma memória bizarra. Aprender uma lista de fatos era para mim um teste irresistível, como tentar atravessar uma quadra saltitando num pé só.

Minha mãe começou a achar que eu podia ser útil em seu trabalho.

— A minha própria filha tem lido esses livros e estou perplexa com o que ela já aprendeu. A mente das crianças é que nem papel pega-mosca, sabe, o que quer que você dê a elas, gruda. Del, diga os nomes dos presidentes dos Estados Unidos de George Washington até hoje, você consegue?

Ou: diga os nomes dos países da América do Sul, com suas capitais. Os grandes exploradores, diga de onde vieram e para onde foram. Com as datas, por favor. Eu me sentava numa casa estranha e disparava informações. Fazia uma cara arguta, séria, competitiva, mas era só para causar impacto. Por dentro, eu sentia uma complacência resoluta. Eu sabia que sabia. E quem poderia não me amar por saber onde ficava Quito?

Muita gente podia, para dizer a verdade. Mas onde tive o primeiro sinal nesse sentido? Pode ter sido ao erguer os olhos e ver Owen, até onde se sabia incapaz de juntar duas datas ou capitais ou presidentes mortos, secreta e afetuosamente enrolando um longo fio de chiclete mastigado em volta do dedo. Pode ter sido ao observar as crianças do campo desviando o olhar, com seu constrangimento sutil e complicado. Um dia eu não quis mais fazer aquilo. A decisão foi física; a humilhação espetava minhas terminações nervosas e o forro do meu estômago.

— Não conheço eles... — comecei a dizer, mas estava infeliz demais, envergonhada demais, para contar essa mentira. — George Washington, John Adams, Thomas Jefferson...

— Você vai passar mal? — minha mãe disse, bruscamente.

Ela temia que eu estivesse prestes a vomitar. Tanto Owen quanto eu éramos vomitadores totalmente comprometidos, de ação imediata. Fiz que sim com a cabeça, deslizei para fora da cadeira e fui me esconder no carro, segurando a barriga. Quando minha mãe chegou, já tinha entendido que não era só isso.

— Você está ficando envergonhada — disse ela em tom prático. — Achei que gostasse. — As espetadas recomeçaram. Era exatamente isso, eu tinha gostado, e não foi legal da parte dela mencionar esse fato. — Timidez e vergonha — disse minha mãe, um tanto grandiloquente —, eis os luxos que nunca pude ter. — Ela ligou o carro. — Mas vou te contar, seu pai tem parentes que não abririam a boca em público nem para dizer que a casa está pegando fogo.

Dali em diante, quando ela perguntava (perguntava docilmente) se naquela dia eu queria responder umas perguntas, eu me afundava no assento e sacudia a cabeça e apertava a barriga, indicando o possível retorno rápido do meu mal-estar. Minha mãe teve de resignar-se, e agora, quando eu saía com ela aos sábados, era como Owen, uma carga gratuita e inútil, e não mais alguém que compartilhava das suas empreitadas.

— Você quer esconder seu cérebro atrás da cortina por pura perversidade, mas isso não é problema meu — disse ela. — Faça como quiser.

Eu ainda tinha vagas esperanças de aventura, as quais Owen compartilhava, ao menos no nível mais material. Ambos tínhamos esperança de comprar sacos de um certo doce marrom dourado, quebrado em nacos feito cimento e que derretia quase imediatamente na língua, vendido num armazém específico que era lotado de arreios pendurados e cheirava a cavalo. Esperávamos ao menos parar num posto de gasolina que vendesse refrigerante gelado. Eu esperava viajar até Porterfield ou Blue River, povoados cuja mágica vinha simplesmente de serem lugares que não conhecíamos e onde não éramos conhecidos, por não serem Jubilee. Andando pelas ruas de uma dessas cidadezinhas, eu sentia o meu anonimato como uma decoração, como a cauda de um pavão. Mas em algum momento da tarde essas esperanças se esvairiam, ou algumas delas teriam se materializado, o que sempre deixa uma brecha. Em minha mãe também algo se esvaía, algo daquelas rutilantes forças impiedosas que a tinham levado até ali para começo de conversa. A escuridão chegando, e o ar frio subindo por um buraco no piso do carro, o som cansado do motor, a indiferença do campo, nos reconciliavam uns com os outros e nos faziam ansiar por nossa casa. Andávamos de carro por lugares que não sabíamos que amávamos — não um mar de morros nem uma planície, mas algo partido, sem ritmo reconhecível; colinas baixas, vales cobertos de vegetação rasteira, pântanos, arbustos e campos. Olmos altos, separados, cada qual evidenciando seu formato, condenados, mas isso também não sabíamos. Eles tinham o formato de leques ligeiramente abertos, às vezes de harpas.

Jubilee era visível de uma elevação a cerca de cinco quilômetros de distância, na Rodovia 4. Entre nós e o povoado ficavam as planícies dos rios, inundadas toda primavera, e a curva oculta do rio Wawanash, e a ponte por cima dele, pintada de prata, suspensa no ocaso como uma gaiola. A Rodovia 4 também era a rua principal de Jubilee. Podíamos ver as torres dos Correios e da Prefeitura, uma de frente para a outra, a Prefeitura com sua cúpula exótica escondendo o sino lendário (tocado quando as guerras começavam e acabavam, pronto para tocar em caso de terremoto, ou de inundação final), e os Correios com sua torre de relógio, quadrada, útil, pragmática. O povoado se espraiava quase equidistantemente de cada lado da rua principal. Seu formato, que no momento da nossa volta costumava ser definido pelas luzes, era visto como mais ou menos o de um morcego, uma asa ligeiramente erguida, suportando a torre da caixa d'água, sem luz, indistinta, na ponta.

Minha mãe nunca deixava essa vista passar sem dizer algo.

— Ali está Jubilee — talvez dissesse, simplesmente.
— Bem, eis ali a metrópole — seria outra alternativa, ou talvez até citasse, nebulosamente, um poema sobre entrar pela mesma porta pela qual saíra. E com essas palavras, fossem elas cansadas, irônicas ou realmente gratas, me parecia que Jubilee encarnava seu ser. Como se sem a conivência do povoado, sua aceitação, aqueles postes e calçadas, o forte no ermo, o padrão aberto e secreto da cidadezinha (um abrigo e um mistério) não estariam ali.

Sobre todas as nossas expedições, e voltas para casa, e o mundo em geral, ela exercia essa autoridade misteriosa e chocante, e nada podia ser feito quanto a isso, não ainda.

Minha mãe alugava uma casa no povoado, e vivíamos ali de setembro a junho, indo para a casa no final da Flats Road somente no verão. Meu pai vinha para o jantar e passava a noite, até a neve chegar; então ele vinha, se pudesse, passar a noite de sábado e parte do domingo.

A casa que alugávamos ficava no fim da River Street, não muito longe da estação de trem. Era o tipo de casa que parece maior do que é; tinha um teto alto, mas inclinado — o segundo andar era de madeira, o primeiro de tijolos —, e uma janela saliente na sala de jantar, e varandas na frente e atrás; a varanda da frente tinha uma sacadinha inútil e, aliás, inacessível, acoplada ao seu teto. Todas as partes de madeira da casa eram pintadas de cinza, provavelmente porque o cinza não precisa ser repintado com a mesma frequência que o branco. No tempo quente, as janelas do andar de baixo tinham toldos, listrados e muito desbotados; então a casa, com sua tinta cinza descorada e suas varandas inclinadas, me fazia pensar numa praia: o sol, a grama rija sacudida pelo vento.

Contudo, aquela era uma casa que pertencia a um povoado; coisas nela sugeriam lazer e formalidade, de um tipo que não era possível na Flats Road. Às vezes eu pensava na nossa antiga casa, com seu rosto achatado e pálido, a laje de cimento diante da porta da cozinha, com uma dor de abandono, de culpa suave, de ternura, da mesma forma que você poderia pensar num simples avô cujas diversões já não são mais para a sua idade. Eu sentia falta de estar perto do rio e do pântano, e também da verdadeira anarquia do inverno, nevascas que nos fechavam na nossa casa como se ela fosse a Arca de Noé. Mas eu amava a ordem, a integralidade, o arranjo intricado da vida no povoado, que só alguém de fora conseguia enxergar. Indo de casa para a escola, nas tardes de inverno, eu sentia o povoado inteiro à minha volta, todas as ruas que se chamavam River Street, Mason Street, John Street, Victoria Street, Huron Street e, estranhamente, Khartoum Street; os vestidos de noite, translúcidos e pálidos como flores de açafrão crocus na vitrine da Moda Feminina da Krall; a Banda da Missão Batista no porão da igreja, cantando *There's a New Name Written Down in Glory, And It's Mine, Mine, Mine!*. Canários em suas gaiolas na loja Selrite, livros na biblioteca, correspondência nos Correios e fotos de Olivia de Havilland e Errol Flynn com roupas de pirata e donzela diante do cinema Lyceum — essas coisas todas, rituais e diversões, frágeis e brilhantes, entremeadas —, o povoado! No povoado havia soldados de licença, com seus uniformes cáqui que tinham uma aura de brutalidade anônima, como um cheiro de queimado; havia meninas bonitas e reluzentes, cujos nomes todo mundo sabia — Margaret Bond, Dorothy Guest, Pat Mundy — e que, por sua vez, não sabiam o nome de ninguém, a menos que decidissem saber; eu as via descendo a ladeira vindo da escola secundária, com suas botas de veludo enfeitadas com peles animais. Elas andavam num pequeno aglomerado, emanando irradiação como a de uma lamparina, cegando-as para o resto do mundo. Se bem que um dia uma delas — Pat Mundy — havia sorrido para mim ao passar, e inventei devaneios com ela — que me salvava de morrer afogada, que virava enfermeira e cuidava de mim, arriscando a vida para embalar-me em seus braços de veludo — quando quase morri de difteria.

Se era tarde de quarta-feira, a inquilina da minha mãe, Fern Dogherty, estaria em casa, tomando chá, fumando, conversando com ela na sala de jantar. A fala de Fern era grave, ela divagava e resmungava e ria, contrastando com os comentários mais agudos e econômicos da minha mãe. Elas contavam histórias sobre as pessoas na cidade, sobre si mesmas; sua conversa era um rio que nunca secava. Era o drama, o fermento da vida logo além do meu alcance. Eu ia até o espelho fundo no aparador embutido e olhava o reflexo da sala — toda ela lambril escuro, vigas sombrias, a luminária de bronze como uma arvorezinha formal crescendo para o lado errado, com cinco galhos encurvados rijamente, terminando em flores de vidro. Colocando-as num certo ponto do espelho, eu conseguia esticar minha mãe e Fern Dogherty como elástico, tremidas e histéricas, e conseguia fazer o meu próprio rosto pender desastrosamente de um lado, como se tivesse tido um derrame.

— Por que você não trouxe aquele quadro? — falei para a minha mãe.
— Que quadro? *Que quadro?*
— Aquele acima do sofá.

Porque eu vinha pensando (volta e meia eu tinha de pensar) na nossa cozinha lá no sítio, onde meu pai e tio Benny estavam naquele momento provavelmente fritando batatas para o jantar, numa panela suja (por que lavar uma boa gordura?), com luvas e cachecóis secando em cima do forno. Major, nosso cachorro — que não tinha permissão para entrar em casa durante o reinado de minha mãe —, estaria dormindo no linóleo sujo diante da porta. Jornais espalhados pela mesa em vez de uma toalha, o cobertor cheio de pelos de cachorro no sofá, armas, raquetes de neve e tinas penduradas nas paredes. O fedido conforto dos solteiros. Acima do sofá ficava um quadro efetivamente pintado pela minha mãe, nos longínquos primeiros dias (os dias possivelmente ensolarados, relaxados e amorosos) de seu casamento. Ele mostrava uma estrada de pedra e um rio entre as montanhas, e cabras sendo tangidas ao longo da estrada por uma garotinha de xale vermelho. As montanhas e as cabras eram parecidas, nodosas, lanosas, cinza-púrpura. Muito tempo atrás, eu tinha acreditado que a garotinha era na verdade minha mãe, e que aquela era a terra desolada de sua vida de menina. Depois fiquei sabendo que ela tinha copiado a cena da *National Geographic*.

— Aquele? Você quer aquilo aqui?

Na verdade, eu não queria. Como era comum nas nossas conversas, eu estava tentando ludibriá-la para obter a resposta ou a revelação que eu especificamente desejava. Queria que ela dissesse que o tinha deixado para o meu pai. Lembrei que uma vez ela disse que o pintara para ele, era ele quem tinha gostado daquela cena.

— Não quero que ele fique exposto onde as pessoas vejam — disse ela. — Não sou artista. Só pintei aquilo porque não tinha nada para fazer.

Ela deu uma festa para senhoras, para a qual convidou a sra. Coutts, às vezes chamada de sra. Advogada Coutts, a sra. Best, cujo marido era o gerente do Bank of Commerce, várias outras senhoras que só conhecia de conversar na rua, e também vizinhas, as colegas de Fern Dogherty nos Correios, e, claro, tia Elspeth e titia Grace. (Ela pediu que fizessem empadas de galinha cremosa, tartes de limão e doce de aveia com tâmara, e elas fizeram.) A festa foi toda planejada com antecedência. Assim que as senhoras chegaram ao hall de entrada, tiveram de estimar quantos feijões havia num jarro e escrever a estimativa num pedaço de papel. A noite continuou com jogos de adivinhação, jogos de trívia feitos com a ajuda da enciclopédia, jogos de mímica que não deram muito certo porque muitas senhoras não conseguiram entender direito como jogar, e eram de todo modo tímidas demais, e um jogo de papel e lápis em que você escreve o nome de um homem, dobra o papel e o passa adiante, escreve um verbo, dobra o papel, escreve o nome de uma senhora, e daí por diante, e no final todos os papéis são desdobrados e lidos em voz alta. Usando uma saia de lã rosa e um bolero, eu servia amendoins alegremente.

Tia Elspeth e titia Grace ocupavam-se na cozinha, sorridentes e injuriadas. Minha mãe usava um vestido vermelho, semitransparente, coberto de pequenos amores-perfeitos pretos e azuis, como bordados.

— Achamos que eram besouros que ela tinha naquele vestido — sussurrou tia Elspeth para mim. — Levamos um susto!

Depois disso, me pareceu que a festa era menos bonita do que eu tinha imaginado; reparei que algumas senhoras não jogavam nenhum jogo, que o rosto da minha mãe estava febril de empolgação e sua voz cheia de fervor organizativo, que quando ela tocava o piano e Fern Dogherty (que tinha estudado para ser cantora) cantava *como é viver sem meu amor?* as senhoras se continham e aplaudiam de uma certa distância, como se aquilo pudesse ser exibicionismo.

— Como vai aquela inquilina de vocês? Como ela está vivendo sem o amor dela? — titia Grace e tia Elspeth de fato me perguntariam vez por outra pelo próximo ano. Eu explicaria que era a música de uma ópera, uma tradução. — Ah, é *isso*? — elas exclamariam. — E o tempo todo ficamos sentindo muito por ela!

Minha mãe tinha esperanças de que sua festa incentivaria outras senhoras a darem festas assim, mas não incentivou, ou, se incentivou, nunca ficamos sabendo; elas continuavam convidando-a para jogar bridge, o que minha mãe dizia ser tolo e esnobe. Ela foi pouco a pouco desistindo da vida social. Disse que a sra. Coutts era uma mulher burra que num dos jogos de trívia demonstrou não ter certeza sobre quem era Júlio César (achou que ele era grego) e também cometia erros de gramática, dizendo coisas como "ele contou a eu e a ela" em vez de "a mim e a ela"; um erro comum de pessoas que achavam que estavam sendo refinadas.

Ela entrou no grupo de discussão de Obras Clássicas, que se reunia toda segunda quinta-feira do mês durante o inverno na Câmara Municipal na Prefeitura. Havia cinco outras pessoas no grupo, incluindo um médico aposentado, o dr. Comber, que era muito frágil, cortês e, como se revelou, ditatorial. Ele tinha um cabelo sedoso de puro branco e usava um plastrão. Sua esposa morava em Jubilee havia mais de trinta anos e ainda mal sabia o nome das pessoas ou onde ficavam as ruas. Era húngara. Ela tinha um nome magnífico que às vezes oferecia às pessoas como um peixe numa bandeja, todas as sílabas prateadas e escamosas intactas, mas não adiantava nada, ninguém em Jubilee conseguia pronunciá-lo ou lembrar-se dele. De início minha mãe adorou o casal, que sempre quisera conhecer. Estava muito contente por ter sido convidada para a casa deles, onde olhou as fotos da sua lua de mel na Grécia e tomou vinho tinto para não ofendê-los — apesar de não beber — e ouviu histórias engraçadas e horríveis de coisas que lhes tinham acontecido em Jubilee porque eram ateus e intelectuais. Sua admiração persistiu durante *Antígona*, esmoreceu um pouco em *Hamlet*, foi se apagando mais e mais ao longo de *A República* e de *Das Kapital*. Aparentemente, ninguém podia ter opiniões além dos Comber; os Comber sabiam mais, tinham visto a Grécia, tinham ido a palestras de H.G. Wells, sempre estavam certos. A sra. Comber e minha mãe tiveram um desentendimento e a sra. Comber observou que minha mãe não tinha feito faculdade e que frequentara apenas uma escola secundária de (minha mãe imitou o sotaque dela) *vim de mundo*. Minha mãe examinou algumas das histórias que lhe haviam contado e concluiu que tinham complexo de perseguição (Fern perguntou o que era aquilo, porque termos assim estavam apenas começando a entrar na moda na época) e que talvez fossem até um pouco doidos. Também havia um cheiro desagradável na casa deles que ela não tinha mencionado para nós na época, e a privada, que tivera de usar após tomar aquele vinho tinto, era horrenda, tinha uma espuma amarela. De que adianta ler Platão se você não limpa a sua privada?, perguntou minha mãe, retomando os valores de Jubilee.

Ela não voltou para o Obras Clássicas no segundo ano. Inscreveu-se num curso por correspondência chamado Grandes Pensadores da História, da Universidade de Western Ontario, e escrevia cartas para os jornais.

***

Minha mãe não esquecia de nada. Dentro daquele eu que conhecíamos, que às vezes podia parecer meio borrado ou distraído, ela mantinha seus eus mais jovens estrênuos e esperançosos; cenas do passado podiam aparecer a qualquer momento, como lâminas de lanterna mágica projetadas contra o tecido confuso do presente.

No começo, no começo mesmo de tudo, havia aquela casa. Ela ficava no final de uma longa travessa, com cercas de arame, vidraças afundadas de arame dos dois lados, no meio de campos onde as pedras (parte do escudo pré-cambriano) protuberavam da terra como ossos através da pele. A casa que eu nunca tinha visto em foto (talvez nenhuma tenha sido tirada) e que só ouvira minha mãe descrever de maneira impaciente e direta (*era só uma casa antiga de madeira; nunca fora pintada*) ainda assim aparecia na minha mente de forma tão clara quanto se a tivesse visto reproduzida num jornal — a casa mais vazia, mais escura e mais alta de todas as casas antigas de madeira, simples e familiar, mas com algo de terrível nela, guardando o mal, como uma casa onde fora cometido um assassinato.

E minha mãe, então apenas uma garotinha chamada Addie Morrison, imagino que espichada, com o cabelo curto porque sua mãe a protegia da vaidade, voltava andando para casa pela longa e ansiosa travessa, o balde de banha vazio que virava lancheira e continha seu almoço batendo nas pernas. Não seria sempre novembro, o chão duro, o gelo estilhaçado nas poças, grama morta flutuando dos arames? Sim, e a floresta adjacente e sinistra, com os curiosos ventos desconectados que erguem os galhos um por um. Ela entrava em casa e encontrava a lareira apagada, o fogão frio, a gordura do almoço dos homens espessa nos pratos e panelas.

Nenhum sinal do pai nem dos irmãos, que eram mais velhos e tinham terminado a escola. Eles não se demoravam pela casa. Ela atravessava a sala de estar e entrava no quarto dos pais, e ali, na maioria das vezes, encontrava a mãe de joelhos, curvada sobre a cama, rezando. Muito mais claramente do que o rosto da mãe, ela conseguia agora imaginar aquelas costas curvadas, os ombros estreitos em algum suéter cinza ou marrom por cima de algum roupão ou vestido de casa sujo, a parte de trás da cabeça com o cabelo fino partido no meio e bem puxado, o escalpo doentiamente branco. Era branco feito mármore, branco feito sabão.

— Ela era uma fanática religiosa — diz minha mãe sobre esta mulher ajoelhada, que noutras vezes é encontrada deitada de costas e chorando, por motivos que minha mãe não esclarece, com um pano úmido pressionado contra a testa. Certa vez, nos últimos estágios dementes do cristianismo, ela foi até o celeiro e tentou esconder no feno um bezerrinho macho, quando os homens do açougueiro estavam chegando. A voz da minha mãe, ao contar essas coisas, endurece com a certeza de ter sido trapaceada, com seus sentimentos não mitigados de raiva e de perda.

— Sabe o que ela fazia? Te contei o que ela fazia? Falei do dinheiro? — Ela puxa o ar para se recompor. — Sim. Pois bem. Ela herdou algum dinheiro. Uns parentes delas tinham dinheiro, viviam no estado de Nova York. Ela ganhou duzentos e cinquenta dólares, não era muito, mas valia mais do que hoje, e você sabe que nós éramos pobres. Você acha que isto aqui é pobreza. Isto não é *nada* em comparação com a nossa pobreza da época. O linóleo na nossa mesa, lembro bem, era tão gasto que dava para ver as tábuas nuas. Estava em frangalhos. Era um trapo, não um linóleo. Se eu usava sapatos, eram sapatos de menino, repassados dos meus irmãos. Era o tipo de sítio em que não dava para plantar morugem. No Natal ganhei um par de calçolas azul-marinho. E vou te contar, eu *gostei*. Eu sabia o que era sentir frio.

"Bem. Minha mãe pegou o dinheiro e encomendou uma caixa enorme cheia de Bíblias. Elas vieram pelo correio expresso. Eram do tipo mais caro, com mapas da Terra Santa em páginas com bordas douradas, e as palavras de Cristo todas marcadas em vermelho. *Bem-aventurados os pobres de espírito.* O que há de tão incrível em ser pobre de espírito? Ela gastou cada centavo.

"Então, depois, nós tínhamos de sair e distribuir as Bíblias. Ela as tinha comprado para dar aos incréus. Acho que meus irmãos esconderam algumas no celeiro. Eu sei que esconderam. Mas eu era boba demais para pensar isso. Com oito anos, saí pisando duro por toda a região usando sapatos de menino e sem ter um par de luvas, distribuindo Bíblias.

"Pruma coisa serviu, me curou da religião para sempre."

Uma vez ela comeu pepinos e tomou leite porque tinha ouvido falar que essa combinação era venenosa, e queria morrer. Era mais curiosa do que deprimida. Ela se deitou e esperou acordar no Céu, do qual tinha ouvido falar tanto, mas em vez disso abriu os olhos para outra manhã. Isso também teve impacto na sua fé. Ela não contou para ninguém na época.

O irmão mais velho às vezes trazia doces para ela do povoado. Ele se barbeava na mesa da cozinha, um espelho apoiado no lampião. Era vaidoso, ela achava, tinha bigode, e recebia cartas de moças que nunca respondia, mas deixava largadas ao léu, onde qualquer um podia lê-las. Minha mãe parecia se ressentir disso.

— Não tenho ilusões a respeito dele — disse ela —, mas acho que não era diferente da maioria.

Hoje ele morava em New Westminster e trabalhava numa balsa. O outro irmão morava nos Estados Unidos. No Natal mandavam cartões, e ela mandava cartões para eles.

Eles nunca escreviam cartas, nem ela.

Era o irmão mais novo que ela odiava. O que ele tinha feito? As respostas dela não eram inteiramente satisfatórias. Ele era mau, inchado, cruel. Um garoto gordo e cruel. Dava bombinhas para os gatos comerem. Amarrou um sapo e o picou em pedaços. Afogou a gatinha da minha mãe, chamada Misty, no cocho da vaca, mas negou depois. Ele também apanhava minha mãe, amarrava-a no celeiro e a atormentava. Atormentava? Ele a *torturava*.

Com o quê? Mas minha mãe nunca ia além dessa palavra, *torturava*, que cuspia feito sangue. Assim, só me restava imaginá-la amarrada no celeiro, como numa estaca, enquanto seu irmão, um índio gordo, gania e saltitava em torno dela. Mas afinal ela tinha escapado, com o escalpo ileso, sem queimaduras. Nada realmente explicava seu rosto ensombrecido naquele momento da história, seu modo de dizer *torturava*. Eu ainda não tinha aprendido a reconhecer a melancolia que se apossava dela nas cercanias do sexo.

A mãe dela morreu. Viajou para uma cirurgia, mas tinha nódulos grandes nos dois seios e morreu, minha mãe sempre dizia, na mesa. Na mesa *de operações*. Quando eu era mais nova, costumava imaginá-la estirada morta numa mesa comum, entre xícaras de chá, ketchup e geleia.

— Você ficou triste? — perguntei, esperançosa, e minha mãe disse que sim, claro que ficou triste. Mas não se demorava nessa cena. Coisas importantes estavam por vir. Logo ela tinha terminado a escola, tinha passado no exame de admissão e queria ir para a escola secundária, no povoado. Mas o pai disse que não, ela tinha de ficar em casa e cuidar de tudo até se casar. ("Pelo amor de Deus, com quem eu ia me casar", gritava minha mãe com raiva toda vez que chegava nesse ponto da história, "lá no fim do mundo com todo mundo vesgo por causa dos casamentos entre primos?")Depois de dois anos em casa, infeliz, aprendendo algumas coisas por conta própria em antigos livros didáticos que tinham sido da mãe dela (ela mesma uma professora escolar antes de o casamento e a religião a dominarem), ela desafiou o pai e andou a distância de quinze quilômetros até o povoado, escondendo-se nos arbustos da estrada toda vez que ouvia um cavalo vindo, por medo de que fossem eles, com a velha carroça, chegando para levá-la de volta para casa. Ela bateu na porta de uma pensão que conhecia do comércio de ovos e perguntou se podia ter um quarto e comida em troca de trabalhar na cozinha e atender os clientes. E a mulher que geria a casa a aceitou (era uma velha senhora decente e de fala rude que todo mundo chamava de vovó Seeley) e a manteve longe do pai até que o tempo tivesse passado, e até lhe deu um vestido xadrez, de lã piniquenta, longo demais, que ela usou para ir à escola naquela primeira manhã em que ficou de pé diante de uma turma em que todos tinham dois anos a menos que ela e leu em latim, pronunciando-o do modo como tinha aprendido sozinha, em casa. Naturalmente, todo mundo riu.

E minha mãe não conseguia evitar, nunca conseguia evitar, ficar eletrizada e terna com essa recordação; seu antigo eu jovem a enchia de admiração. Ah, se pudesse haver um momento fora do tempo, um momento em que pudéssemos escolher ser julgados, tão despidos quanto possível, acossados, triunfantes, então aquele teria que ser o momento dela. Mais tarde vêm os comprometimentos e os erros, talvez; ali, ela é absurda e inatingível.

Assim, na pensão, começa todo um novo capítulo da vida. Acordar de madrugada para descascar verduras, deixá-las na água fria para o almoço ao meio-dia. Limpar os penicos dos quartos, espalhar talco neles. Não havia privadas naquele povoado.

— Eu limpei penicos para poder estudar! — ela dizia,

sem se importar com quem estivesse ouvindo. Porém, uma boa classe de pessoas os usava. Caixas de banco. O operador de telégrafo da linha de trem. A professora, srta. Rush. A srta. Rush ensinou minha mãe a costurar, deu-lhe uma bonita lã de merino para um vestido, deu-lhe um cachecol amarelo franjado ("Onde ele *foi parar?*", perguntava minha mãe com exasperado pesar), deu-lhe um pouco de água de colônia. Minha mãe amava a srta. Rush; ela limpava o quarto da srta. Rush e guardava o cabelo de sua bandeja de maquiagem, tirava fios do pente, e, quando juntou o bastante, fez uma pequenina trança e a pendurou num fio, para usar em volta do pescoço. Esse era o tanto que ela a amava. A srta. Rush a ensinou a ler partituras e a tocar no seu próprio piano, mantido na sala de estar da vovó Seeley, aquelas músicas que ainda sabia tocar, embora praticamente nunca tocasse. "Drink to Me Only With Thine Eyes" e "The Harp That Once Through Tara's Halls" e "Bonny Mary of Argyle".

O que acontecera com a srta. Rush, então, com sua beleza, seus bordados e sua habilidade ao piano? Ela tinha se casado, bem tarde, e morrido dando à luz. O bebê morreu também e foi colocado nos braços dela como uma boneca de cera, de vestido longo, minha mãe tinha visto.

As histórias do passado podiam se desenrolar assim, dando voltas e mais voltas até a morte; eu já esperava.

A vovó Seeley, por exemplo, foi encontrada morta na cama numa manhã de verão logo após minha mãe completar os quatro anos do secundário, e a vovó Seeley tinha-lhe prometido o dinheiro para ir à Escola Normal, um empréstimo a ser pago quando ela virasse professora. Em algum lugar havia um pedaço de papel com isso escrito, mas nunca foi encontrado. Ou melhor, acreditava minha mãe, foi encontrado pelo sobrinho da vovó Seeley e sua esposa, que ficaram com a casa e com o dinheiro; devem tê-lo destruído. O mundo está cheio de gente desse tipo.

Assim, minha mãe precisou arrumar um emprego. Ela foi trabalhar numa grande loja em Owen Sound, onde logo ficou encarregada dos tecidos e armarinho. Ficou noiva de um rapaz que permaneceu uma sombra — certamente não um vilão inequívoco, como o irmão ou o sobrinho da vovó Seeley, mas também não luminoso e amado, como a srta. Rush. Por razões misteriosas ela teve de romper o noivado. ("Ele acabou se mostrando uma pessoa diferente da que eu pensava que ele era.") Depois, passado um tempo indefinido, ela conheceu meu pai, que deve ter-se mostrado o tipo de pessoa que ela pensava que era, porque se casou com ele, apesar de sempre ter jurado a si mesma que nunca se casaria com um fazendeiro (ele criava raposas, e houve um tempo em que achou que isso o deixaria rico; qual seria a diferença?) e de a família dele já ter começado a fazer comentários para ela que não eram bem-intencionados.

— Mas você se apaixonou por ele — eu a recordava, severa, ansiosa, querendo estabelecer isso de uma vez. — Você se apaixonou.

— Bem, claro que me apaixonei.

— Por que você se apaixonou?

— O seu pai sempre foi um cavalheiro.

Era isso? Aqui eu ficava perturbada por uma certa desproporção, mas era difícil dizer o que estava faltando, o que estava errado. No começo da história dela havia subjugação sombria e sofrimento, depois ousadia e audácia e fuga. Lutas, decepções, mais lutas, madrinhas e vilões. Agora eu esperava, como em todas as histórias grandiosas e satisfatórias: o irromper da Glória, a Recompensa. Casar-se com meu pai? Eu esperava que fosse isso. Eu queria que ela não me deixasse em dúvidas quanto a isso.

Quando eu era mais nova, lá no final da Flats Road,

eu a observava cruzando o quintal para jogar fora a água da louça, carregando a bacia de lavar louça no alto, como uma sacerdotisa, andando sem pressa, imponente, e lançando a água da louça com um gesto grandioso por cima da cerca. Na época, eu a via poderosa, uma governante, e também satisfeita. Ela ainda tinha poder, mas não tanto quanto pensava, talvez. E não estava de jeito algum satisfeita. Nem era uma sacerdotisa. Ela tinha uma barriga que rosnava alto, de cujas mensagens ela ria ou ignorava, mas que me deixavam insuportavelmente constrangida. Seu cabelo crescia em pequenos tufos e touceiras selvagens, castanho-acinzentado; todo permanente que ela fazia ficava arrepiado. Será que todas as histórias dela tinham, afinal, de terminar só com ela, do jeito como era agora, apenas minha mãe em Jubilee?

Um dia ela apareceu na escola representando a empresa das enciclopédias para conceder um prêmio à melhor redação sobre por que deveríamos comprar títulos de guerra. Ela precisou ir às escolas de Porterfield, Blue River e Stirling para fazer a mesma coisa; aquela foi uma semana de orgulho para ela. Usou um paletó azul-marinho terrível, que parecia de homem, com um único botão na cintura, e um chapéu de feltro bordô, o melhor que tinha, no qual eu angustiadamente acreditava poder ver uma poeira fina. Ela fez um discurso breve. Fixei os olhos no suéter da menina à minha frente — azul-claro, bocadinhos nodosos de lã protuberantes —, como se me apegar àqueles indiferentes fiapos de fatos fosse me poupar de me afogar na humilhação. Ela era tão diferente, era basicamente isso, tão cheia de energia e de esperança, tão ingênua em seu chapéu bordô, fazendo piadinhas, achando-se um sucesso. Por qualquer migalha teria desembestado a contar sua própria história de estudante, os quinze quilômetros até o povoado e os penicos. Quem mais tinha uma mãe dessas? As pessoas me lançavam olhares maldosos e soberbos e de pena. De repente eu não conseguia tolerar nada a respeito dela — o tom da voz, o modo apressado e imprudente como se mexia, os absurdos gestos agitados (a qualquer momento poderia derrubar o tinteiro da mesa do diretor) e acima de tudo sua inocência, seu modo de não perceber quando as pessoas estavam rindo, de achar que podia safar-se daquilo.

Eu odiava que ela vendesse enciclopédias e fizesse discursos e usasse aquele chapéu. Odiava que escrevesse cartas para os jornais. Suas cartas sobre os problemas locais, ou aquelas em que promovia a educação e os direitos das mulheres e se opunha ao ensino religioso obrigatório na escola eram publicadas no *Herald-Advance* de Jubilee com seu próprio nome. Outras apareciam numa página do jornal da cidade dedicada às correspondentes, e para essas ela usava o pseudônimo *Princesa Ida*, tirado de uma personagem de Tennyson que admirava. Elas eram cheias de longas descrições ornamentadas do campo de onde tinha fugido (*Esta manhã uma belíssima geada prateada extasia o olhar em cada galho e fio de telefone, tornando o mundo uma verdadeira terra das fadas...*) e continham até referências a Owen e a mim (*minha filha, que logo não será mais criança, esquece a dignidade recém-descoberta para brincar na neve*) que faziam as raízes dos meus dentes doerem de vergonha. Pessoas que não eram tia Elspeth nem titia Grace me diziam:

— Vi a carta da sua mãe no jornal. — E eu sentia o quão desdenhosas, quão superiores, caladas e invejáveis elas eram, aquelas pessoas capazes de ficar imóveis a vida toda, sem precisar fazer nem dizer nada de notável.

Eu mesma não era muito diferente da minha mãe, mas escondia isso, por conhecer os perigos que havia.

***

Naquele segundo inverno que passamos em Jubilee tivemos

visitas. Era uma tarde de sábado, e eu limpava a neve da nossa calçada com a pá. Vi um grande carro embicar lentamente, quase em silêncio, por entre as margens de neve amontoada, como um peixe sem vergonha. Placa americana. Achei que era alguém perdido. As pessoas acabavam dirigindo até o final da River Street — onde não havia em canto algum uma bendita placa avisando que era sem saída — e, quando chegavam à nossa casa, já tinham começado a estranhar.

Um estranho saiu. Usava sobretudo, chapéu de feltro cinza, cachecol de seda no inverno. Era grande e pesado; seu rosto era pesaroso, orgulhoso, caído. Estendeu os braços para mim de maneira alarmante.

— Venha cá me dar um alô! Eu sei o seu nome, mas aposto que você não sabe o meu!

Ele veio bem na minha direção (eu estava petrificada com a pá na mão) e beijou minha bochecha. Uma fragrância masculina azeda e meio doce; loção de barbear, estômago inquieto, camisa limpa e engomada e algum fedor cabeludo secreto.

— O nome da sua mãe não era Addie Morrison? Era, não era?

Ninguém mais chamava minha mãe de Addie. Isso a fazia soar diferente — mais redonda, mais desleixada, mais simples.

— A sua mãe é a Addie, você é a Della e eu sou o seu tio Bill Morrison. É quem eu sou. Ei, te dei um beijo e você não me deu nenhum. Por aqui acham isso justo?

Àquela altura, minha mãe saía de casa com uma risca recém-feita e descuidada de batom na boca.

— Ora, Bill. Você não aprende a avisar antes, aprende? Tudo bem, estamos contentes em te ver. — Ela disse isso com certa severidade, como se estivesse fazendo uma observação.

Então era mesmo o irmão dela, o americano, meu tio

de sangue.

Ele se virou e acenou para o carro.

— Pode sair agora. Nada aqui vai morder você.

A porta se abriu do outro lado do carro e uma mulher alta saiu, lentamente, atrapalhando-se com o chapéu. Este chapéu era alto de um lado da cabeça e baixo do outro; penas verdes projetadas para cima deixavam-no mais alto ainda. Ela usava um casaco três-quartos de pele de raposa e um vestido verde e sapatos verdes de salto alto em vez de galochas.

— Essa é sua tia Nile — me disse o tio Bill como se ela não conseguisse ouvir, nem entender inglês, como se fosse alguma característica formidável da paisagem, que precisava de identificação. — Você nunca a viu antes. Você já me viu, mas era nova demais para lembrar. Ela você nunca viu. Eu mesmo nunca a tinha visto antes do verão passado. Quando vi você antes, era casado com a sua tia Callie, e agora sou casado com a sua tia Nile. Conheci ela em agosto, casei em setembro.

A calçada ainda não estava perfeitamente limpa. Tia Nile tropeçou com seu salto alto e gemeu, sentindo a neve no sapato. Ela gemia tristemente, como uma criança.

— Quase torci o tornozelo — disse ao tio Bill, como se não houvesse mais ninguém por perto.

— Falta pouco — disse ele para dar coragem, e tomou seu braço, apoiando-a pelo resto do caminho, subindo a calçada e os degraus e atravessando a varanda como se ela fosse uma senhora chinesa (eu estava lendo *A boa terra*, da biblioteca pública) para quem andar é uma atividade rara e antinatural. Minha mãe e eu, que não tínhamos trocado cumprimentos com Nile, fomos atrás, e no hall de entrada escuro minha mãe disse:

— Ora, bem-vindos!

Tio Bill ajudou Nile a tirar o casaco.

— Por favor, pegue isso e pendure — ele me disse. — Pendure em algum lugar sem nada perto. Não pendure perto de nenhuma jaqueta de usar na roça!

Minha mãe tocou a pele do casaco.

— Você devia passar no nosso sítio, dá para ver algumas dessas no casco ainda — disse a Nile. O tom dela era jocoso e artificial.

— Ela está falando das raposas — disse o tio Bill a Nile. — O seu casaco é feito delas. — Então se virou para nós. — Acho que ela nem sabia que a pele vinha do lombo de uma criatura. Achava que eram produzidas direto na loja! — disse.

Nile, enquanto isso, parecia espantada e descontente como alguém que nunca tivesse sequer ouvido falar de países estrangeiros, e subitamente fora pega e largada num deles, com todo mundo em volta falando uma língua nunca antes sonhada. A adaptabilidade não devia ser um dos seus pontos fortes. Por que seria? Isso colocaria em dúvida sua própria perfeição. Ela era perfeita, e mais jovem do que eu inicialmente pensara, talvez apenas vinte e dois ou vinte e três anos. Não havia marca nenhuma em sua pele, parecia uma xícara de chá rosada, sua boca poderia ter sido recortada de um veludo avermelhado e colada. Seu cheiro era desumanamente doce e suas unhas (vi isso com espanto, deleite e um pouco de apreensão, como se ela tivesse ido longe demais) eram pintadas de *verde*, para combinar com as roupas.

— É um casaco muito bonito — disse minha mãe, com mais dignidade.

Tio Bill olhou para ela com cara de queixume.

— Seu marido nunca vai ganhar dinheiro nenhum nesse ramo, Addie, é tudo controlado pelos judeus. Agora, você não teria algo como uma xícara de café em casa? Para eu e a minha esposinha nos aquecermos?

O problema era que não tínhamos algo assim. Minha mãe e Fern Dogherty tomavam chá, que era mais barato, e Postum pela manhã.* Minha mãe levou todo mundo para a sala de jantar e Nile sentou-se.

— Vocês não querem um chá quentinho? Estou realmente sem café — disse minha mãe.

Tio Bill não se abalou. Chá, não, disse ele, mas se ela não tinha mais café ele ia comprar café.

— Tem alguma mercearia nessa cidadezinha? — me perguntou. — Deve haver uma ou duas mercearias nessa cidadezinha. Um povoado grande assim, que tem até semáforos, eu vi eles. Você e eu vamos pegar o carro e comprar umas comidas, deixar essas duas cunhadas se conhecerem.

Flutuei ao lado dele, naquele grande carro creme e chocolate com cheiro de limpo, descendo a River Street, a Mason Street e a rua principal de Jubilee. Estacionamos na frente da mercearia Red Front, atrás de uma parelha com trenó.

— Isso aqui é uma mercearia?

Não me comprometi. Imagine se eu dissesse que era, e ele não encontrasse nada do que queria?

— A sua mãe faz compras aqui?

— Às vezes.

— Então acho que deve bastar para nós.

Daquele carro, eu via a parelha e o trenó, com sacos de ração em cima, e a mercearia Red Front, e a rua inteira, de um jeito diferente. Jubilee não parecia única e permanente como eu pensara, mas quase improvisada e maltrapilha; ela mal bastava.

A loja tinha acabado de ser convertida para autoatendi-

---

*Postum é a marca de uma bebida solúvel de farelo de trigo torrado e melaço, um substituto do café, sem cafeína. (N. do E.)

mento, a primeira no povoado. Os corredores eram estreitos demais para carrinhos, mas havia cestas que você levava no braço. Tio Bill queria um carrinho. Perguntou se havia alguma outra mercearia no povoado com carrinhos e lhe disseram que não. Com isso resolvido, ele começou a ir de um lado pro outro nos corredores dizendo os nomes das coisas. Agia como se não houvesse mais ninguém na loja, como se as pessoas só ganhassem vida quando lhes pedia algo, como se a loja em si não fosse real, mas tivesse sido montada no instante em que ele disse que precisava de uma.

Comprou café, frutas em conserva, verduras, queijo, tâmaras, figos, mistura pronta de pudim, refeições prontas de macarrão, chocolate em pó, ostras e sardinhas enlatadas.

— Você gosta disso? — ele ficava dizendo. — Gosta desses aqui? De passas? De cereal de flocos de milho? De sorvete? Onde fica o sorvete? Qual sabor que você gosta? Chocolate? O seu preferido é chocolate? — No fim eu tinha medo de olhar qualquer coisa, ou ele compraria.

Ele parou diante da vitrine da Selrite, onde havia caixas de doces a granel.

— Aposto que você gosta de doce. Qual você quer? Alcaçuz? Jujuba de fruta? Amendoim confeitado? Vamos levar uma mistura, vamos levar todos os três. Mas não vão te deixar com sede, todos esses amendoins confeitados? Melhor a gente achar um pouco de refrigerante.

Não era tudo.

— Tem alguma padaria no povoado? — disse ele, e o levei até a Padaria do McArter, onde comprou duas dúzias de tortas amanteigadas, duas dúzias de pão doce com nozes e um bolo de coco de quinze centímetros de altura. Era exatamente como numa história infantil que eu tinha em casa em que uma garotinha consegue que seus desejos sejam atendidos, um a cada dia durante uma semana, e todos, claro, acabam deixando-a infeliz. Um desejo era ter tudo o que ela sempre quis comer. Eu costumava pegar aquilo e reler a descrição da comida por puro prazer, ignorando as punições que logo se seguiam, infligidas por poderes sobrenaturais que sempre vigiavam a gulodice. Mas agora eu via que demais poderia realmente ser demais. Até Owen, no fim das contas, talvez ficasse deprimido com aquela liberalidade idiota, que tirava dos eixos todo o sistema conhecido de recompensas e prazeres.

— Você parece um fado padrinho — eu disse ao tio Bill. Queria que isso soasse não infantil, ligeiramente irônico; também, desse modo exagerado, pretendia expressar a gratidão que receava não sentir o bastante. Mas ele entendeu aquilo como a mais simplória infantilidade, repetindo a frase para minha mãe quando chegamos em casa.

— Ela diz que sou um fado padrinho, mas precisei pagar em dinheiro!

— Bem, eu nem sei o que fazer com isso tudo, Bill. Você vai ter de levar um pouco para casa.

— Nós não dirigimos de Ohio até aqui para fazer nossas compras. Pode guardar tudo. Não precisamos de nada. Desde que eu tenha sorvete de chocolate pra sobremesa, pouco me importa o que mais eu tenho ou não tenho. Meu lado formiga nunca me abandonou. Mas perdi peso, sabe. Perdi quase quinze quilos desde o verão passado.

— Você não é um caso de ajuda humanitária ainda.

Minha mãe tirou a toalha de mesa com suas manchas do chá do dia anterior e de ketchup e colocou uma nova, a que chamava de toalha Madeira, a fina flor dos seus presentes de casamento.

— Você sabe que eu já fui um nanico. Fui um bebê magricela. Quando tinha dois anos, quase morri de pneumonia. Mamãe que me manteve vivo, e depois começou a me dar mais e mais comida. Fiquei muito tempo sem fazer exercício e engordei. Mamãe... — disse ele, com uma espécie de exuberância melancólica. — Ela não era uma espécie de santa viva? Eu falo pra Nile que ela devia ter conhecido a mamãe.

Minha mãe dirigiu a Nile um olhar surpreso (será que aquelas duas cunhadas tinham começado a criar alguma intimidade?), mas não disse se achava que isso teria sido boa ideia.

— Você quer um prato com desenho de pássaros ou de flores? — perguntei a Nile. Eu só queria fazê-la falar.

— Não me importa — disse ela tenuamente, olhando para baixo, para as unhas verdes como se fossem talismãs que a mantinham naquele lugar.

Minha mãe se importava.

— Coloque na mesa pratos que combinem, não somos tão pobres que não temos um jogo de pratos!

— Você veste verde-nilo porque seu nome é Nile? — eu disse, ainda tentando. — Essa cor é verde-nilo? — Achei que ela fosse uma idiota, e, no entanto, a admirava febrilmente, ficava grata por cada pedrinha verbal incolor que ela deixava escapulir. Ela atingia um extremo de decoratividade feminina, uma artificialidade perfeita, que eu nem sabia existir; vendo-a, eu entendia que jamais seria bonita.

— É só uma coincidência que meu nome seja Nile. — (Talvez ela tenha até dito coincidência.) — Era minha cor favorita desde muito antes de eu saber que havia uma cor verde-nilo.

— Eu não sabia que existia esmalte verde.

— Você precisa encomendar.

— Mamãe tinha esperanças de que ficássemos no sítio, do jeito como fomos criados — disse tio Bill, seguindo seus próprios pensamentos.

— Eu não desejaria isso a ninguém, viver num sítio como aquele. Não dava nem para plantar morugem.

— O aspecto financeiro nem sempre é a única coisa

importante, Addie. Tem também estar perto da Natureza. Sem tudo isso... você sabe, ficar correndo para cima e para baixo, fazer o que não te faz bem, viver com excessos. Esquecer o cristianismo. Mamãe achava que era uma vida boa.

— O que há de tão bom na Natureza? A Natureza é só uma coisa atacando a outra o tempo todo, de uma ponta à outra. A Natureza é só um monte de lixo e crueldade, talvez não do ponto de vista da Natureza, mas de um ponto de vista humano. A crueldade é a lei da Natureza.

— Bem, não foi isso que eu quis dizer, Addie. Não estou falando de animais selvagens, de nada disso. Estou falando da vida que tínhamos em casa, na qual não tínhamos confortos em excesso, admito, mas uma vida simples e trabalho duro e ar fresco e um bom exemplo espiritual na nossa mamãe. Ela morreu jovem, Addie. Morreu sentindo dor.

— Com anestesia — disse minha mãe. — Então estritamente falando, espero que ela não tenha morrido com dor.

Durante a janta, ela disse ao tio Bill que estava vendendo enciclopédias.

— Vendi três coleções no último outono — foi o que ela disse, embora na verdade tivesse vendido uma e ainda estivesse trabalhando em dois casos muito promissores. — Tem dinheiro no campo agora, sabe, por causa da guerra.

— Mascateando pros fazendeiros você não vai ganhar dinheiro nenhum — disse tio Bill, inclinado sobre o prato e comendo sem parar, como fazem os velhos. Ele parecia velho. — O que é que você disse que está vendendo?

— Enciclopédias. Livros. São uma coleção excelente. Eu teria dado meu braço direito para ter uma coleção de livros como essa em casa quando era criança. — Devia ser a quinquagésima vez que eu a ouvia dizer aquilo.

— Você estudou. Eu não. Isso não me detêve. Você não

vai vender livros para essa gente do campo. Eles têm bom senso demais. São mãos de vaca. O dinheiro não está em coisas assim. Está em imóveis. O dinheiro está em imóveis e investimentos, se você souber o que está fazendo. — Ele começou uma longa história, voltando atrás toda hora e se complicando e corrigindo-se nos detalhes, a respeito de comprar e vender casas. Comprar, vender, comprar, construir, rumores, ameaças, perigos, segurança. Nile nem ouvia nada, ficava só empurrando o milho em conserva pelo prato, furando os grãos um a um com o garfo; uma brincadeira infantil que nem mesmo Owen teria começado sem escutar alguma coisa. O próprio Owen não disse uma palavra, mas comeu com o seu chiclete na unha do dedão; minha mãe não tinha reparado. Fern Dogherty não estava lá; tinha ido ver sua mãe no hospital do condado. Minha mãe escutava o irmão com um olhar que era um misto de desaprovação e astúcia ardilosa.

O irmão dela! Era essa a coisa, o fato indigerível. Esse tio Bill era o irmão da minha mãe, o garoto gordo e terrível, com o dom da crueldade, tão ardiloso, sagaz, diabólico, a ser tão temido. Eu ficava olhando para ele, tentando tirar o menino de dentro do homem amarelado. Mas não conseguia encontrá-lo lá. Ele tinha ido embora, sufocado, como uma cobrinha malhada, outrora venenosa e lépida, enterrada num saco de farinha.

— Lembra das lagartas, de como elas ficavam nas folhas de asclépia?

— Lagartas? — disse minha mãe sem acreditar. Ela levantou e pegou uma escovinha e pazinha de lixo com cabos de bronze, outro presente de casamento. Começou a varrer as migalhas da toalha.

— Elas aparecem nas asclépias no outono. Estão atrás do leite, você sabe; o suco delas. Bebem tudo e ficam gordas e sonolentas e entram no casulo. Bem, ela achou uma na asclépia e a levou para casa...

— Quem levou?

— *Mamãe*, Addie. Quem mais se daria a esse trabalho? Foi muito antes do seu tempo. Ela encontrou uma e a colocou em cima da porta, onde eu não conseguia pegar. Eu não teria feito nada de mal, mas eu era como os garotos são. Ela entrou nesse casulo e ficou lá o inverno inteiro. Esqueci que estava lá. Aí a gente estava sentado depois do almoço no domingo de Páscoa (domingo de Páscoa, mas estava a maior nevasca lá fora) e a mamãe diz: "Olha!" *Olha*, diz ela, então a gente olhou e lá em cima da porta estava aquela coisa começando a se mexer. Só desbastando o casulo, só empurrando e trabalhando pelo lado de dentro, cansando e parando e voltando a trabalhar de novo. Ela levou uma meia hora, talvez uns quarenta minutos, e em momento nenhum paramos de olhar. Então vimos a borboleta sair. Era como se o casulo finalmente tivesse cedido, caído feito um trapo velho. Era uma borboleta amarela, uma coisinha sarapintada. As asas pareciam carregadas de cera. Precisou fazer um esforço para conseguir soltá-las. Trabalha em uma, trabalha e bate. Trabalha na outra. Ergue essa, voa um pouquinho. Mamãe diz: "Vejam, vejam isso. Nunca esqueçam. Foi isso que vocês viram na Páscoa." Nunca esqueçam. Eu nunca esqueci.

— O que aconteceu com a borboleta? — disse minha mãe num tom neutro.

— Isso eu não lembro. Num clima daqueles, não ia durar muito. Mas era curioso de ver: trabalha numa asa, trabalha na outra asa. Voa um pouquinho. A primeira vez que usou as asas. — Ele riu, com um tom apologético, a primeira e última risada que ouviríamos dele. Mas aí ele pareceu cansado, vagamente decepcionado, e dobrou as mãos sobre a barriga, da qual vinham ruídos digestivos nobres e necessários.

Isso foi na mesma casa. A mesma casa onde minha mãe costumava encontrar a lareira apagada e a mãe dela rezando e onde tomava leite com pepino na esperança de ir para o Céu.

Tio Bill e Nile passaram a noite, dormindo no sofá da sala de estar, que podia ser puxado e transformado em cama. Aqueles longos membros perfumados e esmaltados de Nile ficaram deitados muito perto da pele flácida do meu tio, do cheiro dele. Eu não imaginava nada mais que tivessem para fazer, porque achava que a brincadeira quente e coceirenta do sexo pertencia à juventude e era abandonada pelos adultos decentes, que estabeleciam sua conexão improvável apenas com o intuito de gerar uma criança.

Domingo de manhã, logo depois de tomar o café, eles foram embora, e nunca mais vimos nenhum dos dois.

Alguns dias depois, minha mãe disparou para mim:

— Seu tio Bill está morrendo.

Era perto da hora do jantar, ela estava cozinhando linguiças. Fern ainda não tinha voltado do trabalho. Owen tinha acabado de chegar do treino de hóquei e estava largando os patins e o bastão no corredor dos fundos. Minha mãe cozinhava as linguiças até elas ficarem duras e brilhosas e muito escuras por fora; eu nunca as tinha comido de nenhum outro jeito.

— Ele está morrendo. Ele estava sentado aqui domingo de manhã quando vim colocar a chaleira para esquentar e me falou. Está com câncer.

Ela continuava revirando as linguiças com um garfo e estava com as palavras cruzadas arrancadas do jornal, preenchidas até a metade, no balcão ao lado do fogão. Pensei no tio Bill indo ao centro e comprando tortas amanteigadas e sorvete de chocolate e bolo, e voltando para casa e comendo.

Como ele conseguia?

— Ele sempre teve um apetite voraz — disse minha mãe, como se os pensamentos dela estivessem na mesma frequência —, e a perspectiva da morte não parece tê-lo diminuído. Quem sabe? De repente com menos comida ele teria chegado à velhice.

— A Nile sabe?

— Que diferença faz se ela sabe. Ela só se casou com ele pelo dinheiro. Vai ficar bem de vida.

— Você ainda o odeia?

— Claro que não o odeio — disse minha mãe rápida e comedidamente. Olhei a cadeira onde ele tinha se sentado. Senti medo de ficar contaminada, não pelo câncer, mas pela própria morte.

— Ele disse que tinha me deixado trezentos dólares no testamento.

Depois disso, o que se podia fazer além de descambar para a realidade?

— No que você vai gastar?

— Sem dúvida vai me ocorrer algo quando chegar a hora.

A porta da frente se abriu, e Fern entrou.

— Eu bem que podia encomendar uma caixa de Bíblias.

Logo antes de Fern entrar por uma porta e Owen pela outra houve algo no cômodo como o reluzir descendente de uma asa ou faca, uma sensação de dor fortíssima, mas rápida e isolada, esvanecendo.

— Existe um deus egípcio com quatro letras — disse minha mãe, franzindo a testa para as palavras cruzadas — que eu sei que sei, mas não consigo lembrar de jeito nenhum, nem se minha alma dependesse disso.

— Ísis.

— Ísis é uma deusa, quem diria, logo *você*.

Pouco depois disso a neve começou a derreter, o rio

Wawanash transbordou suas margens e levou embora placas de estrada, postes de cerca e galinheiros, e recuou; as estradas ficaram mais ou menos navegáveis, e minha mãe voltou a sair durante as tardes. Uma das tias do meu pai (nunca importa qual) disse:

— Ora. Ela vai sentir saudade de escrever pros jornais.

IDADE DA FÉ

Quando morávamos naquela casa no final da Flats Road, e antes que minha mãe aprendesse a dirigir, ela e eu costumávamos andar até o povoado; o povoado era Jubilee, a um quilômetro e meio de distância. Enquanto ela trancava a porta, eu precisava correr até o portão e olhar de um lado pro outro da rua e garantir que não havia ninguém vindo. Quem poderia estar, naquela rua, além do carteiro e do tio Benny? Quando eu fazia não com a cabeça, ela escondia a chave debaixo da segunda pilastra da varanda, onde a madeira tinha apodrecido e feito um buraco. Ela acreditava em ladrões.

Dando as costas ao pântano Grenoch, ao rio Wawanash e a algumas colinas distantes, tanto nuas quanto cobertas de árvores, as quais, apesar de ignorar os fatos da geografia, eu às vezes julgava serem o fim do mundo, seguimos pela Flats Road, que naquela ponta não era muito mais do que duas trilhas de roda com uma vigorosa cobertura de tanchagem e morugem no meio. Minha cabeça estava nos ladrões. Eu os via em preto e branco, com rostos dedicados e melancólicos, trajes profissionais. Imaginava-os esperando não muito longe, talvez naqueles campos lamacentos e frondosos na beira do pântano, esperando e guardando nas mentes o conhecimento mais preciso de nossa casa e tudo dentro dela. Eles conheciam as xícaras com asas de borboleta, pintadas de dourado; o meu colar coral, que eu achava feio e áspero, mas que tinham me ensinado a valorizar, porque tinha sido mandado da Austrália por minha tia-avó paterna Helen durante sua viagem de volta ao mundo; uma pulseira de prata que meu pai comprara para minha mãe antes de se casarem; uma tigela preta com figuras japonesas pintadas nela, muito tranquilizante de se olhar, um presente de casamento; e o tinteiro branco-esverdeado de Laocoonte que minha mãe ganhara pelas notas mais altas e pela proficiência geral quando se formou na escola secundária — a serpente tão ardilosamente envolta nas três figuras masculinas que eu nunca consegui descobrir se havia ou não havia genitais de mármore embaixo. Os ladrões cobiçavam essas coisas, pelo que eu entendia, mas não fariam nada desde que não lhes déssemos motivo, por descuido nosso. Seu conhecimento, sua cobiça, faziam cada coisa parecer confirmada em seu valor e em sua unicidade. Nosso mundo estava firmemente refletido nas mentes dos ladrões.

Mais tarde, claro, comecei a duvidar da existência de ladrões, ou ao menos a duvidar que pudessem agir dessa maneira. Era muito mais provável, percebi, que seus métodos fossem aleatórios e seu conhecimento nebuloso, sua cobiça sem foco, sua relação conosco no máximo acidental. Eu conseguia andar mais tranquila rio acima até o pântano quando minha crença neles havia esvanecido, mas senti falta deles, senti falta da ideia deles por um bocado de tempo.

Eu nunca tivera uma imagem de Deus tão nítida e descomplicada quanto minha imagem dos ladrões. Minha mãe não O citava com a mesma frequência. Pertencíamos — ao menos meu pai e a família do meu pai pertenciam — à igreja unida de Jubilee, e meu irmão Owen e eu tínhamos sido batizados lá quando éramos bebês, o que mostrava uma surpreendente fraqueza ou generosidade por parte da minha mãe; talvez os partos a tenham amolecido e confundido.

A igreja unida era a mais moderna, a maior, a mais próspera igreja em Jubilee. Ela tinha absorvido todos os antigos metodistas e congregacionalistas, e uma boa parte dos presbiterianos (era isso que a família do meu pai havia sido) no momento da União da Igreja. Havia quatro outras igrejas no povoado, mas eram todas pequenas, todas relativamente pobres, e todas, pelos padrões da igreja unida, eram extremistas. A igreja católica era a mais extrema. Branca e de madeira, com uma cruz missionária simples, ficava numa colina na ponta norte do povoado e providenciava serviços peculiares aos católicos, que pareciam bizarros e reservados como os hindus, com seus ídolos e confissões e marcas pretas na testa na Quarta-Feira de Cinzas. Na escola, os católicos eram uma tribo pequena, mas impossível de intimidar, a maioria irlandesa, que não ficava em sala durante o Ensino Religioso, tendo licença para ir até o porão, onde batiam nos canos. Era difícil conectar seu mero alvoroço com sua fé exótica e perigosa. As tias do meu pai, minhas tias-avós, moravam na frente da igreja católica e costumavam brincar que iam "dar uma entradinha só para uma confessada", mas elas sabiam, e podiam lhe contar, tudo o que havia para além das brincadeiras, dos esqueletos de bebês e das freiras estranguladas debaixo dos pisos do convento, sim, padres gordos, mulheres da alta sociedade e os antigos papas negros. Era tudo verdade, elas tinham livros que contavam. Tudo verdade. Assim como os irlandeses na escola, o prédio da igreja parecia inadequado; despojado demais, simples demais e sério demais para estar conectado com tanta voluptuosidade e escândalo.

Os batistas também eram extremos, mas de um modo completamente não sinistro e ligeiramente cômico. Pessoa nenhuma de qualquer importância ou posição social ia à igreja batista, e assim alguém como Pork Childs, que entregava carvão e coletava lixo para o povoado, podia se tornar uma figura de liderança, um ancião, nela. Os batistas não podiam dançar nem ir ao cinema; as senhoras batistas não podiam usar batom. Porém, seus hinos eram altos, animados e otimistas, e apesar da austeridade de suas vidas, sua religião tinha mais alegria vulgar do que a de qualquer outra pessoa. Sua igreja não era muito distante da casa que depois alugamos na River Street; era modesta, mas moderna e horrenda, construída com blocos de cimento cinza, com janelas de vidro pontilhado.

Quanto aos presbiterianos, eles eram as sobras, as pessoas que tinham se recusado a ingressar na unida. Eram em grande parte idosos, faziam campanha contra a prática de hóquei aos domingos e cantavam salmos.

A quarta igreja era a anglicana, e ninguém sabia ou falava muito dela. Não tinha, em Jubilee, nada do prestígio ou do dinheiro associado a ela em povoados onde havia um resquício do velho Family Compact*, ou alguma espécie de organização militar ou social para mantê-la. As pessoas que colonizaram o Condado Wawanash e construíram Jubilee eram presbiterianos escoceses, congregacionalistas, metodistas do norte da Inglaterra. Ser anglicano, portanto, não era tão elegante quanto em outros lugares, e não era tão interessante quanto ser católico ou batista, nem mesmo era prova de uma convicção obstinada, como ser presbiteriano. Porém, a igreja tinha um sino, o único sino de igreja no povoado, e aquilo me parecia uma coisa adorável para uma igreja possuir.

Na igreja unida os bancos, de carvalho dourado lustroso, ficavam dispostos numa espécie de arranjo democrático em leque, com o púlpito e a galeria do coro no coração do

---

*Grupo político constituído por uma elite dirigente que foi atuante no Alto Canadá na primeira metade do século XX. (N. do E.)

leque. As janelas de vitrais mostravam Cristo realizando milagres úteis (embora não a água em vinho) ou então ilustravam parábolas. No domingo de comunhão, o vinho circulava em bandejas, em copinhos de vidro espessos; era como se todos estivessem tomando um refresco. E nem era vinho, mas suco de uva. Era essa a igreja que os veteranos da Legião frequentavam, de uniforme, em determinado domingo; e também o Lions Clubs, usando seus chapéus púrpura com borla. Médicos, advogados, comerciantes passavam a cesta.

Meus pais iam à igreja raramente. Meu pai em seu terno inabitual parecia respeitoso, mas autocontido. Durante a oração, colocava o cotovelo no joelho, apoiava a testa na mão, fechava os olhos, com um ar de cortesia e tolerância. Minha mãe, por outro lado, não fechava os olhos um minuto e mal inclinava a cabeça. Ela sentava olhando em volta, cautelosa mas despudorada, como uma antropóloga tomando notas do comportamento de uma tribo primitiva. Ela ouvia o sermão com as costas muitíssimo eretas, olhos luminosos, mascando ceticamente o batom; eu temia que a qualquer momento fosse dar um pulo e questionar alguma coisa. Os hinos ela ostensivamente não cantava.

Depois que alugamos a casa no povoado tivemos uma inquilina, Fern Dogherty, que cantava no coral da igreja unida. Eu ia à igreja com ela e me sentava sozinha, o único membro da nossa família presente. As tias do meu pai moravam na outra ponta do povoado e não percorriam a pé esse caminho longo com frequência; de todo modo, o culto era transmitido pela estação de rádio de Jubilee.

Por que eu fazia isso? No começo, provavelmente era para perturbar minha mãe, embora ela não fizesse nenhuma objeção direta, e para me tornar interessante.

— Está vendo a menina Jordan ali, sozinha, todo domingo? — Eu podia imaginar as pessoas dizendo isso depois de olharem para mim. Minha esperança era que ficassem intrigadas e comovidas pela minha devoção e persistência, conhecendo como conheciam as crenças e descrenças da minha mãe. Às vezes, eu pensava na população de Jubilee apenas como uma grande plateia minha; e de certo modo era; para cada pessoa que vivia ali, o resto do povoado era uma plateia.

Mas no segundo inverno que passamos no povoado — o inverno em que eu tinha doze anos —, meus motivos haviam mudado ou se solidificado. Eu queria resolver a questão de Deus. Eu vinha lendo livros sobre a Idade Média; sentia cada vez mais atração pela ideia da fé. Deus sempre foi uma possibilidade para mim; agora eu estava tomada por um anseio positivo por Ele. Ele era uma necessidade. Mas eu queria garantias, uma prova de que Ele efetivamente existia. Era para isso que eu ia à igreja, mas não podia mencionar a ninguém.

Nos domingos chuvosos de ventania, nos domingos de neve, nos domingos de dor de garganta eu ia e sentava na igreja unida cheia dessa esperança inominável: de que Deus se mostraria, ao menos para mim, como uma abóbada de luz, uma bolha radiante e indiscutível acima dos bancos modernos, que Ele floresceria de repente como um leito de lírios-de-um-dia sob os tubos do órgão. Eu sentia que precisava conter rigidamente essa esperança; revelá-la, num fervor de tom ou palavra ou gesto, teria sido tão inapropriado quanto soltar um pum. Aquilo que mais se notava nos rostos das pessoas durante as primeiras partes do culto, mais direcionadas a Deus (o sermão tendia a desviar para tópicos específicos), era uma espécie de tino coeso, exatamente a coisa que minha mãe renegava, com aquele olhar zangado e investigativo, como se fosse parar de repente e exigir que tudo fizesse sentido.

A questão de Deus existir ou não existir nunca se colocava na igreja. Era só uma questão daquilo que Ele aprovava, ou normalmente daquilo que Ele não aprovava. Após a bênção havia uma agitação, uma confortável distensão na igreja, como se todo mundo tivesse bocejado, embora, é claro, ninguém tivesse, e as pessoas se levantavam e cumprimentavam-se de um jeito satisfeito, aliviado, congratulatório. Naquelas horas, eu sentia coceira, calor, peso, desalento.

Eu não considerava levar meu problema a nenhum crente nem ao pastor, o sr. McLaughlin. Teria sido impensavelmente constrangedor. Eu também tinha medo. Tinha medo de que o crente hesitasse na defesa de suas crenças ou em sua definição, e isso seria um retrocesso para mim. Se o sr. McLaughlin, por exemplo, mostrasse não ter mais certeza em Deus do que eu, isso seria um desencorajamento enorme, mas não absoluto. Eu preferia acreditar que a certeza dele era forte e não testá-la.

Porém, cogitei levá-lo a outra igreja, à igreja anglicana. Era por causa do sino, e porque eu tinha curiosidade de ver como outra igreja era por dentro e como eles faziam as coisas, e a anglicana era a única em que era possível tentar. Não contei a ninguém o que ia fazer, naturalmente, mas andei com Fern Dogherty até os degraus da igreja unida, onde nos separamos, ela para dar a volta e entrar na sacristia para colocar a beca do coral. Quando sumiu de vista, me virei e refiz meus passos atravessando o povoado, chegando à igreja anglicana, respondendo ao convite daquele sino. Eu tinha esperanças de que ninguém tivesse me visto. Entrei.

Havia um pórtico diante da porta principal, para proteger do vento. Depois, uma entradinha fria com uma faixa de capacho marrom, livros de hinos empilhados no parapeito. Entrei na igreja em si.

Eles não tinham caldeira, evidentemente, só um aquecedor de ambiente perto da porta, emitindo seu constante ruído doméstico. Uma faixa do mesmo capacho marrom ia até os fundos e subia até o altar; tirando isso, só tinha o chão de madeira, sem verniz nem pintura, tábuas bem largas, às vezes flexíveis sob os pés. Sete ou oito bancos de cada lado, não mais. Dois bancos de coral perpendiculares aos outros bancos, um harmônio de um lado e o púlpito — de início não entendi que aquilo era isso — erguido feito um poleiro de galinha do outro lado. Atrás havia um gradil, um degrau e um pequenino presbitério. O piso do presbitério tinha um tapete de sala velho. Em seguida havia uma mesa, com um par de candelabros de prata, uma cesta de coleta forrada de baeta e uma cruz que parecia ser de papelão coberta com papel-alumínio, como uma coroa de palco. Acima da mesa havia uma reprodução da pintura de Holman Hunt de Cristo batendo à porta. Eu nunca vira a pintura antes. O Cristo nela diferia de algum jeito pequeno, mas importante, do Cristo que fazia milagres no vitral da igreja unida. Ele parecia mais régio e mais trágico, e o fundo contra o qual aparecia era mais melancólico e rico, de algum modo mais pagão ou ao menos mediterrâneo. Eu estava acostumada a vê-lo indolente e pastoril nas aquarelas da escola dominical.

No total, havia cerca de uma dúzia de pessoas na igreja. Dutch Monk, o açougueiro, com a esposa e a filha Gloria, que cursava o quinto ano da escola, estavam lá. Ela e eu éramos as únicas pessoas com menos de quarenta anos. Havia algumas senhoras de idade.

Quase não cheguei na hora. O sino tinha acabado de badalar e o harmônio começou a tocar um hino, e o pastor entrou pela porta lateral, que devia levar à sacristia, e parou na cabeceira do coral, que eram três senhoras e dois homens. Era um jovem de cabeça redonda e aparência alegre que eu nunca tinha visto antes. Sabia que a igreja anglicana não tinha dinheiro para ter seu próprio pastor e dividia um com Porterfield e Blue River; ele devia morar em algum desses lugares. Estava com botas de neve debaixo da batina. Tinha sotaque britânico.

Meus irmãos muito amados, a Escritura nos exorta em diversos lugares a que reconheçamos e confessemos nossos muitos pecados e maldade...*

Havia uma tábua na frente de cada banco, para ajoelhar. Todos deslizaram para a frente, abrindo com um farfalhar seus livros de orações, e quando o pastor terminou sua parte, todos os demais começaram a responder algo. Vasculhei o livro de orações que havia encontrado na prateleira à minha frente, mas não consegui achar onde todos estavam, por isso desisti e fiquei ouvindo o que diziam. Na fileira do outro lado e um banco à frente, havia uma senhora idosa, alta e ossuda, com turbante de veludo preto. Ela não tinha aberto o livro de orações, não precisava. Ajoelhada ereta, erguendo seu lupino perfil de giz para o céu — me lembrava a efígie de perfil de um cruzado na enciclopédia em casa —, ela liderava todas as outras vozes da congregação, efetivamente as dominava, de modo que não passavam de uma crista difusa da dela, que era alta, úmida, melódica, lamentosamente exultante.

...deixamos de fazer o que devíamos ter feito, e temos feito o que não devíamos fazer. Nada há em nós que esteja são. Tu, porém, ó, Senhor, tem misericórdia de nós, pobres pecadores. Perdoa, ó, Deus, aos que confessam as suas

---

*Tradução oficial do *Livro de oração comum*, publicado pela diocese anglicana de Recife. (N. do T.)

culpas. Restaura os que são penitentes, segundo as tuas promessas declaradas ao gênero humano. Em Cristo Jesus nosso Senhor...

E seguiu nessa toada, e o pastor prosseguiu em sua voz inglesa elegante, harmônica, mas talvez mais contida, e este diálogo continuou, em ritmo constante, subindo e descendo, sempre confiante, com emoção vívida e seguramente contida nos mais elegantes canais da linguagem, e concluindo, enfim, no silêncio perfeito e na reconciliação.

Senhor, tem misericórdia de nós.
Cristo, tem misericórdia de nós.
Senhor, tem misericórdia de nós.

Então aqui estava o que eu não sabia, mas sempre devo ter suspeitado, que existia, o que todos aqueles metodistas e congregacionalistas e presbiterianos tinham temerosamente abolido: o teatral na religião. Desde o começo gostei enormemente. Muitas coisas me agradavam — ajoelhar na tábua dura, levantar e ajoelhar de novo, e baixar a cabeça na direção do altar ao ouvir o nome de Jesus, a recitação do Credo que amei por sua litania de coisas estranhas e esplêndidas nas quais acreditar. Gostei da ideia de chamar Jesus de *Jesu** às vezes; isso fazia com que ele parecesse mais majestoso e mágico, como um mago ou um deus indiano; gostei do IHS na toalha do púlpito, num suntuoso e antigo desenho puído. A pobreza, a pequenez, a decadência e a escassez da igreja me agradavam, aquele cheiro de mofo ou de ratos, o cantar débil do coro, o isolamento dos fiéis. *Se eles estão aqui*, pensei, *então deve ser tudo verdade.*

*Em inglês, as orações vêm do *Book of Common Prayer*. (N. do T.)

Rituais que em outras circunstâncias teriam parecido inteiramente artificiais e sem vida tinham aqui uma espécie de dignidade derradeira. A riqueza das palavras contra a pobreza do lugar. Se eu não conseguia realmente seguir o rastro de Deus, então ao menos podia seguir o rastro de Seus antigos tempos de poder, poder real, não o que Ele gozava na igreja unida hoje; podia lembrar de Sua tênue e lendária hierarquia, Seu adorável calendário embolorado de festas e de santos. Ali estavam no livro de orações, abri neles por acidente — os dias dos santos. Será que alguém os celebrava? Os dias dos santos me faziam pensar em algo tão diferente de Jubilee — palheiros abertos, casas de fazenda de alvenaria e madeira, o Angelus e as velas, uma procissão de freiras na neve, passeios pelo claustro, tudo quieto, um mundo de tapeçarias, seguro na fé. Segurança. Se Deus pudesse ser descoberto ou recordado, tudo ficaria seguro. Então você veria coisas que eu vi — meramente o veio opaco da madeira nas tábuas do piso, as janelas de vidro comum repletas de galhos finos e da neve no céu —, e a estranha e ansiosa dor que simplesmente ver as coisas podia causar teria sumido. Me parecia claro que esse era o único modo como o mundo se sustentava, *o único modo como se sustentava* — caso todos aqueles átomos, galáxias de átomos, estivessem seguros o tempo todo, rodopiando na mente de Deus. Como as pessoas podiam descansar, como podiam sequer continuar respirando e existindo, até terem certeza disso? Elas continuavam, então deviam ter certeza.

E quanto à minha mãe? Sendo minha mãe, ela não chegava a contar. Mas até ela, se encurralada, diria que sim, ah, sim, deve haver algo — algum *desígnio*. Mas não adiantava perder tempo pensando nele, advertia ela, porque nunca conseguiríamos entendê-lo de qualquer forma; já havia muito sobre o que pensar se começássemos a tentar melhorar a vida no aqui e no agora para variar; quando morrêssemos, descobriríamos o resto, se é que havia resto.

Nem mesmo ela estava preparada para dizer *Nada*, e ver a si própria e cada graveto, pedra e pena no mundo flutuando soltos naquela vociferante treva desesperançada. Não.

A ideia de Deus para mim não se conectava com nenhuma ideia de ser bom, o que é talvez esquisito, considerando tudo o que ouvi a respeito de pecados e maldade. Eu acreditava em ser salva apenas pela fé, por algum grande arroubo da alma. Mas será que eu queria, *queria realmente que ele acontecesse comigo?* Sim e não. Queria que acontecesse, mas percebia que teria de ser segredo. Como eu poderia continuar vivendo com minha mãe, meu pai, Fern Dogherty, minha amiga Naomi e todo mundo mais em Jubilee se não fosse assim?

O pastor falou comigo na porta com descontração.

— Bom ver as moças bonitas aqui nessa manhã gelada.

Apertei a mão dele com dificuldade. Eu estava com um livro de orações roubado debaixo do casaco, mantido no lugar pelo meu braço curvado.

— Não consegui ver onde você estava na igreja — disse Fern. O culto anglicano era mais curto que o nosso, economizando no sermão, assim eu tivera tempo de voltar para os degraus da igreja unida e encontrá-la quando saiu.

— Fiquei atrás de uma pilastra.

Minha mãe queria saber do que o sermão tinha tratado.

— Paz — disse Fern. — E da ONU. Et cetera, et cetera.

— Paz — disse minha mãe, aprazivelmente. — Bom, ele é contra ou a favor?

— Ele é totalmente a favor da ONU.

— Então acho que Deus também é. Que alívio. Não tem muito tempo que Ele e o sr. McLaughlin eram totalmente a favor da guerra. São uma dupla inconstante.

Na semana seguinte, quando eu estava com minha mãe na loja Walker, a senhora alta e idosa de turbante preto passou por nós, e falei com ela, e fiquei com medo de que dissesse que tinha me visto na igreja anglicana, mas ela não disse nada.

— Vi a velha sra. Sherriff na loja Walker hoje — minha mãe disse a Fern Dogherty. — Ainda usa o mesmo chapéu. Ele me lembra um daqueles capacetes de policial inglês.

— Ela vai na agência dos Correios o tempo todo e faz escândalo se o jornal dela não estiver lá às três da tarde — disse Fern. — É uma tártara.

Assim, a partir de uma conversa entre Fern e minha mãe durante a qual minha mãe tentou, sem sucesso, fazer com que eu saísse da sala (acho que ela fazia isso como uma espécie de formalidade, porque depois que me mandava sair, não se importava muito com aonde eu ia), fiquei sabendo que a sra. Sherriff tinha tido problemas bizarros na família, que ou resultavam de, ou haviam resultado em, uma certa excentricidade e maluquice nela. Seu filho mais velho tinha morrido por causa da bebida, o segundo vivia indo e voltando para o asilo (era assim que o hospital psiquiátrico sempre era chamado, em Jubilee), e sua filha tinha cometido suicídio, afogando-se, aliás, no rio Wawanash. O marido? Era dono de uma loja de tecidos, um pilar da comunidade, disse minha mãe secamente. Talvez tivesse sífilis, sugeriu Fern, e a transmitira, ela ataca o cérebro da segunda geração, eram todos hipócritas, aqueles garotos crescidos de colarinho alto. Minha mãe disse que a sra. Sherriff por muitos anos usou as roupas da filha morta, em casa e cuidando do jardim, até que ficaram desgastadas.

Outra história: certa vez, quando a mercearia Red Front tinha esquecido de colocar meio quilo de manteiga em seu pedido, e ela fora atrás do rapaz da mercearia com um machado.

Cristo, tem misericórdia de nós.

Naquela semana também fiz uma coisa vulgar. Pedi a Deus que se revelasse atendendo uma prece. A prece tinha a ver com algo chamado Ciência Doméstica, que tínhamos na escola uma vez por semana, na quinta à tarde. Na aula de Ciência Doméstica, aprendíamos a fazer tricô e crochê e a bordar e operar uma máquina de costura, e tudo o que fazíamos era sempre mais impossível do que o que tínhamos feito antes; minhas mãos ficavam pegajosas de suor, e a própria sala de Ciência Doméstica, com suas três máquinas de costura arcaicas e mesas de corte e manequins surrados, me parecia uma arena de tortura. E era. A sra. Forbes, a professora, era uma baixinha gordinha com o rosto pintado de uma boneca de celuloide, e era uma querida com a maioria das garotas. Mas minha burrice, minhas mãos atarracadas e desajeitadas amarfanhando o lenço encardido cuja bainha era para eu estar fazendo ou meu crochê lastimável, faziam-na dançar de raiva.

— Veja que trabalho imundo, imundo! Eu ouvi falar de você, você se acha muito inteligente com a sua memória — (eu era famosa por memorizar poemas rápido) — e aqui você dá pontos que fariam qualquer criança de seis anos sentir vergonha!

Agora ela queria que eu aprendesse a passar a linha na máquina. E eu não conseguia aprender. Estávamos fazendo aventais com apliques de tulipas. Algumas meninas já estavam terminando as tulipas ou fazendo a bainha, e eu não tinha nem costurado a faixa da cintura ainda, porque não conseguia passar a linha na máquina, e a sra. Forbes disse que não ia me mostrar de novo. Quando ela veio e mostrou mesmo assim, não adiantou nada; suas mãos rápidas na minha frente me estontearam e cegaram e paralisaram com seus clarões beirando o desprezo.

Assim, rezei: por favor, faça com que eu não precise passar a linha na máquina na quinta à tarde. Falei isso várias e várias vezes na minha cabeça, com rapidez e seriedade, sem emoção, como que tentando um feitiço. Não usei nenhuma fórmula especial nem barganhei. Não pedi nada de extraordinário, como um incêndio na sala de Ciência Doméstica ou a sra. Forbes escorregando na rua e quebrando a perna; apenas uma pequenina intervenção inespecífica.

Nada aconteceu. Ela não tinha me esquecido. No começo da aula fui mandada para a máquina. Fiquei lá sentada tentando entender onde colocar a linha — eu não tinha a menor esperança de colocá-la no lugar certo, mas precisava colocar em algum lugar, para mostrar a ela que estava tentando — e ela veio e ficou atrás de mim, respirando exasperadamente; como sempre, minhas pernas começaram a tremer, e tremeram tanto que mexi no pedal e a máquina começou a funcionar, débil, sem linha nenhuma dentro.

— Tudo bem, Del — disse a sra. Forbes. Fiquei surpresa com a voz dela, que certamente não soava bondosa, mas também não continha raiva, só cansaço. — Falei que tudo bem. Pode levantar.

Ela pegou os pedaços do avental, que em meu desespero eu alinhavara, fez um bolo e jogou na lixeira.

— Você não consegue aprender a costurar — disse ela —, assim como uma pessoa desafinada não consegue aprender a cantar. Tentei e fui vencida. Venha comigo.

Ela me entregou uma vassoura.

— Se você sabe varrer, quero que varra essa sala e jogue as sobras na lixeira, e permaneça responsável por manter o chão limpo, e, quando não estiver fazendo isso, pode sentar-se àquela mesa ali atrás e... memorizar poesia, pouco me importa.

Eu estava fraca de alívio e de alegria, apesar da vergonha pública à qual estava acostumada. Varri o chão conscienciosamente e depois peguei meu livro da biblioteca sobre Maria, Rainha dos Escoceses, e li, em desgraça mas aliviada, sozinha no fundo da sala. De início achei que o que tinha acontecido era claramente miraculoso, uma resposta à minha prece. Mas logo comecei a pensar; e se eu não tivesse rezado, será que aquilo não ia acontecer de qualquer jeito? Eu não tinha como saber; não havia como controlar meu experimento. A cada minuto eu ficava mais mesquinha, mais ingrata. Como eu podia ter certeza? E certamente, também, era bem comezinho, bem óbvio da parte de Deus preocupar--Se tão rápido com um pedido tão trivial. Era quase como se Ele estivesse se pavoneando. Eu queria que Ele agisse de maneira mais misteriosa.

Tive vontade de contar a alguém, mas não podia contar a Naomi. Eu tinha perguntado se ela acreditava em Deus, e ela dissera imediatamente e com escárnio:

— Ué, claro que sim, eu não sou que nem a sua mãe. Você acha que eu quero ir pro inferno? — Nunca mais falei do assunto com ela de novo.

Decidi que contaria a meu irmão Owen. Ele era três anos mais novo que eu. Houve uma época em que ele havia sido impressionável e crédulo. Uma vez, no sítio, tínhamos um abrigo de tábuas velhas, onde brincávamos de casinha, e ele se sentou na beira de uma tábua e lhe dei bagas de tramazeira, dizendo que eram seus cereais de flocos de milho. Ele comeu todas. Enquanto ainda comia, me ocorreu que talvez fossem venenosas, mas não lhe disse nada, por motivos de meu próprio prestígio e da importância do jogo, e depois, prudentemente, decidi não contar a mais ninguém. Agora ele tinha aprendido a patinar, e ia pro treino de hóquei, e se inclinava por cima dos corrimões e cuspia na minha cabeça, um garoto comum.

Mas havia ângulos, ainda, pelos quais ele parecia frágil e jovem, interesses dele que me pareciam perdidos e sem esperanças. Ele entrava em concursos. Isso era a natureza da minha mãe aparecendo nele, sua prontidão ilimitada de aceitar os desafios e as promessas do mundo exterior. Ele acreditava em prêmios; telescópios pelos quais podia ver as crateras da lua; kits de mágica com os quais podia fazer as coisas desaparecerem; laboratórios portáteis de química que lhe permitiam produzir explosivos. Ele teria sido um alquimista, se soubesse o que era. Porém, não era religioso.

Ele estava sentado no chão do quarto, recortando figuras de papelão pequeninas de jogadores de hóquei, para depois arrumá-las em times e jogar; tais jogos em que brincava de deus ele jogava tremulamente absorto, e então me parecia habitar um mundo muito distante do meu (o mundo real), um mundo deveras irrelevante, frágil a ponto de partir o coração em suas enganações.

Sentei na cama atrás dele.

— Owen.

Ele não respondeu; quando estava jogando seus jogos, nunca queria ninguém por perto.

— O que você acha que acontece quando alguém morre?

— *Eu* sei lá — disse Owen, amotinado.

— Você acha que Deus mantém a sua alma viva? Você sabe o que é a sua alma? Você acredita em Deus?

Owen virou a cabeça e me lançou um olhar capturado. Ele não tinha nada a esconder, nada a mostrar além de sua indiferença pura de coração.

— Melhor você acreditar em Deus — falei. — Escute. — Contei a ele sobre minha prece e sobre a aula de Ciência Doméstica. Ele ouviu com infelicidade. A necessidade que eu sentia não estava nele. Fiquei zangada ao descobrir isso; ele parecia perplexo, indefeso, mas resiliente, uma bola de borracha dura. Ele ouviria, se eu insistisse, concordaria comigo, se eu insistisse nisso, mas em seu coração, pensei, ele não estava prestando atenção nenhuma. Burrice.

A partir de então comecei a intimidá-lo desse jeito com frequência quando o pegava sozinho. *Não conte pra mamãe*, eu dizia. Ele era tudo o que eu tinha com o que experimentar minha fé; eu precisava ter alguém. Sua profunda falta de interesse, a satisfação que parecia sentir num mundo sem Deus eram o que eu realmente não suportava e ficava martelando; eu também achava que, porque ele era mais novo e havia ficado em meu poder por tanto tempo, tinha uma obrigação de me seguir; não reconhecer isso era sinal de insurreição.

No meu quarto, com a porta fechada, eu lia o Livro de Oração Comum.

Às vezes, andando pela rua, fechava meus olhos (do modo como Owen e eu fazíamos, brincando de cegos) e dizia para mim mesma, franzindo o rosto, rezando:

— Deus. Deus. *Deus*. — Então imaginava, por alguns precários segundos, uma nuvem densa e brilhante descendo sobre Jubilee, enrodilhando-se em torno do meu crânio. Mas meus olhos abriam-se subitamente, alarmados; eu não conseguia deixar aquilo entrar, ou eu sair. Também tinha medo de esbarrar em alguma coisa, de ser vista, de fazer papel de idiota.

Chegou a Sexta-Feira Santa. Eu estava de saída. Minha mãe apareceu no hall de entrada.

— Por que você está de boina? — disse.

Era hora de me assumir.

— Vou à igreja.

— Não tem culto.

— Estou indo à igreja anglicana. Eles têm culto na Sexta-Feira Santa.

Minha mãe precisou sentar-se nos degraus. Ela me lançou um olhar tão perscrutador, pálido e exasperado como aquele que usara para me examinar um ano antes, quando encontrou um desenho que Naomi e eu tínhamos feito no meu caderno, de uma senhora gorda nua com seios de balão e um enorme e germinante ninho de tinta que eram os pelos pubianos.

— Você sabe o que é comemorado na Sexta-Feira Santa?

— A crucificação — respondi secamente.

— É o dia em que Cristo morreu por nossos pecados. É isso que nos dizem. Agora. Você acredita nisso?

— Sim.

— Cristo morreu pelos nossos pecados — disse minha mãe, erguendo-se num pulo. No espelho do hall, ela espiou agressivamente seu próprio rosto turvo. — Ora, ora, *ora*. Remidos pelo sangue. Essa é uma ideia bonita. Você pode também considerar os astecas arrancando corações vivos porque achavam que o sol não nasceria nem se poria caso não fizessem isso. O cristianismo é a mesma coisa. O que você acha de um Deus que pede sangue? Sangue, sangue, sangue. Escute os hinos deles, é só disso que eles falam. E quanto a um Deus que só fica satisfeito quando coloca alguém pendurado numa cruz por seis horas, nove horas, sei lá quantas horas foram? Se eu fosse Deus, não seria tão sanguinário. Pessoas comuns não seriam tão sanguinárias. Não estou contando Hitler. Houve uma época em que talvez fossem, mas não agora. Você está me entendendo, está entendendo aonde eu quero chegar?

— Não — falei sinceramente.

— Deus foi criado pelo homem! Não o contrário! Deus foi feito pelo *homem*. O homem, num estágio inferior e mais sanguinário de seu desenvolvimento do que aquele em que se encontra hoje, esperamos. O homem fez Deus à sua própria imagem. Já discuti isso com pastores. Discuto com qualquer pessoa. Nunca conheci ninguém que pudesse argumentar contra isso de um jeito que fizesse sentido.

— Posso ir?

— Não estou impedindo você — disse minha mãe, embora tivesse efetivamente se colocado na frente da porta. — Vá lá se encher de igreja. Vai ver que tenho razão. De repente você puxou a minha mãe. — Ela olhou bem para o meu rosto em busca de vestígios da fanática religiosa. — Se for o caso, acho que não posso fazer nada.

Não fiquei desencorajada pelos argumentos da minha mãe, não tanto quanto teria ficado se tivessem vindo de outra pessoa. Mesmo assim, ao atravessar o povoado, eu procurava provas do ponto de vista oposto. Eu me sentia reconfortada pelo fato de que as lojas estavam fechadas, as persianas abaixadas em todas as janelas. Isso provava alguma coisa, não? Se eu batesse às portas de todas as casas no meu caminho e fizesse uma pergunta — *Cristo morreu pelos nossos pecados?* — a resposta, sem dúvida sobressaltada e envergonhada, seria sim.

Percebi que eu mesma não me importava muito com Cristo ter morrido por nossos pecados. Eu só queria Deus. Porém, se Cristo morrer pelos nossos pecados era o caminho para Deus, eu trabalharia nele.

A Sexta-Feira Santa foi, inadequadamente, um dia daqueles brandos e ensolarados, com pingentes de gelo pingando e se estatelando, telhados soltando vapor, regatinhos correndo pelas ruas. A luz do sol inundava a igreja através das janelas de vidro comum. Cheguei tarde, por causa da minha mãe. O pastor já estava lá na frente. Me esgueirei até o banco dos fundos e a senhora do turbante de veludo, a sra. Sherriff, dirigiu-me um olhar branco de raiva; talvez não de raiva, mas só magnificamente sobressaltado; era como se eu tivesse sentado ao lado de uma águia no poleiro.

Porém, vê-la deu-me alento. Fiquei contente por ver todos — as seis ou oito ou dez pessoas, pessoas de verdade, que tinham colocado seus chapéus, saído de casa, andado pelas ruas cruzando riachinhos de neve derretida e se apresentado ali; elas não teriam feito isso sem um motivo.

Eu queria encontrar um crente, um crente de verdade, em quem eu pudesse apoiar minhas dúvidas. Eu queria observar essa pessoa e ser encorajada por ela, não conversar com ela. De início, tinha achado que seria a sra. Sherriff, mas ela não servia; sua maluquice a desqualificava. Meu crente tinha de ser luminosamente são.

Senhor, levanta-te em nosso auxílio, e resgata-nos por teu Nome.
Senhor, levanta-te em nosso auxílio, e resgata-nos por tua honra.
Jesus Cristo é o Cordeiro de Deus que tira os pecados do mundo.

Decidi pensar nos sofrimentos de Cristo. Juntei as mãos de tal jeito que podia apertar cada unha com toda a força possível em cada palma. Enterrei e girei, mas nem consegui tirar sangue; fiquei com vergonha, sabendo que isso não me fazia uma participante no sofrimento. Deus, se Ele tivesse algum bom gosto, desprezaria tal tolice (mas tinha? Veja só as coisas que os santos haviam feito e recebido aprovação). Ele saberia no que eu estava realmente pensando, tentando abafar a minha mente. Era: *os sofrimentos de Cristo foram mesmo tão ruins assim?*

Foram mesmo tão ruins, quando você sabia, e Ele sabia, e todo mundo sabia, que Ele se levantaria inteiro e luminoso e eterno e sentado na mão direita de Deus Pai Todo-Poderoso, de onde Ele virá para julgar vivos e mortos? Muitas pessoas — talvez não todas, talvez nem a maioria, mas um número considerável — submeteriam sua carne a dores similares se pudessem ter certeza de receber o que

Ele recebeu, depois. Muitas, aliás, tinham submetido; santos e mártires.

Tudo bem, mas havia uma diferença. Ele era Deus; para Ele, era mais um rebaixamento, uma submissão. Será que Ele era Deus ou apenas o filho terreno de Deus naquele momento? Eu não conseguia entender direito. Será que Ele compreendia que a coisa toda estava sendo feita de propósito e que no final tudo ficaria bem, ou teria Sua Divindade sido temporariamente ocultada, de modo que Ele via apenas esse colapso?

Deus meu, Deus meu, por que me desamparaste?

Após o longo salmo com as profecias sobre as vestes e sobre lançar a sorte, o pastor subiu ao púlpito e disse que pregaria um sermão breve sobre as últimas palavras de Cristo na cruz. Exatamente aquilo no que eu vinha pensando. Mas a verdade é que havia mais últimas palavras do que as que eu conhecia. Ele começou com *Tenho sede*, que mostrava, disse ele, que Cristo sofria no corpo tanto quanto nós teríamos sofrido na mesma situação, nem um pouco menos, e que Ele não tinha vergonha de admitir, e pedir ajuda, e dar aos pobres soldados uma chance de obter misericórdia, com a esponja mergulhada no vinagre. *Mulher, eis aí teu filho... filho, eis aí a tua mãe*, mostravam que seu último ou seus quase últimos pensamentos foram para os outros, fazendo com que se confortassem mutuamente quando Ele fosse embora (embora não tivesse ido realmente embora). Mesmo na hora de Sua agonia e paixão, Ele não esqueceu os relacionamentos humanos, o quanto eram belos e importantes. *Hoje estarás comigo no Paraíso* mostrava, é claro, sua preocupação contínua com o pecador, com o malfeitor expulso pela sociedade e pendurado ali na cruz ao lado.

Ó, Deus, não te aborreces com nada do que fizeste e... não deseja a morte do ímpio, mas que este se converta dos seus caminhos e viva...

Mas por que — eu não conseguia parar essa linha de raciocínio, embora soubesse que não poderia me trazer felicidade nenhuma —, por que Deus se aborreceria com qualquer coisa que tinha feito? E se ia se aborrecer com ela, por que fazê-la? E se Ele tinha feito tudo do jeito que Ele queria, então nada poderia ser culpado por ser do jeito que era, e isso mais ou menos acabava com a ideia de pecado, não é mesmo? Então por que Cristo deveria morrer pelos nossos pecados? O sermão estava tendo um efeito negativo em mim; me deixava perplexa e contestadora. Fazia até com que eu sentisse, embora não pudesse admitir, uma repulsa pelo próprio Cristo, por causa do modo como Suas perfeições eram continuamente apontadas.

Deus meu, Deus meu, por que me desamparaste?

Por um instante, disse o pastor, só por um mínimo instante, Jesus tinha perdido o contato com Deus. Sim, havia acontecido, até com Ele. Ele perdera a conexão, e assim, na escuridão, gritara em desespero. Mas isso também era parte do plano, era necessário. Era para que soubéssemos em nossos próprios momentos mais sombrios que nossas dúvidas, nossa tristeza tinha sido compartilhada pelo próprio Cristo, e assim, sabendo disso, nossas dúvidas se dissipariam mais rapidamente.

Mas por quê? Por que elas deveriam se dissipar mais rapidamente? Imagine que aquele tenha sido o último grito verdadeiro de Cristo, a última coisa verdadeira que se ouviu d'Ele? Tínhamos de ao menos supor isso, não? Tínhamos de considerar. Imagine que Ele tenha gritado aquilo e morrido, e que nunca mais se levantasse, nunca descobrisse que era tudo o complexo drama de Deus? Havia sofrimento. Sim; pense n'Ele percebendo de repente: *não foi verdade. Nada disso foi verdade.* A dor das mãos e dos pés rasgados não era nada em comparação com isso. Olhar por entre as ripas do mundo, tendo cruzado todo aquele caminho, e dizer o que Ele tinha dito, e então ver... nada. *Fale sobre isso!*, gritei por dentro para o pastor. Ah, fale sobre isso, escancare a questão, e então... supere-a!

Mas fazemos o que podemos, e não havia nada mais que o pastor pudesse fazer.

Encontrei a sra. Sherriff na rua alguns dias depois. Dessa vez, eu estava sozinha.

— Eu conheço você. O que você anda fazendo o tempo todo na igreja anglicana? Achei que você fosse da unida.

***

Quando a maior parte da neve tinha derretido e o rio tinha baixado, Owen e eu descemos a Flats Road, separadamente, até o sítio. A casa, onde tio Benny passara o inverno inteiro e meu pai a maior parte do tempo, tirando aqueles fins de semana quando vinha ficar conosco, estava tão suja que nem precisava mais ser uma casa; parecia uma extensão coberta da área externa. O padrão do linóleo da cozinha tinha sumido; a sujeira criava seu próprio padrão.

— Chegou a faxineira, exatamente o que precisamos — tio Benny me disse, mas não era isso que eu tinha em mente. A casa toda tinha cheiro de raposa. Não haveria fogo no fogão até a noite, e a porta ficava aberta. Do lado de fora havia corvos grasnando sobre os campos enlameados, o rio alto e prateado, o desenho do horizonte exata e magicamente igual ao lembrado e esquecido e lembrado. As raposas estavam nervosas, ganindo, porque era a época do ano em que as fêmeas tinham os filhotes. Owen e eu não podíamos chegar perto dos cercados.

Owen balançava na corda debaixo do freixo, onde nosso balanço estivera no verão passado.

— Major matou um carneiro!

Major era nosso cachorro, agora considerado cachorro de Owen, ainda que não desse nenhuma atenção particular a Owen; Owen dava a ele. Era um misto de collie e vira-lata, grande e marrom-dourado, que no verão passado tinha ficado tão preguiçoso que nem corria mais atrás dos carros e tirava sonecas à sombra; desperto ou dormindo, ele tinha uma espécie de dignidade lenta e senatorial. E agora perseguia carneiros; tinha adotado a criminalidade na velhice, assim como um vetusto senador, orgulhoso e até então cuidadoso, talvez adotasse publicamente o vício. Owen e eu fomos dar uma olhada nele, Owen falando no caminho que o carneiro era dos Potter, cuja terra ficava ao lado da nossa, e que os garotos Potter tinham visto Major, da picape, e tinham parado e pulado as cercas e gritado, mas Major havia separado seu carneiro dos outros e o perseguido e o matado.

Matado. Eu imaginava o carneiro todo ensanguentado, esquartejado, Major nunca tinha caçado ou matado nada na vida.

— Será que ele queria *comer* o carneiro? — perguntei com perplexidade e repugnância, e Owen foi obrigado a explicar que a matança, tinha sido, em parte, acidental. Parecia que os carneiros podiam ser perseguidos até a morte, assustados até a morte, eram muito fracos e gordos e assustadiços; mesmo assim, Major tinha pego, como troféu, uma bocada de lã quente do pescoço, tinha avançado nele e o preocupado um pouco, como era de praxe. Depois precisou sair em disparada para casa (ah, como ele conseguia disparar, o Major!) porque os garotos Potter estavam chegando.

Ele ficou amarrado dentro do celeiro, a porta aberta para que recebesse um pouco de luz e de ar. Owen pulou e se escarranchou nas costas dele para acordá-lo (Major sempre despertava tão rápido e sério, sem estardalhaço, que era difícil saber se ele estava realmente dormindo ou só fingindo) e depois rolou no chão com ele, tentando fazê-lo brincar.

— Velhote mata-carneiro, velhote mata-carneiro — dizia Owen, dando-lhe socos orgulhosos.

Major tolerou isso, mas não ficou mais brincalhão do que de costume; não parecia ter recuperado a juventude, exceto por aquele único e espantoso aspecto. Lambeu o cocuruto de Owen de um jeito condescendente e se acomodou para dormir de novo quando Owen o soltou.

— Ele precisa ficar amarrado para não correr atrás dos carneiros de novo, esse velhote mata-carneiro. Os Potter falaram que iam dar um tiro nele se o pegassem de novo.

Era verdade. Major estava mesmo no centro das atenções. Meu pai e tio Benny vieram dar uma olhada nele, em sua dignidade e inocência de fachada no chão do celeiro. Tio Benny achava que não havia mais jeito. Para ele, nenhum cão que começava a perseguir carneiros tinha qualquer chance de parar.

— Depois que experimentou — disse tio Benny, acariciando a cabeça de Major —, ele viu como é. Um bicho assim, matador de carneiros, a gente não pode deixar vivo.

— Você está falando em matá-lo? — gritei, não exatamente por amor a Major, mas porque parecia um fim absolutamente brutal para o que todo mundo vinha considerando uma história bem engraçada. Era como levar o senador de cabelos brancos para ser executado publicamente porque pregava peças constrangedoras.

— Não dá pra ficar com um matador de carneiros. Vai te deixar pobre, pagando por todos os carneiros que ele matou. De qualquer forma, outra pessoa daria um jeito nele, se você não desse.

Meu pai, convocado a pronunciar-se, disse que talvez Major não fosse mais perseguir carneiros. Ele estava amarrado, de qualquer maneira. Podia ficar amarrado pelo resto da vida, caso necessário, ou ao menos até superar essa segunda infância e ficar fraco demais para perseguir o que quer que fosse; isso não iria demorar muito.

Mas meu pai estava errado. Tio Benny, com seu pessimismo sorridente, com suas previsões pesarosas e convictas, estava certo. Major fugiu do cativeiro de madrugada. A porta do celeiro estava trancada, mas ele rasgou a tela de uma janela sem vidro, pulou para fora e saiu correndo para o terreno dos Potter a fim de retomar seus prazeres recém-descobertos. Ele tinha voltado na hora do café da manhã, mas a corda rompida, a janela rasgada e o carneiro morto no pasto dos Potter estavam lá para contar a história.

Estávamos tomando o café. Meu pai tinha passado a noite no povoado. Tio Benny telefonou para lhe contar, e meu pai, ao voltar à mesa, disse:

— Owen. Precisamos dar um jeito no Major.

Owen começou a tremer, mas não disse uma palavra. Meu pai, em poucas palavras, contou sobre a fuga e o carneiro morto.

— Bem, ele já está velho — disse minha mãe, com falsa afetuosidade. — Ele já está velho e teve uma vida boa e sabe-se lá o que vai acontecer com ele agora, com todas as doenças e debilidades da velhice.

— Ele poderia vir morar aqui — disse Owen, com a voz fraca. — Assim, ele não teria onde encontrar um carneiro.

— Um cachorro daqueles não pode morar no povoado. E, aliás, nada garante que ele não fosse voltar a fazer isso.

— Imagine ele amarrado no povoado, Owen — disse minha mãe, censurando-o.

Owen levantou e saiu da mesa sem dizer mais nada. Minha mãe não o chamou de volta para dizer *Licença*.

Eu estava acostumada com coisas sendo mortas. Tio Benny caçava, colocava armadilhas para ratos-almiscarados, e todo outono meu pai matava raposas e vendia as peles para nos sustentar. Ao longo do ano, ele matava cavalos velhos, aleijados ou simplesmente inúteis para alimentar as raposas. Eu havia tido dois pesadelos com isso, ambos tempos atrás, de que ainda me lembrava. Uma vez sonhei que ia até o depósito de carne do meu pai, um barracão com telas atrás do celeiro, onde, no verão, ele guardava partes de cavalos esfoladas e cortadas penduradas em ganchos. O barracão ficava à sombra de uma macieira silvestre; as telas estavam sempre pretas com moscas. Sonhei que olhava lá dentro e descobria, não inesperadamente, que o que ele realmente guardava pendurados lá eram corpos humanos esfolados e desmembrados. O outro sonho devia algo à história inglesa, sobre a qual eu vinha lendo um pouco na enciclopédia. Sonhei que meu pai tinha colocado um bloco de madeira, modesto e trivial, no gramado diante da porta da cozinha, e estava nos colocando em fileira — Owen e minha mãe e eu — para cortar nossas cabeças. *Não vai doer*, dizia ele, como se isso fosse tudo o que tínhamos a temer, *em um minuto acaba*. Ele estava bondoso e calmo, razoável, fatigadamente persuasivo, explicando que era tudo, por algum motivo, para o nosso bem. Ideias de fuga debatiam-se em minha mente como pássaros presos no óleo, as asas estendidas, desesperados. Fiquei paralisada com aquela sensatez, os arranjos tão simples e familiares e menosprezados, o rosto tranquilizador da insanidade.

Durante o dia, eu não ficava tão assustada quanto esses sonhos poderiam sugerir. Nunca me incomodei de passar pelo depósito de carne, nem de ouvir a arma disparar. Mas quando pensei em Major levando um tiro, quando imaginei meu pai carregando a arma sem pressa, ritualisticamente, como sempre fazia, e chamando Major, que, acostumado a homens com armas, não suspeitaria de nada, e os dois passando pelo celeiro, meu pai procurando um bom lugar — de novo vi o contorno daquele rosto sensato e blasfemo. Eu me detia no que aquilo tinha de deliberado, na escolha deliberada de mandar a bala para dentro do cérebro e fazer os sistemas pararem de funcionar — nessa escolha e ato, não importa quão necessários e razoáveis, estava o assentimento para qualquer coisa. A morte se tornava possível. E não porque ela não podia ser impedida, mas porque era aquilo que era desejado — *desejado*, por aqueles adultos todos, e intendentes, e carrascos, com seus rostos bondosos e implacáveis.

E por mim? Eu não queria que aquilo acontecesse, não queria que Major levasse um tiro, mas fiquei cheia tanto de pesar quanto de uma tensa empolgação. Aquela cena de execução que eu imaginava, e que me dava um vislumbre tão forte de trevas — seria ela totalmente indesejada? Não. Fiquei pensando na confiabilidade de Major, em seu afeto por meu pai — de quem ele gostava, da sua maneira comedida, tanto quanto conseguiria gostar de qualquer pessoa —, em seus olhos alegres e semicegos. Subi para ver como Owen estava lidando com aquilo.

Ele estava sentado no chão do quarto, brincando com algumas cartas. Não estava chorando. Eu tinha a vaga esperança de que seria possível convencê-lo a criar encrenca, não porque eu achasse que serviria de alguma coisa, mas porque achava que a ocasião exigia.

— Se você rezasse para o Major não ser morto, ele não seria morto? — disse Owen, numa voz exigente.

A ideia de rezar nunca tinha passado pela minha cabeça.

— Você rezou para não precisar mais botar a linha na máquina de costura, e funcionou.

Eu via consternada a chegada da inevitável colisão entre religião e vida.

Ele se levantou, ficou na minha frente e disse, tenso:

— *Reze.* Como você faz? Pode começar agora!

— Você não pode rezar — falei — por uma coisa dessas.

— Por que não?

Por que não? Porque, eu poderia ter-lhe dito, não rezamos para as coisas acontecerem ou não acontecerem, mas pela força e pela graça para suportar o que acontece. Uma bela escapatória, que tem o cheiro abominável da derrota. Mas nem pensei nisso. Eu simplesmente achava, e sabia, que rezar não impediria meu pai de sair e de entrar no carro e de dirigir até a Flats Road e de pegar sua arma e chamar:

— Major! Aqui, Major... — Rezar não alteraria isso.

Deus não alteraria isso. Se Deus estava do lado da bondade, da misericórdia e da compaixão, então por que ele tinha tornado essas coisas tão difíceis de alcançar? Nem adianta dizer *para que elas valham a pena*; nem adianta gastar tempo com isso. Rezar para que uma execução não acontecesse era inútil simplesmente porque Deus não estava interessado em tais objeções; elas não eram d'Ele.

Poderia haver Deus que não estivesse de forma alguma contido pelas redes das igrejas, ingovernável por quaisquer feitiços e cruzes, Deus real, e realmente no mundo, e alheio e inaceitável como a morte? Poderia haver Deus impressionante, indiferente, além da fé?

— Como você faz? — disse Owen, teimoso. — Você precisa ficar de joelhos?

— Não importa.

Mas ele já tinha se ajoelhado e cerrado as mãos ao lado do corpo. Então, sem baixar a cabeça, franziu o rosto com esforço enorme.

— Levanta, Owen! — falei, áspera. — Isso não vai adiantar nada. Não vai funcionar, não funciona, Owen, levanta, seja um bom menino, querido.

Ele lançou os braços contra mim com os punhos cerrados, sem tirar tempo para abrir os olhos. Fazendo a oração, seu rosto passou por vários esgares desesperados e privados, cada um dos quais me parecia uma censura e uma denúncia, difíceis de olhar como carne esfolada. Ver alguém ter fé, assim de perto, não é mais fácil do que ver alguém cortar um dedo fora.

Será que os missionários passam por momentos assim, de perplexidade e vergonha?

MUDANÇAS E CERIMÔNIAS

O ódio dos garotos era perigoso, era ávido e brilhante, um direito de nascença miraculoso, como a espada de Arthur arrancada da pedra, no livro escolar do sétimo ano. O ódio das meninas, em comparação, parecia confuso e lacrimoso, amargamente defensivo. Os garotos partiam para cima de você em suas bicicletas, fendendo o ar por onde você passara, magníficos, sem remorso, como se quisessem que as rodas tivessem facas. E falavam qualquer coisa.

— Oi, putinhas — eles diziam baixinho.

— Ei, cadê sua buceta? — eles diziam, em tons de jubilosa repulsa.

As coisas que diziam tiravam a liberdade de você ser quem queria, reduziam você ao que viam, e isso, claramente, bastava para fazê-los engasgar.

— Não demonstre que você ouviu — minha amiga Naomi e eu dizíamos uma à outra, já que éramos orgulhosas demais para cruzar as ruas e evitá-los. — Vão lavar a boca no cocho das vacas, água limpa é boa demais pra vocês! — às vezes gritávamos de volta.

Depois da escola, Naomi e eu não queríamos voltar para casa. Olhávamos os cartazes do filme que estava passando no cinema Lyceum e as noivas na vitrine do fotógrafo, e depois íamos à biblioteca, que era um salão na Prefeitura. Nas janelas de um lado do portão principal da Prefeitura havia letras que diziam SAN TÁR O FEM NINO.

Do outro lado, elas diziam SALA DE LEI URA PÚBL CA. As letras faltantes nunca eram trocadas. Todos tinham aprendido a ler as palavras sem elas.

Havia uma corda ao lado da porta; ela pendia do sino debaixo da cúpula, e a placa amarelada ao lado dela dizia: MULTA PARA USO IMPRÓPRIO: $100. As esposas dos fazendeiros sentavam-se nas janelas do sanitário feminino, com seus lenços de cabeça e galochas, aguardando os maridos irem buscá-las. Raramente havia alguém na biblioteca além de Bella Phippen, a bibliotecária, surda como pedra e manca de uma perna por causa da poliomielite. A Câmara permitiu que ela fosse bibliotecária porque nunca teria conseguido um emprego de verdade. Ela ficava a maior parte do tempo numa espécie de ninho que tinha feito atrás do balcão, com almofadas, mantas, latas de biscoito, um fogão elétrico, um bule, emaranhados de fita bonita. Seu hobby era fazer alfineteiras. Eram todas iguais: uma boneca Kewpie por cima vestida com essa fita, que fazia uma saia de armação sobre a alfineteira em si. Ela dava uma para cada menina que se casava em Jubilee.

Certa vez perguntei a ela onde encontrar algo e ela deu a volta no balcão em passo de tartaruga e mancou forte entre as prateleiras e voltou com um livro. Ela me entregou, dizendo na voz alta e solitária dos surdos:

— Um livro maravilhoso.

Era *The Winning of Barbara Worth*.

A biblioteca era cheia de livros assim. Eram livros velhos, de um azul, verde ou marrom desbotado, com capas ligeiramente amolecidas, ligeiramente soltas. Com frequência, eles tinham um frontispício mostrando uma senhora pintada em aquarela pálida numa espécie de figurino de Gainsborough e, abaixo, algumas palavras como estas:

Lady Dorothy buscou privacidade no roseiral, a fim de meditar melhor sobre a importância daquela misteriosa comunicação. (p. 112)

Jeffrey Farnol. Marie Corelli. *O príncipe da casa de Davi*. Velhos amigos, queridos, melancólicos, puídos. Eu os tinha lido, não os lia mais. Outros livros eu conhecia bem demais pelas lombadas, conhecia a curva de cada letra de seus títulos, mas nunca os tinha tocado, nunca os puxava. *Forty Years a Country Preacher. The Queen's Own in Peace and War.* Eram como pessoas que você via na rua dia após dia, ano após ano, mas nunca conhecia mais do que o rosto deles; até em Jubilee isso podia acontecer.

Eu ficava contente na biblioteca. Paredes de páginas impressas, evidência de tantos mundos criados — era reconfortante para mim. Era o contrário para Naomi; tantos livros pesavam-lhe, fazendo-a sentir-se oprimida e desconfiada. Ela costumava ler — livros de mistério para meninas —, mas tinha largado o hábito. Era isso o normal em Jubilee; ler livros era um pouco como mascar chiclete, um hábito a ser abandonado quando a seriedade e as satisfações da vida adulta tomavam conta. Ele persistia sobretudo nas senhoras solteiras, teria sido vergonhoso num homem.

Assim, para manter Naomi calada enquanto eu olhava livros, eu achava alguma coisa que ela nunca teria acreditado que poderia sequer estar num livro. Naomi se sentou na escadinha portátil que Bella Phippen nunca usava, e levei para ela o gordo e verde *Kristin Lavransdatter*. Encontrei o trecho em que Kristin tem o primeiro bebê, hora após hora, página após página, sangue e agonia, agachada na palha. Senti uma ligeira tristeza, entregando isso. Eu estava sempre traindo algo ou alguém; parecia o único jeito de me relacionar. Esse livro não era uma curiosidade para mim. Não; quando eu havia querido viver no século XI, até para parir um bebê na palha, como Kristin — desde que eu sobrevivesse, é claro —, e, particularmente, para ter tido um amante como Erlund, um cavaleiro tão problemático e sombrio e solitário.

Depois que Naomi leu, ela veio atrás de mim para perguntar:

— Ela precisou se casar?

— Sim.

— Imaginei. Porque se uma menina tem de casar, ou ela morre tendo o bebê ou quase morre, ou então o bebê tem algum problema. Ou lábio leporino ou pé torto ou ele não bate bem da cabeça. Minha mãe já viu isso.

Não discuti, mas também não acreditei nela. A mãe de Naomi era prática de enfermagem. Segundo o que ela dizia — ou segundo aquilo que Naomi afirmava que ela dizia —, bebês nascidos com a bolsa amniótica se tornarão criminosos, homens tinham copulado com ovelhas e produzido criaturinhas enrugadas e lanudas com rostos humanos e rabos de ovelha, que tinham morrido e sido preservadas em frascos em algum lugar, e mulheres loucas haviam se ferido de maneiras obscenas com cabides. Eu acreditava ou não acreditava nessas coisas dependendo da animação ou do temor do meu estado de espírito na hora. Eu não gostava da mãe da Naomi; ela tinha uma voz aguda e intimidadora, olhos claros e protuberantes — como os de Naomi — e me perguntara se eu já tinha começado a menstruar. Porém, qualquer pessoa que trate de nascimento e morte, que se comprometa a ver e a lidar com o que encontrar pela frente — uma hemorragia, o carnoso pós-parto, a horrenda dissolução —, qualquer pessoa que faça isso terá de ser ouvida, não importam as notícias que traga.

— Tem alguma parte do livro em que eles fazem?

Ansiosa para justificar a literatura aos olhos de Naomi — como um pastor que se esforça para mostrar como a religião pode ser útil e divertida —, cacei e achei a parte em que Kristin e Erlund se abrigaram no celeiro. Mas isso não a satisfez.

— Isso aqui tá tentando contar que eles fazem?

Chamei a atenção para o pensamento de Kristin. *Era essa coisa ruim a coisa que era cantada em todas as canções?*

Estava escurecendo quando saímos, e os trenós dos fazendeiros estavam partindo para fora do povoado. Naomi e eu pegamos uma carona num que passava pela Victoria Street. O fazendeiro estava envolto num cachecol e num grande chapéu de pele. Ele parecia um viking de capacete. Virou-se e nos xingou para que descêssemos, mas ficamos firmes, inchadas de alegre rebeldia como criminosas nascidas com bolsas amnióticas; ficamos firmes, com a borda do trenó pressionando nossas barrigas, e os pés espalhando neve, até chegarmos à esquina da Mason Street, e ali nos lançamos contra um monte de neve. Quando juntamos os livros e recuperamos o fôlego, gritamos uma pra outra.

— Sai daí, pirralha!
— Sai daí, pirralha!

Ao mesmo tempo queríamos e temíamos que alguém ouvisse o que falávamos na rua.

Naomi morava na Mason Street, eu morava na River Street; essa era a base da nossa amizade. Quando me mudei pro povoado, Naomi ficava me esperando de manhã, na frente da casa dela, que ficava no meu caminho.

—Por que você anda assim? — ela dizia, e eu dizia:

— Assim como? — Ela então saía andando de um jeito estranho, em ziguezague, alheia, com o queixo na gola. Ofendida, eu ria. Porém, suas críticas denotavam posse; fiquei alarmada e eufórica ao descobrir que ela considerava que éramos amigas. Eu não tinha tido amigas antes. Isso interferiu na liberdade e me deixou traiçoeira sob alguns aspectos, mas também ampliou a vida e lhe deu ressonância. Isso de dar gritinhos e falar palavrão e se jogar em montes de neve não era algo que você podia fazer sozinha.

E, agora, já sabíamos demais uma da outra para um dia parar de sermos amigas.

Naomi e eu nos inscrevemos juntas para sermos monitoras de lousa, o que significava que ficávamos depois da escola para limpar as lousas e que levávamos os apagadores vermelhos, brancos e azuis para fora e os batíamos contra a parede de tijolos da escola, criando padrões de giz em forma de leque. Ao entrar, ouvíamos música desconhecida vindo da sala dos professores, a srta. Farris cantando, e lembrávamos. A opereta. Era isso.

Todo ano, em março, a escola montava uma opereta, o que colocava forças diferentes em jogo e mudava tudo, por algum tempo. Os encarregados da opereta eram a srta. Farris, que não fazia nada de especial durante o resto do ano, só dava aula para o terceiro ano e tocava a "Marcha turca" no piano todo dia de manhã, para que marchássemos para as salas, e o sr. Boyce, que era o organista da igreja unida, e vinha à escola dois dias por semana dar aula de música.

O sr. Boyce atraía atenção e desrespeito por causa das maneiras como se diferenciava de um professor comum. Era baixinho, tinha um bigode macio, e seus olhos redondos tinham uma aparência úmida, como caramelos chupados. Ele também era inglês, tinha vindo para cá no começo da guerra, após sobreviver ao naufrágio do *Athenia*. Imagine o sr. Boyce num bote salva-vidas, no Atlântico Norte! Até mesmo a corrida do carro até a escola, no inverno de Jubilee, deixava-o ofegante e indignado. Ele levava um toca-discos pra sala de aula e tocava algo como a "Abertura 1812", e nos perguntava no que a música nos fazia pensar, como ela nos fazia sentir. Acostumados apenas com questões factuais e exatas, olhávamos as tábuas do piso, dávamos risadinhas e estremecíamos de leve, como se diante de uma indecência.

— Imagino que ela não faça vocês pensarem em nada, exceto que preferem não ouvir — dizia, nos olhando com desgosto, então dava de ombros, num gesto delicado demais... pessoal demais, para um professor.

A srta. Farris tinha nascido em Jubilee. Ela havia frequentado aquela escola, havia marchado por aquelas longas escadas desgastadas em dois lugares pela procissão diária de pés, enquanto outra pessoa tocava a "Marcha Turca" (porque aquilo devia estar tocando desde o princípio dos tempos). Seu primeiro nome era bem conhecido, era Elinor. Ela morava numa casinha própria, perto da calçada na Mason Street, perto de onde Naomi morava, e ela frequentava a igreja unida. Ela também patinava uma vez por semana, à noite, o inverno inteiro, e usava um traje especial de veludo azul-escuro que ela mesma tinha feito, porque nunca poderia ter comprado aquilo. Era adornado com pele branca e ela tinha, para combinar, um chapéu de pele e um regalo brancos. A saia era curta e volumosa, forrada com tafetá azul claro, e ela usava meia-calça branca de bailarina. Um traje daqueles revela muita coisa, e não só sob um aspecto.

A srta. Farris também não era jovem. Passava henna no cabelo, que era curto e reto ao estilo da década de 1920; sempre passava dois discos de ruge e uma linha de batom precipitada e sorridente. Ela patinava em círculos, deixando sua saia da cor do horizonte esvoaçar. Mesmo assim, parecia seca, inexpressiva e inocente, sua patinação, afinal, mais uma exibição de habilidades de professora escolar do que dela própria.

Ela fazia todas as roupas que usava. Usava golas altas e mangas longas e castas, ou blusas estilo camponesa com cordão e trança decorativa em ziguezague, ou uma espuma de babados de renda branca sob o queixo e nos pulsos, ou botões chamativos e brilhosos com espelhinhos. As pessoas riam dela, mas não tanto quanto se não tivesse nascido em Jubilee.

— Coitada, está só tentando arrumar um homem — dizia Fern Dogherty, a inquilina da minha mãe. — Cada uma tem o direito de fazer isso do seu jeito, é o que eu acho.

Se aquele era o jeito dela, não estava funcionando. Todo ano havia um romance hipotético, ou escândalo, envolvendo ela e o sr. Boyce. Isso enquanto os preparativos da opereta estavam acontecendo. As pessoas relatavam que eles tinham sido vistos sentados bem juntinhos no banco do piano, que o pé dele tinha cutucado o dela no pedal, que tinham ouvido ele chamá-la de Elinor. Porém, todas as invencionices barrocas de rumores caíam por terra quando você olhava o rosto dela, seu rostinho de ossos afiados, com aquele ruge e aquela animação deliberadas, com vírgulas tremeluzentes nos cantos da boca, olhos luminosos e sobressaltados. O que quer que ela estivesse tentando arranjar, não poderia ser o sr. Boyce. Apesar do que dizia Fern Dogherty, aliás, dificilmente seriam homens.

A opereta era sua paixão. Ela ardia com essa paixão discretamente no início, quando ela e o sr. Boyce entraram na sala de aula por volta das duas horas numa tarde nevada e borrada, quando estávamos meio dormindo, copiando do quadro negro, e tudo estava tão silencioso que dava para ouvir o gorgolejar dos canos d'água lá no fundo das profundezas do prédio. Quase sussurrando, ela pediu que todos se levantassem e cantassem quando o sr. Boyce desse a nota.

Você já viu John Peel com seu casaco vistoso?
Você já viu John Peel ao raiar do dia?
Você já viu John Peel quando ele está bem longe
*Com seus cães e seu berrante na manhãzinha?**

O sr. McKenna, nosso professor, o diretor da escola, mostrou-nos o que achava disso ao continuar a escrever no quadro. *O vale do Nilo era protegido de invasões por três desertos à sua volta, o líbio, o núbio e o árabe.* O que quer que ele fizesse, no fim das contas ficaria impotente. A opereta só ia crescer e crescer, ia derrubar todas as suas regras, suas divisões de tempo, como várias cercas feitas de fósforos. Como estavam diplomáticos agora a srta. Farris e o sr. Boyce, andando na ponta dos pés cerimoniosamente pela sala, cabeças abaixadas para captar as vozes individuais. Isso não duraria. A opereta inteira, naquele momento, estava contida em seus dois eus, mas, quando chegasse a hora, eles a libertariam, ela incharia como um balão de circo, e a nós todos só restaria segurar firme.

Eles faziam movimentos delicados para que alguns alunos se sentassem. Tive de sentar, e também Naomi, o que me deixou contente. Eles fizeram os outros cantarem de novo, e fizeram sinais para as pessoas que queriam darem um passo à frente.

Montar o elenco de uma opereta era algo imprevisível. Para todas as outras coisas, de levar a coroa de papoulas até o Cenotáfio no Dia do Armistício a montar o programa da Cruz Vermelha Júnior, incluindo levar bilhetes de um professor a outro pelos corredores estranhamente esvaziados,

---

*Adaptação livre de: *D'ye ken John Peel with his coat so gay/D'ye ken John Peel at the break of day/D'ye ken John Peel when he's far far a-way,/With his hounds and his horn in the morning?* (N. do T.)

você conseguia dizer de antemão quem seria escolhido na maior parte das vezes, quem seria escolhido algumas vezes, e quem jamais, em circunstância nenhuma, seria escolhido. No topo da lista estavam Marjory Coutts, cujo pai era advogado e membro da Câmara Provincial, e Gwen Mundy, cujo pai era agente funerário e dono de uma loja de móveis. Ninguém tinha objeções às funções delas. Aliás, podendo votar livremente nos oficiais da Cruz Vermelha Júnior, nós mesmos, sem titubear e com um gracioso senso do que era adequado, as elegemos. Anos de boa vontade em torno delas, no povoado e na escola, tinham efetivamente feito delas as melhores pessoas a serem escolhidas — confiantes e diplomáticas, discretas e gentis. As pessoas em quem não se devia confiar, que se tornariam ditadoras quando estivessem no poder ou que tropeçariam a caminho do Cenotáfio ou que leriam os bilhetes dos professores no corredor, na esperança de ter algo para contar, eram aquelas escolhidas ocasionalmente, as ambiciosas e inseguras — como Alma Cody, uma especialista em informações sexuais, como Naomi, como eu.

A mesma segurança de Marjory e de Gwen, em outro sentido, tinham os nunca-escolhidos: uma garota grande e gorda de nome Beulah Bowes, cuja bunda ia além do assento — os garotos espetavam-na com as pontas das canetas — e a garota italiana que nunca falava, e com frequência estava ausente com doença renal, e um garoto albino muito frágil e chorão cujo pai tinha uma merceariazinha e que comprou sua sobrevivência, o tempo todo que passou na escola, com sacos de jujubas, balas duras de canela com chocolate e tiras de alcaçuz. Gente assim sentava no fundo da sala, ninguém pedia que lessem em voz alta, nem que escrevessem no quadro questões de aritmética e recebiam dois cartões no Dia de São Valentim. (Estes seriam de Gwen e Marjory, que podiam mandar cartões para todo mundo sem medo de contaminação.) Eles passavam um ano letivo atrás do outro numa solidão onírica e intocada. A garota italiana seria a primeira de todos nós a morrer, enquanto ainda estávamos no secundário; depois lembraríamos com consternação, com orgulho tardio.

— Mas ela era da nossa *turma*.

Em qualquer lugar se poderia achar uma voz boa para o canto. Não foi achada em Beulah Bowes, nem na garota italiana, nem no garoto albino, mas poderia ter sido; chegou assim perto. Mas quem acabou sendo levado, entre a srta. Farris e o sr. Boyce, como uma espécie de troféu, se não o garoto que sentava atrás de mim, um garoto que eu teria colocado lá pro finzinho da lista dos às-vezes-escolhidos: Frank Wales.

Eu não deveria ter me surpreendido. Eu podia ouvi-lo toda manhã atrás de mim, durante o hino "God Save the King", e uma vez por semana, durante as visitas do sr. Boyce, em "John Peel", em "Flow Gently Sweet Afton" e em "As Pants the Hart [por muito tempo achei que fosse *heart*] for Healing Streams, When Heated in the Chase".* A voz dele era um soprano ainda intacto, sem qualquer esforço, aliás quase nem humana, serena e isolada como música de flauta. (A flauta doce, que ele veio a aprender a tocar por causa de seu papel na opereta, parecia uma extensão dessa voz.) Ele próprio era tão indiferente à posse de tal voz, tão alheio a ela, que, quando parava de cantar, ela sumia por completo e você não relacionava mais ele a ela.

Tudo o que eu sabia sobre Frank Wales, na verdade, era que ele era péssimo soletrador. Ele tinha de me passar os

---

*A ambiguidade por homofonia é entre "cervo" (*hart*) e "coração" (*heart*). "Assim como o cervo anseia por águas curativas, quando exaltado pela caça". A referência é ao Salmo 42. (N. do T.)

exercícios de soletrar para correção. Depois ia até o quadro, dócil mas impassível, escrever as palavras três vezes cada. Aquilo não parecia lhe fazer muito bem. Era difícil acreditar que aquela ortografia não era uma perversidade, uma piada furiosa e obstinada, mas nada mais nele mostrava como isso poderia ser verdade. Tirando a soletração, não era nem inteligente, nem burro. Ele sabia onde ficava o Mediterrâneo, provavelmente, mas não o mar de Sargaços.

Quando voltou, escrevi na minha régua: "Qual o seu papel?", e passei-a para ele, atrás de mim, como se fosse emprestá-la. A sala de aula era uma zona de trégua, onde era possível uma comunicação neutra, mas oculta, entre meninos e meninas.

Ele escreveu do outro lado da régua: *Flatista de Amlin*.

Assim eu soube qual opereta faríamos: *O flautista de Hamelin*. Fiquei decepcionada, achando que não haveria cenas de palácio, nem damas de companhia, nem roupas bonitas. Mesmo assim, eu queria muito um papel. A srta. Farris veio escolher quem ia dançar na "Dança do casamento camponês".

— Quero quatro meninas que fiquem de cabeça erguida e tenham ritmo nos pés. Marjory Coutts, Gwen Mundy, quem mais? — Os olhos dela subiam e desciam pelas fileiras, parando em várias, e também em mim, onde eu estava sentada com a cabeça erguida, os ombros retos, a feição iluminada, mas evasiva por uma questão de orgulho, os dedos violentamente entrançados, debaixo da mesa, no meu sinal particular de sorte. — Alma Cody e… June Gannett. Agora quatro garotos capazes de dançar sem derrubar as cortinas…

Aquilo doeu. E se eu só pudesse ser parte da multidão, empurrada pros fundos do palco? E se eu nem chegasse a entrar no palco? Alguns alunos e alunas da minha sala não entrariam; teriam de sentar em arquibancadas abaixo do palco, de cada lado do piano tocado pelo sr. Boyce, com os alunos e alunas de anos inferiores escolhidos para o coro, eles de camisa branca e calça escura, elas de blusa branca e saia escura. Ali eu me sentara por três anos, em *The Gypsy Princess*, *The Kerry Dancers* e *The Stolen Crown*. Ali se sentariam a garota italiana, a garota gorda e o garoto albino em *O flautista de Hamelin*. Mas eu não. *Eu não!* Eu não conseguia acreditar numa injustiça maior do que me deixar de fora do palco.

Naomi também tinha ficado sem papel. Não falamos disso na volta para casa, mas gozamos de tudo o que tinha a ver com a opereta.

— Você faz a srta. Farris, eu faço o sr. Boyce. Ah, meu grande amor, meu beija-florzinho, essa música de *O flautista de Hamelin* está me deixando louco de paixão, quando vou apertar você nos meus braços até a sua espinha estalar porque você é tão absurdamente magricela?

— Eu não sou absurdamente magricela, sou incrivelmente linda, e esse seu bigode está me irritando a pele. A sra. Boyce, o que vamos fazer com ela? Hein, meu amor?

— Não se preocupe, meu anjinho querido, vou trancá-la numa despensa escura cheia de baratas.

— Mas tenho medo de que ela se solte.

— Nesse caso, vou fazer ela engolir arsênico e serrá-la em pedacinhos e jogar tudo na privada para dar descarga. Não, vou dissolver com soda cáustica na banheira. Vou derreter o ouro das obturações dela e fazer para nós uma linda aliança.

— Ah, meu amado, como você é romântico.

Então Naomi foi escolhida para ser uma mãe que precisa dizer:

— Ah, minha querida Martinha, como você dançava nas manhãs em que eu tentava fazer tranças no seu cabelo! E eu ralhava com você! Ah, se ao menos eu pudesse vê-la dançar agora! — E na última cena há mais uma fala. — Hoje sou tão grata, nunca mais contarei histórias sobre meus vizinhos, nem serei uma fofoqueira mesquinha de novo!

Eu achava que ela tinha sido escolhida por causa da sua silhueta baixinha, um tanto atarracada, que poderia facilmente passar pela de uma matrona. Tive de voltar para casa sozinha; as pessoas com papéis com falas ficavam para ensaiar depois da aula.

— E a opereta? — minha mãe disse, o que significava: você ganhou algum papel?

— Ainda não estão fazendo nada. Ainda não escolheram o elenco.

Depois do jantar fui até a Mason Street e passei pela casa da srta. Farris. Eu não tinha ideia do que pretendia fazer. Andei de um lado pro outro, sem fazer barulho na neve acumulada. A srta. Farris não abaixava as persianas; não fazia o tipo dela. Sua casa era pequena, quase de brinquedo; branca com persianas azuis, telhado pontudo, uma cumeeira pequenina, tábuas de bordas arredondadas sobre a porta e as janelas. Tinha mandado construir a casa para ela, com o dinheiro que ganhou quando os pais faleceram. E apesar de muitas vezes vermos nos filmes casas assim (isto é, casas intencionalmente encantadoras, excêntricas, que pareciam ter sido projetadas para brincar e não para a vida), elas ainda não eram vistas em Jubilee. Comparada com as outras casas do povoado, a dela parecia não ter segredos, não ter contradições.

— Que casa mais bonita, nem parece de verdade — era o que as pessoas diziam. Elas não conseguiam explicar mais do que isso, explicar o que havia nela de suspeito.

Não havia nada que eu pudesse fazer, claro, e depois de um tempo fui para casa.

Porém, no dia seguinte, a srta. Farris entrou na sala de aula com June Gannett a reboque, marchou com ela em linha reta até a minha carteira.

— Del, levante — disse, como se eu devesse saber o que fazer sem que me dissessem (ela estava cada vez mais no modo opereta) e nos fez ficar de costas uma pra outra. Entendi que June tinha a altura errada, mas não sabia se ela era baixa ou alta demais, por isso não podia nem me encolher nem me esticar de acordo. A srta. Farris colocou as mãos nas nossas cabeças, e afastou-as com firmeza. Ela chegou tão perto que senti o cheiro de seu suor apimentado, e suas mãos tinham ligeiros frêmitos; um zunzum minúsculo e perigoso de empolgação a percorria.

— June, querida, você é um centímetro alta demais. Vamos ver o que podemos fazer quanto a te transformar numa mãe.

Naomi e eu, e outros, nos entreolhamos com indiferença estudada; o sr. McKenna correu o rosto franzido e incisivo por toda a sala.

— Quem vai ser seu par? — sussurrou Naomi mais tarde, no vestiário, quando fomos atrás das nossas botas. Tínhamos de marchar, por fila, e pegar nossas roupas de frio e trazê-las de volta, colocá-las em nossas carteiras, tudo em nome da ordem.

— Jerry Storey — admiti. Eu não estava muito contente com a distribuição de parceiros. Tudo apontava que seria adequado. Gwen Mundy e Marjory Coutts ficaram com Murray Heal e George Klein, que eram mais ou menos suas contrapartes masculinas na turma, eram inteligentes, atléticos e, naquilo que contava, bem-comportados. Alma Cody ficou com Dale McLaughlin, filho do pastor da igreja unida, que era alto, flexível, estupidamente audacioso, com óculos pesados e um olho estrábico e desfocado. Ele já tinha tido relação sexual, mais ou menos, com Violet Toombs no bicicletário atrás da escola. E eu fiquei com Jerry Storey, com sua cabeça coberta de cachos infantis, seus olhos arregalados com uma inteligência inabalável de alta voltagem.

Ele erguia a mão na aula de ciências e, com uma entediante voz anasalada, descrevia os experimentos que tinha feito com seu laboratório portátil de química. Sabia os nomes de tudo — elementos, plantas, rios e desertos no mapa. Ele saberia onde ficava o mar de Sargaço. Todo o tempo em que ensaiamos esta dança, ele não me olhou nos olhos. A mão dele suava. A minha também.

— Estou com pena de você — disse Naomi. — Agora todo mundo vai achar que você gosta dele.

Pouco importava. A opereta, agora, era a única coisa que havia na escola. Assim como, durante a guerra, você não imaginava no que as pessoas pensavam, com o que se preocupavam, com o que o noticiário dizia antes que houvesse uma guerra, agora era impossível lembrar como havia sido a escola antes da empolgação, da perturbação e da tensão da opereta. Ensaiávamos a dança depois da escola e também durante o horário de aula, na sala dos professores. Eu nunca tinha entrado na sala dos professores, e era esquisito ver aquele armarinho com cortinas de cretone, as xícaras de chá, o fogão elétrico, o frasco de aspirina, o sofá de couro enrugado. Ninguém concebia os professores junto de tamanha domesticidade ordinária, e até fuleira.

Visões improváveis continuaram a se apresentar. Havia um alçapão no teto da sala dos professores, e certo dia, quando entramos para ensaiar, encontramos o sr. McKenna, logo o sr. Mckenna, esgueirando-se com suas calças marrons empoeiradas e sua bunda para fora do alçapão, tentando encontrar a escada. Ele trouxe caixas de papelão, que a srta. Farris tirou de seus braços, dizendo bem alto:

— Sim, essa, essa! Ah, o que é que temos aqui, vamos ver se não temos um tesouro!

Ela arrebentou o barbante com uma puxada forte, espalhando panos finos de algodão pintados de azul e vermelho, enfeitados com anéis daquele mesmo fio de ouropel dourado e prateado que você pendura nas árvores de Natal. Depois coroas, cobertas de papel alumínio dourado e prateado. Calças de veludo cor de ferrugem, um xale de caxemira amarelo com franja, alguns vestidos palacianos feitos de tafetá empoeirado e estaladiço. O sr. McKenna nada podia fazer além de ficar ali, sem um obrigado, batendo o pó das calças.

— Hoje não tem dança! Meninos, saiam, saiam e vão jogar hóquei. — (Uma das ficções dela era que quando os meninos não estavam na escola, eles estavam jogando hóquei.) — Meninas, fiquem, me ajudem a organizar. O que é que temos aqui que funciona para uma aldeia da Idade Média, na Alemanha? Não sei, não sei. Esses vestidos são chiques demais. De qualquer modo, no palco eles cairiam aos pedaços. Já tiveram seus dias de glória em *The Stolen Crown*. Será que as calças servem no prefeito? Isso me lembra, *isso me lembra*: preciso fazer uma corrente de prefeito! Preciso fazer o figurino de Frank Wales, também, o último flautista de Hamelin que tivemos era duas vezes maior. Quem foi mesmo? Até esqueço. Era um garoto gordo. Escolhemos só pela voz.

— São quantas operetas diferentes? — Quem perguntou foi Gwen Mundy, à vontade com os professores, usando seu tom educado e gentil.

— Seis — disse a srta. Farris, fatalista. — *O flautista de Hamelin. The Gypsy Princess. The Stolen Crown. The Arabian Knight. The Kerry Dancers. The Woodcutter's Daughter*. Quando completamos e chegamos à mesma, temos uma safra totalmente nova de atores para escolher e a plateia que, temos fé em Deus, já esqueceu da última vez. — Ela pegou uma capa de veludo preta, forrada de vermelho, sacudiu e colocou em volta dos próprios ombros. — Foi isso que Pierce Murray vestiu, lembram, quando fez o capitão em *The Gypsy Princess*. Não, claro que vocês não lembram. Isso foi em 1937. Depois ele foi morto, na Força Aérea. — Mas isso ela disse um tanto distraída; depois de ter feito o capitão em *The Gypsy Princess*, fazia alguma diferença o que mais tinha acontecido com ele? — Toda vez que botava a capa ele girava, *assim*, e exibia o forro. — Ela mesma deu um giro canastrão. Todas as suas instruções de palco, instruções de dança, eram deliberadamente, esplendidamente exageradas, como se ela quisesse nos impressionar a ponto de esquecermos de nós mesmos. Ela nos insultava, dizia que dançávamos como velhos de cinquenta anos com artrite, dizia que ia botar bombinhas nos nossos sapatos, mas o tempo todo ela ficava pairando à nossa volta como se contivéssemos as possibilidades de uma dança linda e incandescente, como se pudesse arrancar de nós aquilo que ninguém mais, e nem nós mesmos, podíamos imaginar que estava lá.

Eis que entrou o sr. Boyce para pegar a flauta doce, que estava ensinando Frank Wales a tocar. Ele viu o giro.

— *Con brio* — disse, com sua contida surpresa inglesa. — *Con brio*, srta. Farris!

A srta. Farris, mantendo o espírito do movimento, curvou-se galantemente, e permitimos isso a ela, e até entendemos, naquele momento, que o rubor que absorvia seu ruge como um sol nascente não tinha nada a ver com o sr. Boyce, mas apenas com o prazer de sua ação. Guardamos o *con brio*, planejávamos contar. Não entendíamos e nem interessava o que significava, só sabíamos que era absurdo (todas as palavras estrangeiras eram em si mesmas absurdas) e dramaticamente explosivo. Sua aptidão foi reconhecida. Muito depois de a opereta ter terminado, a srta. Farris não podia descer o corredor da escola, não podia passar por nós subindo a ladeira da John Street, cantando baixinho e encorajadoramente para si mesma, como era seu hábito (*"The Minstrel Boy*... Bom dia, meninas! ...*to the War has gone...*"), sem esta frase flutuando matreiramente em suas imediações. *Con brio, srta. Farris.* Sentíamos que era seu toque final; a frase a rematava.

Começamos a ir à Prefeitura pros ensaios. O auditório da Prefeitura era grande e cheio de correntes de ar, como eu lembrava, as cortinas do palco eram de um veludo azul-escuro antigo, com franjas douradas, majestosas, como eu lembrava. As luzes ficavam acesas, naqueles dias escurecidos de inverno, mas não até o fundo do auditório, onde a srta. Farris às vezes desaparecia.

— Daqui eu não estou ouvindo nada! — ela gritava. — Vocês estão com medo de quê? Estão querendo que as pessoas no fundo da sala peçam o dinheiro de volta?

Ela estava chegando ao ápice do desespero. Sempre tinha alguma coisa nas mãos para costurar. Certo dia me chamou com um gesto e me deu um pedaço da trança dourada que estava costurando no chapéu de veludo do prefeito. Me disse para correr até a loja Walker e trazer uma igual de vinte e três centímetros para combinar. Ela tremia; seu zumbido ficara mais perceptível.

— Não demore — me disse, como se tivesse me enviando para pegar algum remédio vital ou repassar a mensagem que salvaria um exército. Assim, saí correndo com meu casaco desabotoado, e lá estava Jubilee debaixo da neve recém-caída, suas ruas silenciosas, mudas, brancas; o palco da Prefeitura atrás de mim parecia brilhar como uma fogueira, acesa por aquela devoção fanática. Devoção à manufatura do que não era verdadeiro, não era claramente necessário, mas era mais importante, uma vez que se acreditasse naquilo, do que todo o resto que tínhamos.

Libertados pela opereta da rotina das nossas vidas, lembrando da sala de aula onde o sr. McKenna mantinha os que não tinham sido escolhidos ocupados com concursos de soletração e aritmética mental como um lugar triste e apagado, esquecido, agora éramos todos aliados da srta. Farris. Estávamos encaixando nossos papéis distintos na opereta, vendo-a como um todo. A história me comovia, e ainda me comove. Eu pensava em como o personagem do flautista de Hamelin era alheio, poderoso, impotente e trágico. Perfídia nenhuma era capaz de realmente surpreendê-lo; surrado pelo modo como o mundo o tinha usado, ele guardava, assim como Humphrey Bogart, sua honra desgastada. Até mesmo sua vingança (estragada, é claro, pela mudança do final) não parecia ressentida, mas quase terna, uma vingança terna e terrível no interesse de uma justiça maior. Achei que Frank Wales, aquele soletrador incorrigível, cresceu no papel com facilidade, naturalmente, sem tentar representar. Ele levou sua timidez e indiferença cotidianas para o palco, o que foi acertado. Pela primeira vez vi como ele era, qual sua aparência: sua longa cabeça estreita, seu cabelo escuro e curto como um capacho crespo, um rosto melancólico que poderia ter se revelado o de um comediante, embora nesse caso isso não tenha acontecido, as cicatrizes de furúnculos antigos e um furúnculo novo nascendo na nuca. Seu corpo era estreito como seu rosto, sua altura era mediana para um menino da nossa sala — isto é, ele seria mais ou menos um centímetro mais baixo do que eu —, e andava de um jeito lépido e desembaraçado, o andar de alguém que não precisa nem atrair nem afastar a atenção de si. Todo dia ele usava um suéter azul acinzentado, cerzido no cotovelo, e aquela cor esfumaçada, tão comum, reticente e misteriosa, a mim parecia a cor dele, a cor do seu eu.

Eu o amava. Eu amava o flautista de Hamelin. Eu amava Frank Wales.

Eu tinha de falar dele com alguém, por isso falei com minha mãe, fingindo objetividade e crítica.

— Ele tem uma boa voz, mas não é alto o bastante. Não acho que vai se destacar no palco.

— Qual o nome dele? Wales? É o filho da mulher das cintas? Eu costumava comprar minhas cintas com a sra. Wales, ela tinha da marca Slender-eze, não tem mais. Morava na Beggs Street, depois da fábrica de laticínios.

— Deve ser a mãe dele. — Fiquei estranhamente eufórica ao pensar que tinha havido aquele ponto de contato entre a família de Frank Wales e a minha, entre a vida dele e a minha. — Você ia até a casa dela, ou ela vinha aqui?

— Eu ia até a casa dela, você tinha de ir lá.

Eu queria perguntar como era a casa, se havia quadros na sala de estar, sobre o que a mãe dele falava, será que falava dos filhos? Seria esperar demais que elas tivessem ficado amigas, que fossem falar das famílias, que a sra. Wales dissesse no jantar, àquela noite:

— Hoje veio aqui uma senhora realmente bacana para ajustar as cintas, e ela me falou que tem uma filha na mesma sala que você no colégio... — De que adiantaria isso? Meu nome mencionado aos ouvidos dele, minha imagem conjurada diante de seus olhos.

A atmosfera da Prefeitura, naqueles dias, colocava não apenas eu nesse estado. A hostilidade ritualizada entre meninos e meninas fendia-se em mil lugares. Ela não podia ser contida ou, onde fosse contida, seria de um jeito jocoso, com confusas correntes subterrâneas de afabilidade.

Naomi e eu, voltando para casa, comíamos barras de caramelo de cinco centavos que eram extremamente difíceis de morder no frio, e, depois, quase igualmente difíceis de mastigar. Falávamos com cautelosas bocas cheias.

— Quem você gostaria que fosse seu par se não tivesse que ser Jerry Storey?

— Não sei.

— Murray? George? *Dale?*

Balancei a cabeça com segurança, sugando ruidosamente a saliva com sabor de caramelo.

— Frank Wales — disse Naomi, diabolicamente. — Me fala se sim ou não. Vamos lá. Daí te conto de quem eu gostaria se fosse eu.

— Tudo bem se fosse ele — falei, com uma voz cuidadosa e controlada. — Frank Wales.

— Bem, eu não acharia nada mal o Dale McLaughlin — disse Naomi, provocadora e um tanto surpreendente, porque tinha guardado seu segredo melhor do que eu tinha guardado o meu. Ela abaixou a cabeça sobre um monte de neve, babando, e roeu a barra de caramelo. — Eu sei que devo estar louca — disse ela enfim. — Eu gosto mesmo dele.

— Eu gosto mesmo de Frank Wales — falei, admitindo tudo. — Também devo estar louca.

Depois disso, o tempo todo falávamos desses dois garotos. Nós os chamávamos de A.F. Significava Atração Fatal.

— Lá vai seu A.F. Tente não desmaiar.

— Por que você não dá um pouco de Noxema para os furúnculos do seu A.F., pelo amor de Deus?

— Acho que o seu A.F. estava te olhando, mas é difícil dizer com aquela vesguice dele.

Desenvolvemos um código de sobrancelhas erguidas, dedos batendo no peito, palavras apenas articuladas com os lábios como *Dor, ai, Dor* (para quando ficávamos perto deles no palco), *Fúria, dupla Fúria* (para quando Dale McLaughlin falava com Alma Cody e estalava os dedos no pescoço dela) e *Arrebatamento* (para quando ele fazia cosquinha debaixo do braço de Naomi e dizia *Sai da frente, balofa!*).

Naomi queria falar do incidente no bicicletário. A menina com quem Dale McLaughlin tinha feito, a asmática Violet Toombs, tinha se mudado do povoado.

— Ainda bem que ela foi embora. Aqui ela tem má fama.
— Não foi só culpa dela.
— Foi sim. A culpa é da menina.
— Como poderia ser culpa dela se ele a segurou?
— Ele não tem como ter segurado ela — disse Naomi, severa —, porque não conseguiria segurá-la e... colocar sua coisa dentro... ao mesmo tempo. Como poderia?
— Por que você não pergunta? Vou falar para ele que você quer saber.
— Minha mãe diz que a culpa é da menina — disse Naomi, me ignorando. — É a menina que é responsável, porque os nossos órgãos sexuais estão do lado de dentro, e os deles estão do lado de fora, e nós conseguimos controlar nossas vontades melhor do que eles. Um menino não consegue evitar — instruiu-me ela, num tom de voz agourento, mas estranhamente permissivo, que reconhecia a anarquia, a misteriosa brutalidade preponderante naquele mundo adjacente.

Era irresistível conversar essas coisas, e, no entanto, descendo a River Street, eu muitas vezes preferia ter guardado para mim o meu segredo, assim como todos preferimos ter guardado nossos segredos para nós.

— Frank Wales não pode ter ereção porque sua voz não mudou — me disse Naomi (sem dúvida transmitindo outra informação da mãe dela), e eu fiquei interessada mas perturbada, como se meus sentimentos por ele tivessem recebido o rótulo errado, direcionados para um canal inteiramente inesperado. O que eu queria de Frank Wales eu não sabia exatamente. Eu tinha um devaneio com ele, repetido muitas vezes. Eu o imaginava voltando para casa comigo após uma apresentação da opereta. (Estava circulando que os meninos [alguns meninos] acompanhariam as meninas [algumas meninas] até suas casas naquela noite, mas Naomi e eu nem sequer discutíamos essa possibilidade; éramos prudentes quanto a manifestar esperanças reais.) Andávamos pelas ruas absolutamente silenciosas de Jubilee, andávamos debaixo dos postes de luz com nossas sombras rodopiando e afundando na neve, e lá, no povoado bonito, escuro, despovoado, Frank me envolveria, ou com um canto real, implausível, mas sereno e terno, ou, nas versões mais realistas do sonho, simplesmente com a música inaudita da sua presença. Ele estaria usando o chapéu pontudo, quase um chapéu de bobo, e a capa remendada com várias cores, o azul predominando, que a srta. Farris tinha feito para ele. Muitas vezes eu inventava esse sonho para mim mesma à beira do sono, e era estranho o quanto ele me deixava contente, como fazia fluir a paz e o consolo, e eu fechava os olhos e flutuava nele até meus sonhos reais, que nunca eram tão gentis, mas cheios de probleminhas realistas, meias perdidas, não conseguir achar a sala do oitavo ano, ou medos, como dançar no palco do auditório e perceber que eu tinha esquecido de colocar o toucado.

No ensaio geral, a srta. Farris gritou para todos ouvirem:

— Eu podia muito bem pular daqui de cima da Prefeitura! Podia muito bem pular agora! Vocês todos estão prontos para assumir a responsabilidade? — Ela passou os dedos abertos pelas bochechas com tanta força que parecia que iam deixar sulcos. — Voltando, voltando, voltando! Esqueçam os últimos quinze minutos! Esqueçam a última meia hora! Recomecem do início! — O sr. Boyce sorriu bastante à vontade e tocou as notas do coro de abertura.

***

Então, a grande noite. Chegada a Hora, a plateia lotada, toda aquela expectativa cheia de tosses e arrastar de pés e trajes de gale onde tínhamos nos acostumado a ter escuridão e ecos.

O palco estava muito mais iluminado e muito mais lotado, com fachadas de casas de papelão e uma fonte de papelão, do que jamais tínhamos visto. Tudo aconteceu rápido demais, e aí tinha acabado, terminado; não importava como fosse feito, tinha que bastar, não dava para recuperar. Nada podia ser recuperado. Após todos os ensaios, era quase inacreditável que a opereta estivesse realmente acontecendo. O sr. Boyce usava fraque, que as pessoas normalmente achariam ridículo.

A Câmara Municipal, diretamente abaixo do palco — e conectada a ele por uma escada nos fundos — foi dividida em camarins com lençóis pendurados em cordas, e a srta. Farris, com um avental por cima do seu novo vestido cereja com babado no quadril, pintava sobrancelhas e bocas, colocando pontos vermelhos nos cantos dos olhos, pincelando lóbulos de ocre, ensopando os cabelos com maisena. Havia um tumulto terrível. Partes vitais de figurinos se perdiam; alguém pisara na bainha do vestido da mulher do prefeito, rasgando-o na cintura. Alma Cody dizia ter tomado quatro aspirinas para os nervos e agora estava tonta e suando frio, sentada no chão, dizendo que ia desmaiar. Alguns dos lençóis caíram. As meninas foram vistas de roupa de baixo pelos meninos, e vice-versa. Membros do coro que nem sequer deveriam entrar na Câmara Municipal, entraram e ousadamente se enfileiraram com suas saias escuras e blusas brancas, e a srta. Farris, sem notar nada, foi e pintou os rostos delas também.

Ela já nem notava grande coisa. Achávamos que estaria louca, como estivera a semana inteira. Nada disso.

— Eu me pergunto se ela está bêbada — disse Naomi, com as bochechas rosadas em seu vestido medieval de matrona. — Senti um cheiro nela. — Eu não tinha sentido cheiro nenhum além de água de colônia Wild Roses e um sopro daquele suor apimentado. No entanto, ela reluzia (lantejoulas ressaltavam o contorno do casaquinho do vestido num estilo circense-militar) e deslizava, como se não fosse ela mesma, falando baixinho, movendo-se por toda aquela balbúrdia com abundante aceitação.

— Coloque um alfinete na sua saia, Louise — disse ela à esposa do prefeito —, a essa altura não dá para fazer nada. Da plateia ninguém vai ver.

Ninguém vai ver! Ela, que tinha sido tão difícil de agradar nos menores detalhes, tinha forçado mães a rasgarem coisas e refazê-las três vezes!

— Uma garota grande e forte e saudável como você consegue tomar seis aspirinas sem nem piscar — disse ela a Alma Cody. — De pé, minha dama!

As dançarinas trajavam saias de algodão vistosas, vermelhas, amarelas, verdes e azuis, e blusas brancas bordadas, com cordão. Alma tinha afrouxado o cordão de sua blusa para exibir os impudicos princípios de seu busto. Mesmo diante daquilo a srta. Farris apenas sorriu e passou flutuando. Agora, parecia que tudo aquilo que quisesse acontecer aconteceria.

Perto do começo da dança, meu toucado, um cone medieval alto de papelão envolto numa rede amarela, com um pedaço de véu flexível, começou a escorregar de leve, de maneira desastrosa, para a lateral da minha cabeça. Precisei incliná-la como se estivesse com torcicolo, e passar a dança toda assim, cerrando os dentes, com um sorriso de vidro.

Após "God Save the King", após o fechar das cortinas, corremos rua acima até o fotógrafo para tirar fotos, todos ainda com o figurino, sem os casacos. Ficamos todos imprensados juntos, esperando, em meio às cascatas sépia e os jardins italianos de seus panos de fundo descartados. Dale MacLaughlin achou uma cadeira, do tipo em que os pais de família sentavam para suas fotos, com mulher e filhos aglomerados em volta. Ele se sentou, e Alma Cody sentou-se ousadamente em seu joelho. Ela tombou contra o pescoço dele.

— Estou tão fraca. Estou acabada. Você sabia que eu tomei quatro aspirinas?

Eu estava de pé na frente deles.

— Senta, senta — disse Dale jovialmente, e me puxou para cima de Alma, que gritou. Ele abriu as pernas compridas e despejou nós duas no chão. Todo mundo riu. Meu chapéu com véu tinha caído, e Dale o pegou e o colocou de trás pra frente na minha cabeça, de forma que o véu cobriu meu rosto.

— Assim você fica linda. Não dá para ver nada.

Tentei espaná-lo e colocá-lo do jeito certo. Frank Wales apareceu de repente entre as cortinas, após ter sido fotografado, sozinho, em seu figurino imponente e mendicante.

— Dançarinas! Sua vez! — gritou zangada a esposa do fotógrafo, enfiando a cabeça por entre as cortinas. Fui a última a entrar, porque ainda estava tentando ajeitar o toucado.

— Olhe nos meus óculos — disse Dale, então olhei, embora fosse uma distração olhar seu olho solitário e vesgo atrás do meu reflexo. Ele estava fazendo caras lúbricas.

— Você deveria levar ela em casa — disse ele a Frank Wales.

— Quem? — disse Frank Wales.

— Ela — disse Dale, acenando com a cabeça na minha direção. Minha cabeça balançava em seus óculos. — Você não a conhece? Ela senta na sua frente.

Fiquei com medo de que aquilo fosse se revelar uma piada. Senti o suor começar a descer das axilas, sempre o primeiro sinal do medo da humilhação. Meu rosto nadava nos olhos imbecis de Dale. Era demais, era perigoso demais, ser jogada desse jeito no próprio roteiro do meu sonho.

Contudo, Frank Wales disse, com toda a consideração e elegância possíveis:

— Eu levaria. Se ela não morasse tão longe.

Ele estava pensando em quando eu morava na Flats Road e era famosa na turma por minha longa caminhada até a escola. Ele não sabia que agora eu morava no povoado? Não havia tempo de lhe dizer; nem como, tampouco, e ainda havia o risco mínimo, que eu jamais correria, de que ele risse de mim com sua risada silenciosa, fungando reflexivamente, e dissesse que estava só brincando.

— *Todas as dançarinas!* — gritou a esposa do fotógrafo, e me virei cegamente e segui-a por entre as cortinas. Minha decepção um instante depois afogou-se em gratidão. As palavras que ele dissera ficavam se repetindo na minha mente, como se fossem palavras de adoração e perdão, o tom tão brando, tão prosaico, amável e reconhecedor. Um sentimento de rara paz como a do meu devaneio assentou-se em mim durante a sessão de fotos e me carregou através do frio até a Câmara Municipal e ficou comigo enquanto nos trocávamos, inclusive enquanto Naomi dizia:

— Todo mundo estava morrendo de rir com o seu jeito de segurar a cabeça na hora de dançar. Você parecia uma marionete com o pescoço quebrado. Mas você não tinha como fazer diferente. — Ela estava de mau humor, e só piorava. — Sabe aquilo tudo que eu te falei sobre Dale McLaughlin? — ela sussurrou no meu ouvido. — Era tudo mentira. Foi tudo encenação minha para tirar de você os seus segredos, ha, ha.

A srta. Farris estava juntando e dobrando os figurinos automaticamente. Havia maisena derramada na frente de seu vestido cereja, e seu peito na verdade parecia côncavo, como se algo tivesse desabado dentro dele. Ela mal se deu ao trabalho de reparar em nós, exceto para dizer:

— Tirem as rosetas dos sapatos, meninas, deixem aqui também. Tudo vai ser usado no futuro.

Dei a volta até a frente do auditório e ali estava minha mãe esperando com Fern Dogherty, e meu irmão Owen com seu traje do desfile com a bandeira (os anos mais novos tinham de fazer coisas inconsequentes, como desfilar com a bandeira e tocar com a banda rítmica antes que as cortinas da opereta se abrissem), fincando a bandeira, que pôde guardar para si, num montinho de neve.

— Por que você demorou tanto? — disse minha mãe. — Foi lindo, você estava com torcicolo? Aquele menino Wales foi o único no palco inteiro que esqueceu de tirar o chapéu na hora de cantar "God Save the King". — Minha mãe tinha esses vários momentos ímpares de convencionalidade.

O que aconteceu, depois da opereta? Em uma semana aquilo tinha sumido de vista. Ver alguma peça de um figurino a ser devolvida, pendurada no vestiário, era como ver a árvore de Natal inclinada contra a varanda dos fundos em janeiro, ficando marrom, pedaços de ouropel presos nela, a lembrança de um tempo cujas expectativas e esforços febris agora pareciam um tanto deslocadas. O chão firme do sr. McKenna era reconfortante debaixo dos nossos pés. Todo dia resolvíamos dezoito problemas de aritmética, para ficarmos em dia, e ouvíamos seguros declarações como:

— E agora, por causa do tempo perdido, todos teremos de colocar a mão na massa. — *A mão na massa, pisar fundo, não deixar a peteca cair*: todas essas expressões favoritas do sr. McKenna, sua banalidade e previsibilidade, agora pareciam estranhamente satisfatórias. Levávamos para casa pilhas enormes de livros e passávamos o tempo desenhando mapas de Ontário e dos Grandes Lagos (o mapa mais difícil de desenhar do mundo) e estudando o poema "The Vision of Sir Launfall".

Todo mundo mudou de lugar; a mudança de carteiras e a troca de vizinhos acabou sendo estimulante. Frank Wales agora sentava do outro lado da sala. E certo dia o zelador veio com sua escada comprida e removeu um objeto que estivera visível numa das luzes suspensas desde o Halloween. Todos achávamos que fosse um preservativo, e o nome de Dale McLaughlin tinha sido conectado com ele; de maneira menos escandalosa, mas igualmente misteriosa, descobriu-se que não passava de uma meia velha. O tempo parecia propício para a dissipação de ilusões. *Hora de encarar a vida de frente*, teria dito o sr. McKenna.

Meu amor, claro, não derreteu por completo com a mudança da estação. Meus devaneios continuaram, mas eram derivados do passado. Não tinham nada novo do que se alimentar. E a mudança de estação fez alguma diferença. A mim parecia que o inverno, não a primavera, era a época do amor. No inverno o mundo habitável ficava muito contraído; daquele espacinho fechado em que vivíamos, podiam brotar fantásticas esperanças. Porém, a primavera revelava a geografia ordinária do lugar; as longas ruas marrons, as calçadas rachadas debaixo dos pés, todos os galhos quebrados em tempestades de inverno, que precisavam ser removidos dos quintais. A primavera revelava distâncias, exatamente como eram.

Frank Wales não foi para o secundário como a maioria dos outros da turma, mas arrumou um emprego na lavanderia a seco de Jubilee. Naquela época, a lavanderia não tinha caminhão. A maior parte das pessoas pegava as roupas, mas algumas coisas eram entregues. O trabalho de Frank Wales era carregá-las pelo povoado, e às vezes, ao voltar da escola, nós o encontrávamos fazendo isso. Ele dizia olá do jeito rápido, sério e cortês de um homem de negócios ou trabalhador que falava com aqueles que ainda não tinham entrado no mundo responsável. Ele sempre segurava as roupas na altura do ombro, com o cotovelo zelosamente dobrado; quando começou a trabalhar, ainda não tinha atingido toda a sua altura.

Durante algum tempo — cerca de seis meses, acho —, eu entrava na lavanderia a seco de Jubilee com o resquício de um borboletear de empolgação, uma esperança de vê-lo, mas ele nunca ficava na frente da loja; era sempre o homem que era dono do lugar ou a esposa — ambos pequenos, exaustos, pessoas de aparência meio azulada, como se os fluidos da lavagem a seco os tivessem manchado ou entrado em seu sangue.

A srta. Farris se afogou no rio Wawanash. Isso aconteceu quando eu estava no secundário, então tinham se passado só três ou quatro anos desde *O flautista de Hamelin*, mas quando ouvi a notícia tive a sensação de que a srta. Farris havia existido numa época longínqua, e num nível dos sentimentos mais ingênuos e primitivos, e das percepções equivocadas. Eu pensava nela aprisionada àquela época, e fiquei impressionada por ela ter se libertado para cometer esse ato. Se é que foi um ato.

Era possível, embora nem um pouco provável, que a srta. Farris tivesse ido dar uma caminhada na margem do rio ao norte do povoado, perto da ponte de cimento, e que tivesse escorregado e caído na água e não conseguido se salvar. Também não era impossível, observou o *Herald-Advance* de Jubilee, que ela tivesse sido levada de casa por um desconhecido ou por desconhecidos e jogada no rio. Ela tinha saído de casa à noite, sem trancar a porta, e todas as luzes estavam acesas. Algumas pessoas que ficavam agitadas com a ideia de formidáveis crimes silenciosos acontecendo à noite sempre acreditavam que era assassinato. Outros, por benevolência ou por temor, diziam que tinha sido acidente. Eram essas as duas possibilidades defendidas e discutidas. Aqueles que achavam que era suicídio, e, no fim das contas, a maior parte das pessoas achava, não tinham tanta vontade de falar a respeito, e por que haveriam de ter? Porque não havia nada a dizer. Era um mistério apresentado sem explicação e sem esperança de explicação, em toda a sua insolência, como um céu azul límpido. Nada a revelar.

A srta. Farris, em seu traje de veludo de patinação, seu garboso chapéu de pele balançando entre os patinadores, sempre distinguindo-a, a srta. Farris *con brio*, a srta. Farris pintando rostos na Câmara Municipal, a srta. Farris flutuando com o rosto para baixo, sem reclamar, no rio Wawanash, seis dias antes de ser encontrada. Embora não haja modo plausível de unir essas imagens — se a última é verdadeira, então não precisaria alterar as outras? —, agora elas terão de ficar unidas.

O flautista de Hamelin; *The Gypsy Princess*; *The Stolen Crown*; *The Arabian Knight*; *The Kerry Dancers*; *The Woodcutter's Daughter*.

Ela lançava essas operetas para o alto como bolhas, moldadas com um esforço tremelicante e exaustivo, e depois quase casualmente as libertava, para desbotarem e desbotarem, mas mantendo capturados para sempre nossos eus infantis transformados, o amor invencível e não correspondido dela.

Quanto ao sr. Boyce, ele já tinha ido embora de Jubilee, onde, como diziam as pessoas, nunca parecia ter se sentido em casa, e arrumou um emprego tocando um órgão de igreja e dando aula de música em London — que não é a Londres de verdade, sinto-me obrigada a explicar, mas uma cidade de tamanho médio no oeste de Ontário. Chegou-se a ouvir que ele conseguira se dar muito bem lá, onde havia algumas pessoas como ele.

VIDAS DE MENINAS E MULHERES

Os montes de neve ao longo da rua principal ficaram tão altos que chegaram a cortar uma passagem em arco num deles, entre a rua e a calçada, em frente à agência dos Correios. Tiraram uma foto disso e ela foi publicada no *Herald-Advance* de Jubilee, para que as pessoas pudessem recortá-la e mandá-la pros parentes e amigos que moravam em climas menos heroicos, na Inglaterra, na Austrália ou em Toronto. A torre de tijolos vermelhos do relógio dos Correios projetava-se acima da neve, e duas mulheres estavam de pé dentro do arco, mostrando que não era truque. As duas trabalhavam nos Correios, tinham colocado os casacos sem abotoá-los. Uma era Fern Dogherty, a inquilina da minha mãe.

Minha mãe recortou esta foto, porque Fern estava nela e porque disse que eu deveria guardá-la, para mostrar aos meus filhos.

— Eles nunca vão ver nada assim — disse ela. — No futuro a neve vai ser toda recolhida por máquinas e... dissipada. Ou as pessoas vão estar morando debaixo de domos transparentes, com a temperatura controlada. As estações do ano nem vão existir mais.

Como ela tinha reunido todas essas perturbadoras informações sobre o futuro? Ela ansiava por um tempo em que povoados como Jubilee seriam substituídos por domos e cogumelos de concreto, com passarelas móveis que levariam você de um a outro, quando o campo ficaria circunscrito e dominado para sempre sob abrangentes e vastas faixas de pavimentação. Nada nunca mais seria como conhecemos hoje, nem frigideiras nem grampos de cabelo nem páginas impressas nem canetas-tinteiro restariam. Minha mãe não sentiria falta de nada.

Ela mencionar meus filhos também me impressionava, porque nunca pretendi ter nenhum. O que eu queria era a glória, andar pelas ruas de Jubilee como uma exilada ou uma espiã, sem saber de que direção viria a fama, nem quando, apenas convencida até os ossos que ela tinha de vir. Minha mãe havia partilhado dessa convicção, havia sido minha aliada, mas agora eu não discutia mais isso com ela; era indiscreta e suas expectativas assumiam uma forma evidente demais.

Fern Dogherty. Ali estava ela no jornal, as duas mãos segurando sedutoramente a gola inteira do seu casaco de inverno bom, que, por pura sorte, ela tinha usado para trabalhar naquele dia.

— Fico com o tamanho de uma melancia — disse ela. — Naquele casaco.

O sr. Chamberlain, olhando junto com ela, deu-lhe um beliscão acima do vinco em forma de bracelete do pulso.

— Casca dura, uma velha melancia dura.

— Nem vem — disse Fern. — Estou falando sério. — A voz dela era pequena para uma mulher tão grande, dorida, explorada, mas no fim das contas bem-humorada, dócil. Todas aquelas qualidades que minha mãe tinha desenvolvido para atacar a vida — argúcia, esperteza, determinação, seletividade — pareciam ter seus contrários em Fern, com suas reclamações difusas, movimentos preguiçosos, afabilidade indiferente. Ela tinha a pele escura, não oliva, mas de aparência empoeirada, esbatida, com manchas de pigmentação marrons grandes como moedas; parecia o chão pintalgado debaixo de uma árvore num dia de sol. Seus dentes eram quadrados, brancos, um pouco salientes, com espacinhos entre eles. Essas duas características, nenhuma das quais soa particularmente atraente por si mesma, davam-lhe um ar maroto e sensual.

Ela usava um vestido de cetim rubi, uma roupa belíssima, que, quando sentava, moldava como frutos as saliências da barriga e das coxas. Ela o usava aos domingos de manhã, quando se sentava em nossa sala de jantar para fumar e tomar chá até que fosse hora de nos aprontarmos pra igreja. Ele se abria na altura dos joelhos para mostrar uma viscose agarrada ao corpo e clarinha — uma camisola. Camisolas eram roupas que eu não suportava, por causa do jeito como se enroscavam e iam subindo enquanto você dormia, e também porque deixavam você descoberta entre as pernas. Quando éramos mais novas, Naomi e eu costumávamos fazer desenhos de homens e mulheres com genitais chocantemente nojentos, o das mulheres gordo, com pelos eriçados feito agulhas, como as costas de um porco-espinho. Ao usar camisola, era impossível não dar atenção a esse vil feixe, que os pijamas podiam ocultar e conter com decência. Minha mãe, na mesma mesa do café da manhã de domingo, usava pijamas de listras grossas, um robe cor de ferrugem desbotado com borla no laço, aqueles tipos de chinelos que são meias de lã com uma sola costurada.

Fern Dogherty e minha mãe eram amigas apesar das diferenças. Minha mãe valorizava nas pessoas a experiência de mundo, o contato com qualquer vida de estudo ou cultura, e, por fim, qualquer sugestão de que seriam recebidas com dubiedade em Jubilee. E Fern nem sempre trabalhara para os Correios. Não; houve um tempo em que ela havia estudado canto, tinha estudado no Conservatório Real de Música. Agora ela cantava no coral da igreja unida, cantava "I Know That My Redeemer Liveth" no domingo de Páscoa, e nos casamentos cantava "Because", "O Promise Me" e "The Voice That Breathed O'er Eden". Nas tardes de sábado, com os Correios fechados, ela e minha mãe ouviam no rádio as transmissões da Ópera Metropolitana. Minha mãe tinha um livro de óperas. Ela o pegava e acompanhava a história, identificando as árias, que vinham com tradução. Ela fazia perguntas a Fern, mas Fern não sabia tanto de ópera quanto você imaginaria; ela até se confundia quanto à ópera que estavam ouvindo. Porém, às vezes, ela se inclinava pra frente com os cotovelos na mesa, não relaxada, mas apoiada atentamente, e cantava, escarnecendo das palavras estrangeiras. "Do daa do, da, *do*, da do-do..." A força, a seriedade de sua voz cantada sempre me surpreendia. Ela não ficava envergonhada ao soltar aquelas emoções grandiosas, infladas, às quais não dava atenção na vida.

— Você planejava virar cantora de ópera? — perguntei.

— Não, só planejei ser a moça que trabalha nos Correios. Bem, planejei e não planejei. O esforço, a *prática*. Eu simplesmente não tinha a ambição necessária, acho que meu problema era esse. Sempre preferi me divertir. — Ela usava calças largas nas tardes de sábado e sandálias que deixavam ver seus dedos rechonchudos com as unhas pintadas. Ela estava deixando cair cinzas na barriga, a qual, incontida por cintas, projetava-se numa curva grávida. — O cigarro está acabando com a minha voz — disse ela, meditativamente.

O estilo de canto de Fern, apesar de admirado, era visto em Jubilee como algo a um milímetro do exibicionismo, e às vezes as crianças guinchavam ou trinavam atrás dela nas ruas. Minha mãe achava que isso era perseguição. Ela construía tais casos a partir dos indícios mais tênues, procurando o casal judeu que cuidava da loja de Artigos Militares ou os chineses encolhidos e calados da lavanderia, com uma compaixão desconcertante, ofertas de amizade espalhafatosas e lentamente articuladas. Eles não sabiam o que pensar dela. Fern não era perseguida, isso eu enxergava. Apesar de minhas velhas tias, as tias do meu pai, falarem o nome dela de um jeito peculiar, como se ele contivesse uma pedra, a qual teriam de sugar e depois cuspir. E Naomi chegou a me dizer:

— Aquela Fern Dogherty teve um filho.

— Nunca teve — falei, automaticamente defensiva.

— Teve sim. Teve quando tinha dezenove anos. Foi por isso que foi expulsa do Conservatório.

— Como você sabe?

— Minha mãe sabe.

A mãe de Naomi tinha espiões por toda parte, casos antigos de parição, companheiros em leitos de morte, que a mantinham informada. Em seu trabalho de enfermeira, indo de uma casa à outra, ela conseguia operar como um aspirador subaquático, sugando aquilo que ninguém conseguia alcançar. Eu achava que tinha de enfrentar Naomi porque Fern era nossa inquilina, e Naomi ficava sempre falando coisas sobre as pessoas da nossa casa. ("A sua mãe é ateia", dizia ela com satisfação sombria. "Não, não é, ela é agnóstica", eu dizia, e durante toda a minha explicação lógica e esperançosa Naomi ficava entoando *mesma coisa, mesma coisa*.) Eu não era capaz de revidar, ou por delicadeza ou por covardia, embora o próprio pai de Naomi pertencesse a alguma seita religiosa esquisita e desacreditada e vagasse por todo o povoado enunciando profecias sem colocar a dentadura.

Comecei a reparar nas fotos dos bebês no jornal ou em revistas quando Fern estava por perto.

— Ah, não é *lindo*? — eu dizia, e depois a olhava atentamente em busca do menor sinal de remorso, de anseio maternal, como se algum dia ela pudesse ser efetivamente convencida a irromper em lágrimas, abrindo os braços vazios, atingida no coração por um anúncio de talco ou de papinha de carne.

Além disso, Naomi dizia que Fern fazia tudo com o sr. Chamberlain, exatamente como se fossem casados.

Foi o sr. Chamberlain quem trouxe Fern para ser nossa inquilina. Nós alugávamos a casa da mãe dele, agora cega havia três anos e presa a uma cama do hospital do Condado Wawanash. A mãe de Fern estava no mesmo lugar; foi lá, aliás, num dia de visita, que eles tinham se conhecido. Ela trabalhava nos Correios de Blue River na época. O sr. Chamberlain trabalhava na estação de rádio de Jubilee e morava num apartamento pequeno no mesmo prédio, sem desejar o incômodo de uma casa. Minha mãe se referia a ele como "o amigo de Fern" num tom de voz esclarecedor, como se para insistir que a palavra "amigo" nesse caso não significava mais do que supostamente significava.

— Eles gostam da companhia um do outro — dizia ela. — Eles não ficam se incomodando com besteira.

"Besteira" significava romance; significava vulgaridade; significava sexo.

Tentei dizer à minha mãe o que Naomi dizia.

— Fern e o sr. Chamberlain deviam se casar logo.

— O quê? Como assim? Quem disse isso?

— Todo mundo sabe.

— Eu não. Ninguém sabe. Ninguém nunca disse uma coisa dessas que eu tivesse ouvido. Foi aquela Naomi quem disse, não foi?

Naomi não era querida na minha casa, nem eu na dela. Cada uma de nós era suspeita de portar as sementes da contaminação: no meu caso, do ateísmo; no de Naomi, da preocupação sexual.

— Aqui nesse povoado todo mundo tem a mente suja, e ninguém pode ficar em paz... Se Fern Dogherty não fosse uma boa mulher — concluiu minha mãe, com um ar espaçoso de lógica —, você acha que eu permitiria que ela morasse na minha casa?

Naquele ano, nosso primeiro ano no secundário, Naomi e eu falávamos de sexo quase diariamente, mas num único tom, e assim havia graus de sinceridade que jamais atingiríamos. Este tom era torpe, desdenhoso, fanaticamente curioso. Um ano antes gostávamos de nos imaginar vítimas da paixão; agora estávamos estabelecidas como observadoras ou, no máximo, experimentadoras frias e satisfeitas. Tínhamos um livro que Naomi achara no antigo baú de enxoval da mãe, debaixo dos melhores cobertores, protegidos por naftalina.

Deve-se tomar cuidado na conexão inicial, lemos em voz alta, *especialmente se o órgão masculino for de tamanho fora do comum. A vaselina pode ser um lubrificante útil.*

— Já eu prefiro manteiga. Mais saborosa.

A relação sexual entre as coxas é um recurso comum nos estágios finais da gravidez.

— Quer dizer que *até aí* eles ainda fazem?

A posição de entrada por trás às vezes é indicada nos casos em que a fêmea é consideravelmente obesa.

— Fern — disse Naomi. — É assim que ele faz com Fern. Ela é consideravelmente obesa.

— Eca! Que nojo desse livro!

O órgão sexual masculino ereto, lemos, *poderia atingir o comprimento de trinta e cinco centímetros*. Naomi cuspiu o chiclete e o enrolou entre as palmas, esticando-o cada vez mais, e em seguida o segurou por uma das pontas e balançou no ar.

— O sr. Chamberlain quebrando recordes!

Depois disso, sempre que ela ia à minha casa, e o sr. Chamberlain estava, uma de nós, ou as duas, se estivéssemos mascando chiclete, o cuspíamos e o enrolávamos, balançando-o com toda a inocência, até que mesmo os adultos repararam, e o sr. Chamberlain disse:

— Brincadeira esquisita essa de vocês.

E minha mãe disse:

— Parem com isso, é nojento — (Ela estava se referindo ao chiclete.)

Observávamos o sr. Chamberlain e Fern em busca de sinais de paixão, de lubricidade, de olhares libidinosos ou de mãos dentro da saia. Não fomos recompensadas, minha defesa deles acabou revelando-se mais verdadeira do que eu gostaria. Porque eu, assim como Naomi, gostava de me divertir com os pensamentos de seus grunhidos de indecência, deles refestelando-se em camas que rangiam (em chalés para turistas, Naomi dizia, toda vez que iam de carro a Tupperton *para ver o lago*). O nojo não impedia a diversão, nos meus pensamentos; de fato, eram inseparáveis.

O sr. Chamberlain, Art Chamberlain, lia as notícias na rádio de Jubilee. Ele também fazia os anúncios mais sérios e cuidadosos. Tinha uma boa voz profissional, agradável como chocolate amargo assomando e sumindo sobre a música de órgão no programa "In Memoriam" das tardes de sábado, patrocinado por uma casa funerária local. Ele às vezes chamava Fern para cantar neste programa canções sacras, como "I Wonder as I Wander", e canções seculares mas lutuosas, como "The End of a Perfect Day". Não era difícil aparecer na rádio de Jubilee; eu mesma tinha recitado um poema cômico, na Festa dos Jovens da Manhã de Sábado, e Naomi tinha tocado "The Bells of St. Mary's" ao piano. Toda vez que você ligava, havia uma boa chance de ouvir alguém que conhecia, ou ao menos de ouvir os nomes de pessoas que conhecia mencionados nas dedicatórias. ("Vamos tocar esta música também para o sr. e a sra. Carl Otis por ocasião de seu aniversário de vinte e oito anos de casamento, a pedido de seu filho George e sua esposa Etta, e de seus três netos Lorraine, Mark e Lois, e também da irmã da sra. Otis, a sra. Bill Townley, que mora na Potterfield Road.") Eu mesma tinha telefonado e dedicado uma canção ao tio Benny quando ele fez quarenta anos; minha mãe não queria que seu nome fosse mencionado. Ela preferia ouvir a estação de Toronto, que nos trazia a Ópera Metropolitana, e notícias sem comerciais, e um programa de perguntas e respostas no qual competia com quatro cavalheiros que, a julgar por suas vozes, teriam barbichas pontudas, todos eles.

O sr. Chamberlain também tinha de ler comerciais, e fazia isso com consumada preocupação, recomendando as Gotas Nasais da Vick na farmácia Cross, e o almoço de domingo no Hotel Brunswick, e Lee Wickert & Sons para a remoção de rebanho morto.

— Como vai o rebanho morto, soldado? — cumprimentava-o Fern, e ele talvez lhe desse um tapinha no traseiro.

— Vou dizer a eles que você precisa desses serviços!

— Estou achando que você é quem precisa — dizia Fern sem muita malícia, e ele se deixava cair numa cadeira e sorria para minha mãe por lhe servir chá. Seus olhos claros azul-esverdeados não tinham expressão, só aquela cor, tão bonita que dava vontade de fazer um vestido dela. Estava sempre cansado.

As mãos brancas do sr. Chamberlain, suas unhas cortadas retas, seu cabelo grisalho, cada vez mais fino, perfeitamente penteado, seu corpo que de maneira nenhuma perturbava suas roupas, mas parecia feito do mesmo material que elas, de modo que ele poderia ser camisa e gravata e terno por inteiro, tudo isso era estranho para mim num homem. Mesmo o tio Benny, tão magricela e de peito tão estreito, com seus brônquios prejudicados, tinha certo olhar ou jeito de se mover que prenunciava uma violência aleatória ou deliberada, algo que causaria desordem; meu pai também tinha isso, mesmo que fosse tão moderado. Porém, era o sr. Chamberlain, batendo seu cigarro industrializado no cinzeiro, o sr. Chamberlain quem estivera na guerra, que fizera parte do Corpo de Tanques. Se meu pai estivesse lá quando ele vinha nos visitar — visitar Fern, na verdade, mas ele não deixava isso claro assim tão rápido —, meu pai lhe fazia perguntas sobre a guerra. Porém, era óbvio que eles viam a guerra de maneiras diferentes. Meu pai a via como um projeto integral, delimitado por campanhas, que tinham um objetivo, que triunfavam ou fracassavam. O sr. Chamberlain a via como um conglomerado de histórias que levava a nenhum lugar em particular. Ele contava as histórias para fazer rir.

Por exemplo, ele nos contou sobre a primeira vez em que entrou em ação, a confusão que foi. Alguns tanques tinham entrado num bosque, girado e seguido na direção errada, de onde esperavam que os alemães viessem. Assim, os primeiros disparos que deram foram contra um dos seus próprios tanques.

— Ele explodiu! — disse o sr. Chamberlain, despreocupado, sem muito arrependimento.

— Tinha soldados naquele tanque?

Ele me olhou com a zombeteira surpresa com que sempre me olhava quando eu dizia qualquer coisa; a impressão era de que eu tinha acabado de plantar bananeira para ele.

— Bem, eu não ficaria muito surpreso se tivesse!

— Eles foram... mortos, então?

— Alguma coisa aconteceu com eles. Eu certamente nunca voltei a vê-los. Puf!

— Mortos pelo seu próprio lado, que coisa terrível — disse minha mãe, escandalizada, mas menos segura de si do que de costume.

— Na guerra acontecem coisas assim — disse meu pai, tranquilo, mas com alguma severidade, como se refutar qualquer dessas coisas demonstrasse certa ingenuidade feminina. O sr. Chamberlain só riu. Começou a contar o que fizeram no último dia da guerra. Eles destruíram o barracão da cozinha, descarregaram todas as armas nele no último fulgor alegre que desfrutariam.

— Parece um monte de crianças — disse Fern. — Parece que vocês não eram adultos o bastante para travar uma *guerra*. Parece que vocês simplesmente se divertiram um tempão feito idiotas.

— É o que eu sempre tento, não é? Me divertir.

Certa vez ficamos sabendo que ele estivera em Florença, o que não surpreendia, já que ele tinha combatido na Itália. Porém minha mãe endireitou a coluna, teve um pequeno sobressalto na cadeira, estremeceu de atenção.

— *Você* esteve em Florença?

— Sim, senhora — disse o sr. Chamberlain sem entusiasmo.

— Em Florença, você esteve em Florença — repetiu minha mãe, confusa e alegre. Eu tinha uma noção do que ela sentia, mas esperava que não fosse revelar demais. — Nunca pensei — disse ela. — Bem, claro que eu sabia que tinha sido na Itália, mas parece tão estranho... — Ela queria dizer que aquela Itália de que falávamos, onde a guerra tinha sido travada, era o mesmo lugar onde a história tinha acontecido, o próprio lugar dos antigos papas, dos Médici, de Leonardo. De Cenci. Dos ciprestes. De Dante Alighieri.

Muito estranhamente, considerado o entusiasmo dela pelo futuro, minha mãe estava empolgada com o passado. Correu para a sala de estar e voltou com o suplemento de arte e arquitetura da enciclopédia, cheio de estátuas, pinturas, prédios, a maioria fotografada numa luz nublada e fria, um cinza de museu.

— Aqui! — Ela abriu o livro na mesa à frente dele. — Aqui está sua Florença. A estátua de Davi feita por Michelangelo. Você viu?

Um homem nu. Sua coisa de mármore pendurada para todo mundo ver; parecia uma pétala de lírio caída. Quem, além de minha mãe, em sua obstinada e pavorosa inocência mostraria a um homem, mostraria a todos nós, uma foto como aquela? A boca de Fern estava inchada, com o esforço para conter o sorriso.

— Não, não cheguei a ver. Aquele lugar é cheio de estátuas. A famosa tal, a famosa aquela outra. Não dá para ficar vendo tudo.

Eu percebia que ele não era o tipo de pessoa com quem conversar a esse respeito. Mas minha mãe insistiu.

— Bem, mas com certeza você viu as portas de bronze. As magníficas portas de bronze. O artista levou a vida toda para fazê-las. Olhe só elas, estão aqui. Como era mesmo o nome dele... Ghiberti. Ghiberti. A vida toda.

Algumas coisas o sr. Chamberlain admitia ter visto, outras não. Ele olhou o livro com uma quantidade razoável de paciência, em seguida disse que não tinha ligado para a Itália.

— Olha, a Itália, com ela tudo bem. O problema eram os italianos.

— Você achou que eles eram decadentes? — disse minha mãe, lamentando.

— Decadentes eu não sei. Não sei o que eram. Eles não estão nem aí. Nas ruas da Itália, um homem chegou para mim e quis me vender a sua filha. Esse tipo de coisa acontecia o tempo todo.

— Por que é que alguém ia querer vender uma menina? — falei, adotando, como eu fazia com facilidade, minha máscara simples e ousada de inocência. — Para ela ser escrava?

— De certo modo — disse minha mãe, e fechou o livro, desistindo de Michelangelo e das portas de bronze.

— Não era mais velha do que a Del aqui — disse o sr. Chamberlain com uma repulsa que, nele, parecia ligeiramente fraudulenta. — Algumas nem chegavam nessa idade.

— Elas amadurecem mais cedo — disse Fern. — É o clima mais quente.

— Del. Leve esse livro, vá guardá-lo. — Na voz da minha mãe, a inquietação era como o bater de asas decolando.

Bem, eu tinha ouvido. Não voltei pra sala de jantar, mas subi e tirei a roupa. Coloquei o roupão de viscose preto da minha mãe, estampado com ramos de flores brancas e rosa. Um presente nada prático, que ela nunca usava. Em seu quarto encarei, arrepiada e desafiadora, o espelho tríptico. Puxei o tecido de cima dos ombros e o amontoei sobre os seios, que eram praticamente grandes o bastante para caber naqueles cones de papel largos e rasos em forma de taças de sundae. Eu tinha ligado a luz ao lado da penteadeira; ela vinha leve e calorosa através de um suporte de vidro caramelo, e vertia uma espécie de brilho sobre a minha pele. Olhei minha testa alta e arredondada, minha pele rosada com sardas, meu rosto inocente como um ovo, e meus olhos conseguiram alterar o que estava ali, tornar-me matreira e cremosa, mudar meu cabelo, que era castanho-claro, fino como mato estaladiço, para ondas encorpadas mais ouro do que barrentas. A voz do sr. Chamberlain na minha cabeça, dizendo *Não era mais velha do que a Del aqui*, atuava em mim como o toque da viscose na pele, cercava-me, fazendo com que eu me sentisse em perigo e desejada. Pensei em meninas na Florença, meninas em Roma, meninas da minha idade que um homem poderia comprar. Cabelo preto italiano nas suas axilas. Preto nos cantos da boca. *Elas amadurecem mais cedo no clima quente*. Católicas romanas. Um homem pagava você para deixar ele fazer. O que dizia? Tirava as suas roupas ou esperava que você mesma se despisse? Baixava as calças ou simplesmente abria o zíper e apontava a coisa dele para você? Era o estágio de transição, ponte entre o que era a conduta possível, normal e conhecida, e o ato mágico e bestial, que eu não conseguia imaginar. Quanto a isso, não havia nada no livro da mãe da Naomi.

Havia em Jubilee uma casa com três prostitutas. Isto é, três se você contasse a sra. McQuade, que a gerenciava; ela tinha pelo menos sessenta anos. A casa ficava na ponta norte da rua principal, num quintal tomado de malvas-rosa e dentes-de-leão, ao lado do posto de gasolina da British American. Nos dias de sol, as duas moças às vezes apareciam e sentavam em cadeiras de lona. Naomi e eu tínhamos passado por ali várias vezes e uma vez as vimos. Usavam vestidos estampados e chinelos; suas pernas brancas estavam nuas. Uma delas lia a *Star Weekly*. Naomi disse que o nome daquela era Peggy, e que uma noite no banheiro masculino do salão de baile Gay-la ela tinha sido convencida a atender, de pé, uma fila inteira. Isso era possível? (Ouvi essa história outra vez, só que agora era a própria sra. McQuade que realizava ou suportava essa proeza, e não era no salão de baile Gay-la, mas contra a parede dos fundos do café Blue Owl.) Eu queria ter visto mais dessa Peggy do que o ninho marrom-camundongo de cachos macios acima do papel; queria ter visto seu rosto. Eu esperava mesmo algo: um fétido tremeluzir de corrupção, alguma emanação, como os gases dos pântanos. De certo modo, fiquei surpresa por ela ler uma revista, que as palavras naquilo significassem as mesmas coisas para ela, presume-se, que significavam para o resto de nós, que ela comia e bebia, que ainda era humana. Eu pensava nela como alguém que tinha ido além do funcionamento humano para uma condição de depravação perfeita, no polo oposto da santidade, mas igualmente isolada, incognoscível. O que parecia ser normalidade aqui — a *Star Weekly*, as cortinas de bolinhas amarradas, os gerânios crescendo esperançosamente de latas, na janela do bordel —, a mim pareciam uma enganação deliberada e tentadora: a pele das aparências cotidianas estendida sobre tamanha pouca-vergonha, sobre explosões de luxúria avassaladoras.

Esfreguei as ancas pela viscose fria. Se eu tivesse nascido na Itália, minha pele já estaria gasta, machucada, experiente. Não seria minha culpa. A ideia da prostituição, sem ser culpa minha, me levou para fora de mim por um instante; uma ideia tranquilizante, atraente, porque era tão definitiva, e acabava com a ambição e a ansiedade.

Depois disso, construí em vários episódios imperfeitos e hesitantes um devaneio. Imaginei que o sr. Chamberlain me via no roupão preto florido da minha mãe, caído nos ombros, como eu tinha me visto no espelho. Então propus deixar cair o roupão, para que ele me visse sem nada. Como isso poderia acontecer? Seria preciso me livrar de outras pessoas que normalmente estariam em casa conosco. Minha mãe, eu mandei ir vender enciclopédias; meu irmão, bani para o sítio. Teria que ser nas férias de verão, quando eu estava em casa e não na escola. Fern ainda não teria voltado dos Correios. Eu desceria as escadas no calor do fim da tarde, um dia imóvel e sulfuroso, usando apenas este roupão. Beberia um copo d'água na pia, sem ver o sr. Chamberlain sentado em silêncio na sala, e então — o quê? Um cachorro estranho, trazido à nossa casa apenas para essa ocasião, poderia pular em mim, puxando o roupão. Eu poderia virar e de algum modo prender o tecido no prego de uma cadeira, e a coisa inteira simplesmente deslizaria para os meus pés. O negócio é que tinha de ser acidente; não poderia haver esforço da minha parte, e certamente esforço nenhum do sr. Chamberlain. Além do momento da revelação meu devaneio não ia. Aliás, com frequência ele não chegava tão longe, permanecendo nos detalhes preliminares, solidificando-os. O momento de ser vista nua não podia ser solidificado, era uma facada de luz. Eu nunca imaginava a reação do sr. Chamberlain, nunca o imaginava muito claramente. Sua presença era essencial, mas borrada; no canto do meu devaneio, ele era indistinto mas poderoso, zumbindo eletricamente como uma luz azul fluorescente.

***

O pai de Naomi nos pegou bem na hora em que passávamos correndo por sua porta antes de descer.

— Vocês, mocinhas, entrem aqui para me visitar um minuto, fiquem à vontade.

A essa altura já era primavera, havia brisa na noitinha amarela. Mesmo assim, ele queimava lixo num fogão redondo de metal em seu quarto, estava quente e fedido. Ele tinha lavado as meias e as cuecas, e estavam penduradas em barbantes ao longo da parede. Naomi e a mãe o tratavam sem cerimônias. Quando a mãe não estava, como agora, Naomi abria uma lata de espaguete e jogava num prato para ele almoçar.

— Mas você nem vai esquentar? — eu dizia.

— Por quê? Ele nem notaria a diferença — dizia ela.

No chão do quarto, ele tinha pilhas de panfletos em papel-jornal que eu imaginava terem a ver com a religião na qual ele acreditava. Naomi às vezes tinha de trazê-los dos correios. Adotando a postura da mãe, ela tinha enorme desprezo pelas crenças dele.

— São apenas profecias e mais profecias — dizia ela.
— Já profetizaram o fim do mundo três vezes.

Sentamos na beira da cama, que não tinha colcha, só um cobertor áspero e bem sujo, e ele sentou na cadeira de balanço na nossa frente. Ele era velho. A mãe de Naomi tinha sido sua enfermeira antes de se casar. Entre as palavras dele costumava haver longas lacunas, durante as quais ele não esquecia de você, no entanto, mas fixava os olhos pálidos na sua testa, como se esperasse encontrar o resto do seu pensamento escrito ali.

— Leitura da Bíblia — disse ele de maneira cordial e desnecessária, bem à maneira de alguém que escolhe não enxergar as objeções que sabe existir. Abriu uma Bíblia com letras grandes e a página já marcada e começou a ler com uma voz idosa e aguda, com algumas paradas esquisitas, e dificuldades de fraseado.

> *Então o reino dos céus será semelhante a dez virgens que, tomando as suas lâmpadas, saíram ao encontro do esposo.*
> *E cinco delas eram prudentes, e cinco, loucas.*
> *As loucas, tomando as suas lâmpadas, não levaram azeite consigo.*
> *Mas as prudentes levaram azeite em suas vasilhas, com as suas lâmpadas.*
> *E, tardando o esposo, tosquenejaram todas e adormeceram.*
> *Mas à meia-noite ouviu-se um clamor: Aí vem o esposo! Saí-lhe ao encontro!*
> *Então todas aquelas virgens se levantaram e prepararam as suas lâmpadas.*
> *E as loucas disseram às prudentes: Dai-nos do vosso azeite, porque as nossas lâmpadas se apagam.*

Então aconteceu, é claro — de repente lembrei de já ter ouvido aquilo tudo antes —, que as virgens prudentes não queriam dar azeite nenhum, por medo de não terem o suficiente, e as virgens loucas tiveram de sair para comprar um pouco, e assim não viram o esposo que chegava e ficaram trancadas para fora. Eu sempre havia imaginado que essa parábola, da qual eu não gostava, tinha a ver com prudência, prontidão, algo assim. Porém, eu percebia que o pai de Naomi achava que tinha a ver com sexo. Olhei de soslaio para Naomi para ver aquele ligeiro sugar nos cantos da boca, a comédia facial com a qual ela sempre reconhecia este assunto, mas ela parecia obstinada e triste, enojada com aquilo mesmo que era o meu prazer secreto — o fluxo poético das palavras, as expressões arcaicas. *Dai-nos do vosso azeite, tosquenejaram, Saí-lhe ao encontro*. Ela se sentia tão agredida por tudo aquilo que nem conseguia apreciar a palavra *virgens*.

A boca sem dentes dele se fechou. Matreira e apropriada como a de um bebê

— Por hoje chega. Pensem nisso quando chegar a hora. Eis uma lição para mocinhas.

— Que velho chato e estúpido — disse Naomi, na escada.

— Eu... sinto muito por ele.

Ela me deu um soco no rim.

— Rápido, vamos embora daqui, logo ele encontra outra coisa. Fica lendo a Bíblia até os olhos caírem. Bem feito.

Corremos para fora, subimos a Mason Street. Naquelas tardes longas, em que demorava para escurecer, visitávamos todos os cantos do povoado. Nos demoramos na frente do cinema Lyceum, do café Blue Owl, do Poolroom. Sentamos nos bancos perto do Cenotáfio, e, se algum carro buzinava para nós, acenávamos. Decepcionados com nossa mocidade, com nossa patetice pernuda, seguiam em frente; gargalhavam pelas janelas. Fomos ao banheiro feminino na Prefeitura — chão molhado, paredes de cimento suadas, forte cheiro de amoníaco — e lá, na porta do banheiro, onde só as garotas más e estúpidas escreviam seus nomes, escrevemos os nomes das duas rainhas incumbentes da nossa turma: Marjory Coutts, Gwen Mundy. Escrevemos com batom e desenhamos pequeninas figuras obscenas embaixo. Por que fizemos isso? Será que odiávamos aquelas meninas, com as quais éramos invariavelmente e obsequiosamente amáveis? Não. Sim. Odiávamos sua imunidade, sua bem-educada falta de curiosidade, o que quer que as mantinha flutuando, caridosas e satisfeitas, na superfície da vida em Jubilee, e as faria flutuar para irmandades femininas na universidade, noivados, casamentos com médicos ou advogados em lugares mais prósperos, longe dali. Nós as odiávamos simplesmente porque seria impossível imaginá-las entrando nos banheiros da Prefeitura.

Depois de fazer isso, fugimos correndo, sem saber se tínhamos cometido um ato criminoso ou não.

Brincávamos de desafiar uma à outra. Andando sob postes acesos ainda tão pálidos como flores cortadas de lenço de papel, passando por janelas sem luz de onde esperávamos que o mundo assistisse, nos desafiamos.

— Finja que tem paralisia cerebral. *Desafio.*

Imediatamente fiquei desconjuntada, deixei a cabeça cair de lado, revirei os olhos, comecei a falar de um jeito incompreensível, balbuciando com fúria insistente.

— Faça isso por uma quadra. Não importa quem a gente encontre. Não pare. *Desafio.* — Encontramos o velho dr. Comber, espichado e pomposo, vestido lindamente.

Ele parou, bateu a bengala e objetou.

— O que é essa performance?

— Um ataque, meu senhor — disse Naomi, num tom pesaroso. — Ela sempre tem esses ataques. — Escarnecer de coitados doentes indefesos. O mau gosto, a falta de comiseração, a alegria daquilo.

Fomos para o parque, que estava abandonado, deserto, um triângulo de terra tornado triste demais pelos cedros enormes para as crianças brincarem, e sem atrair pessoas que saíam para dar caminhadas. Por que alguém em Jubilee andaria para ver mais grama e terra e árvores, a mesma coisa que forçava entrada no povoado por todos os lados? As pessoas andavam pelo centro para ver lojas, para se encontrarem nas calçadas largas, para sentir a esperança da atividade. Naomi e eu, sozinhas, subimos nos grandes cedros, ralamos os joelhos na casca, gritamos como nunca precisamos gritar quando éramos mais novas, ao ver os galhos se separarem, revelando a terra inclinada. Nos penduramos dos galhos pelas mãos agarradas uma à outra, pelos tornozelos; fingimos ser babuínos, palrando, articulando sons. Sentimos o povoado inteiro deitado abaixo de nós, escancarando-se, pronto para ser aturdido.

Havia ruídos típicos da estação. Crianças nas calçadas pulando corda e cantando com suas vozes queridas e devotas.

Há uma moça na montanha
Eu não sei quem ela é.
Só se veste de ouro e prata.
*Só precisa de um par de sapatos novos!"**

E os pavões gritando. Pulamos das árvores e fomos correndo vê-los, cruzando o parque, cruzando uma rua pobre e sem nome que ia dar no rio. Os pavões eram de um homem chamado Pork Childs, que dirigia o caminhão de lixo do povoa-

---

*Canção tradicional infantil canadense, com variações no último verso. Adaptado livremente de: *On the mountain stands a lady/Who she is I do not know./All she wears is gold and silver./All she needs is a new pair of shoes!* (N. do T.)

do. A rua não tinha calçadas. Fomos dando a volta em poças, que reluziam na lama mole. Pork Childs tinha um galpão atrás da casa para as aves. Nem galpão nem casa eram pintados.

Lá estavam os pavões, andando a esmo sob os carvalhos desfolhados. Como conseguíamos esquecê-los entre uma primavera e outra?

Era fácil esquecer das pavoas, das cores soturnas de seu viveiro. Os machos, porém, nunca decepcionavam. Sua cor impressionante, primária, azul nos peitos e gargantas e pescoços, penas mais escuras aparecendo ali como borrões de tinta, ou como uma vegetação macia sob águas tropicais. Um estava com a cauda aberta, mostrando os olhos cegos, cetim pintado. As cabecinhas majestosas e imbecis. Glória na primavera fria, um prodígio de Jubilee.

O ruído recomeçou e não vinha de nenhum deles. Nos fez levantar os olhos para algo que era difícil de acreditar não termos visto de imediato: o único pavão branco em cima duma árvore, a cauda fechada plenamente de fora, caindo por entre os galhos como água sobre pedra. Branco puro, bênção pura. E escondida lá em cima, sua cabeça emitia esses gritos desvairados e desordeiros e de censura.

— É o sexo que faz eles gritarem — disse Naomi.

— As gatas gritam — eu disse, lembrando de algo do sítio. — As gatas gritam à beça quando um macho faz com elas.

— E você não gritaria? — disse Naomi.

E aí precisamos ir embora, porque Pork Childs apareceu no meio dos pavões, andando rápido, jogando o corpo pra frente. Todos os seus dedos do pé tinham sido amputados, nós sabíamos, depois de congelarem quando ele se deitou numa vala muito tempo atrás, bêbado demais para voltar para casa, antes de entrar pra Igreja Batista.

— Boa tarde, rapazes! — exclamou ele para nós, seu velho cumprimento, sua velha piada. *Olá, rapazes! Olá, ga-*

rotas! gritados da cabine do caminhão de lixo, gritados por todas as ruas ermas ou veranis, nunca obtendo qualquer resposta. Saímos correndo.

O carro do sr. Chamberlain estava estacionado na frente da nossa casa.

— Vamos entrar — disse Naomi. — Quero ver o que ele está fazendo com a Fern. — Nada. Na sala de jantar, Fern experimentava o vestido florido de chifon que minha mãe ajudava ela a fazer para o casamento de Donna Carling, no qual ela seria solista. Minha mãe estava sentada de lado na cadeira diante da máquina de costura, enquanto Fern girava, como um grande guarda-sol semiaberto, na frente dela.

O sr. Chamberlain estava bebendo uma bebida de verdade, uísque com água. Ele dirigia até Porterfield para comprar seu uísque, porque não se vendia bebida em Jubilee. Fiquei ao mesmo tempo orgulhosa e envergonhada por Naomi ver a garrafa no aparador, algo que jamais apareceria na casa dela. Minha mãe tolerava seu hábito de beber porque ele tinha passado pela guerra.

— Eis as duas mocinhas adoráveis — disse o sr. Chamberlain com profunda insinceridade. — Todas primaveris e graciosas. Com o frescor do ar livre.

— Deixa a gente tomar um gole — eu disse, me exibindo na frente de Naomi. Porém ele riu e pôs a mão em cima do copo.

— Só depois que você contar onde é que estiveram.

— Fomos até o Pork Childs ver os pavões.

— Foram ver os pa-vões. Ver os belos pa-vões — entoou o sr. Chamberlain.

— Agora um gole.

— Del, comporte-se — disse minha mãe, com uma boca cheia de alfinetes.

— Só quero saber como é o gosto.

— Bem, eu não posso te dar um gole sem receber nada. Não estou vendo você fazer nenhum truque para mim. Não estou vendo você ficar sentada e pedir feito uma boa cachorrinha.

— Posso fazer uma foca. Quer me ver fazer uma foca?

Eis algo que eu adorava fazer. Nunca me preocupava se sairia perfeito, se eu conseguiria; nunca tinha medo de que fossem me achar idiota. Eu já tinha até feito isso na escola, para o Show de Talentos da Cruz Vermelha Júnior, e todo mundo riu; aquele riso maravilhado me reconfortava tanto, me absolvia tanto, que eu podia continuar fingindo que era uma foca para sempre.

Fiquei de joelhos, colei os cotovelos dos lados do corpo e mexi as mãos como barbatanas, enquanto latia com meu sublime latido zurrador. Eu o tinha copiado de um filme antigo da Mary Martin, em que Mary Martin canta uma canção ao lado de uma piscina turquesa e as focas latem em coro.

O sr. Chamberlain pouco a pouco baixou o copo e o aproximou dos meus lábios, mas, toda vez que eu parava de latir, ele o retirava. Eu estava ajoelhada ao lado de sua cadeira. Fern estava de costas para mim, com os braços levantados; a cabeça de minha mãe estava escondida enquanto pregava os alfinetes no material na cintura de Fern. Naomi, que já tinha visto o suficiente da foca antes e tinha interesse na produção de vestidos, olhava para Fern e minha mãe. O sr. Chamberlain enfim permitiu que meus lábios tocassem a borda do copo, que ele segurava com uma mão. Então, com a outra mão, ele fez algo que ninguém pôde ver. Roçou a axila úmida da minha blusa e, em seguida, dentro da cava folgada do macacão que eu usava. Roçou rápido e firme o algodão por cima do meu peito. Tão firme que empurrou para cima a carne macia, achatando-a. E afastou-se imediatamente. Foi como um tapa, para me deixar ferroada.

— E aí, qual é o gosto? — Naomi me perguntou depois.

— Gosto de xixi.

— Você nunca experimentou xixi. — Ela me encarou, perplexa e arguta; sempre conseguia farejar um segredo.

Eu quis contar a ela, mas não contei, segurei. Se eu contasse, seria preciso reencenar.

— Como? Como estava a mão dele quando começou? Como ele enfiou a mão sob seu macacão? Ele roçou ou apertou, ou as duas coisas? Com os dedos ou com a palma? Assim?

Havia no povoado um dentista, o dr. Phippen, irmão da bibliotecária surda, que teria colocado a mão na perna de uma garota enquanto olhava os molares dela. Naomi e eu, ao passar debaixo de sua janela, dizíamos bem alto:

— Você não gostaria de ter uma consulta marcada com o dr. Phippen? O dr. Bolinador Phippen. Um homem minucioso!

— Seria assim com o sr. Chamberlain; nós transformaríamos aquilo em piada, na esperança de um escândalo, e inventaríamos estratégias para pegá-lo, e isso não era o que eu queria.

— Era tão belo — disse Naomi, soando cansada.

— O quê?

— Aquele pavão. Na árvore.

Fiquei surpresa, e um pouco incomodada, ao ouvi-la usar a palavra *belo* a respeito de algo assim, e por ela se lembrar dele, porque eu estava acostumada a que ela agisse de certa maneira e que estivesse atenta a certas coisas, nada mais. Eu já tinha pensado, ao correr de volta para casa, que escreveria um poema sobre o pavão. Naomi pensar nele era quase invasivo: eu nunca deixava que ela ou qualquer outra pessoa entrassem naquela parte da minha mente.

Aliás, comecei a escrever meu poema quando subi para dormir.

O que nas árvores grita nessas noites encobertas?
São os gritos dos pavões ou o espectro do inverno?

Essa era a melhor parte dele.

Também pensei no sr. Chamberlain, em sua mão, que era diferente de tudo o que ele já tinha mostrado de si, de seus olhos, de sua voz, de seu riso, de suas histórias. Era como um sinal, dado onde seria entendido. Violação impertinente, tão perfeitamente segura de si, tão cheia de autoridade, despida de sentimento.

Da próxima vez que veio, facilitei para ele fazer algo de novo, ficando perto dele enquanto colocava as galochas no hall de entrada escuro. Toda vez, então, eu esperava o sinal, e recebia. Ele não vinha com um beliscão no braço, um tapinha no braço ou um abraço em volta dos ombros, paternal ou camarada. Ia direito para os seios, as nádegas, a parte de cima da coxa, brutal como um relâmpago. E era isso que eu esperava que fosse a comunicação sexual — um clarão de insanidade, um irromper onírico, implacável e desdenhoso num mundo de aparências decentes. Eu tinha descartado aquelas ideias de amor, consolo e ternura alimentadas por meus sentimentos por Frank Wales; agora, tudo aquilo parecia pálido e extraordinariamente infantil. Na violência secreta do sexo haveria reconhecimento, indo além da amabilidade, além da boa vontade das pessoas.

Não que eu planejasse fazer sexo. Um relâmpago não precisa levar a lugar nenhum, exceto ao relâmpago seguinte.

Mesmo assim, meus joelhos fraquejaram quando o sr. Chamberlain buzinou para mim. Ele estava esperando a meia quadra da escola. Naomi não estava comigo; ela estava com amigdalite.

— Cadê a sua amiga?

— Está doente.

— Que pena. Quer uma carona para casa?

Eu tremia no carro. Minha língua estava seca, minha boca inteira estava seca de forma que mal conseguia falar.

Era isso que era o desejo? A vontade de conhecer, o medo de conhecer, chegando à angústia? Estar sozinha com ele, sem proteção nenhuma de pessoas ou das circunstâncias, fazia diferença. O que ele poderia querer fazer ali, em plena luz do dia, no banco do seu carro?

Ele não fazia movimento nenhum na minha direção. Mas também não ia para a River Street; dirigia sossegadamente por várias ruas laterais, evitando os buracos causados pelo inverno.

— Será que você é a moça que me faria um favor, se eu pedisse?

— Acho que sim.

— O que você acha que é?

— Não sei.

Ele parou o carro atrás da fábrica de laticínios, debaixo das castanheiras com as folhas de um amarelo-esverdeado amargo, recém-brotadas. Mas ali?

— Você costuma entrar no quarto da Fern? Consegue entrar no quarto dela quando não tiver ninguém mais em casa?

Fiz minha mente se recuperar pouco a pouco da expectativa de um estupro.

— Você podia entrar no quarto dela e dar uma investigadinha para mim no que ela tem lá. Algo que pode me interessar. O que você acha que é, hein? O que você acha que me interessa?

— O quê?

— Cartas — disse o sr. Chamberlain subitamente baixando o tom, serenando, deprimido por alguma realidade que ele conseguia enxergar e eu não. — Veja se ela tem algumas cartas antigas. Talvez nas gavetas. Talvez no armário. Provavelmente em algum tipo de caixa velha. Amarradas em maços, as mulheres fazem assim.

— Cartas de quem?

— Cartas minhas. De quem você acha? Você não precisa ler elas, basta olhar a assinatura. Escritas há algum tempo, o papel pode estar envelhecido. Não sei. Escritas com caneta, pelo que lembro, então provavelmente ainda legíveis. Aqui. Vou te dar uma amostra da minha letra, isso vai ajudar.
— Ele pegou um envelope no porta-luvas e escreveu: *Del é uma menina travessa*.

Guardei o envelope no meu livro de latim.

— Não deixe a Fern ver isso, ela reconheceria a minha letra. E não deixe a sua mãe ver. Ela pode querer saber por que escrevi isso. Seria uma surpresa para ela, não seria?

Ele me levou para casa. Quis saltar na esquina da River Street, mas ele não deixou.

— Assim parece que temos alguma coisa a esconder. Agora, como você vai me contar o resultado? Que tal na noite de domingo, quando eu aparecer para jantar, vou perguntar se você já fez o dever de casa! Se tiver achado as cartas, diga que sim. Se tiver olhado, mas não tiver encontrado, diga que não. Se por algum motivo você não tiver conseguido olhar, diga que esqueceu que tinha dever.

Ele me fez repetir:

— Sim significa que encontrei, não significa que não encontrei, esqueci significa que não pude procurar. — Essa repetição me insultou; eu era célebre pela minha memória.

— Ótimo. Maravilha. — Abaixo do nível onde as pessoas podiam ver, se olhassem o carro, ele quicou o punho na minha perna, forte o bastante para doer.

Me arrastei para fora e arrastei os livros junto, e, assim que fiquei sozinha, com a coxa ainda formigando, peguei o envelope e li o que ele tinha escrito. *Del é uma menina travessa*. O sr. Chamberlain presumia sem qualquer dificuldade que havia em mim algo de traiçoeiro, bem como uma sensualidade criminosa, que aguardavam para ser usadas. Ele soubera que eu não gritaria quando achatou meu seio, soubera que eu não contaria para minha mãe; sabia agora que eu não contaria aquela conversa para Fern e que a espionaria como ele tinha pedido. Será que ele tinha atingido meu eu verdadeiro? Era verdade que, no tédio da escola, eu tinha trabalhado com meu transferidor e compasso, tinha escrito frases em latim (*tendo assentado-se e matado sorrateiramente os cavalos do inimigo, Vercingetorix preparava-se para a batalha do dia seguinte*) e o tempo todo estava consciente da minha depravação, vigorosa como o trigo primaveril, meu corpo florescendo com roxos invisíveis naqueles pontos onde tinha sido tocado. Usando macaquinho azul, lavando-me com sabão que quase arrancava a pele, depois de um jogo de voleibol, eu tinha olhado no espelho do banheiro das meninas e sorrido secretamente para meu rosto corado, pensando na devassidão para a qual eu fora convidada, nos enganos de que eu era capaz.

  Entrei no quarto de Fern na manhã de sábado, quando minha mãe tinha saído para fazer um pouco de faxina no sítio. Espiei com calma, olhei o coala sentado em seu travesseiro, o pó de arroz espalhado sobre a penteadeira, os potes com um pouco de desodorante ressecado, pomada, creme noturno, batom velho e esmalte com a tampa grudada. Uma foto de uma senhora num vestido de camadas caídas, como um arranjo de echarpes, provavelmente a mãe de Fern, segurando um bebê gordinho envolto em lã, provavelmente Fern. Fern com certeza desfocada com mangas borboleta, segurando um ramalhete de rosas, cachos em camadas na cabeça. E instantâneos enfiados em volta do espelho, com as bordas recurvando. O sr. Chamberlain num chapéu de palha elegante, calças brancas, olhando pra câmera como se soubesse mais do que ela. Fern não tão rechonchuda quanto agora, mas rechonchuda, de shorts, sentada num tronco em algum bosque durante as férias. O sr. Chamberlain e

Fern elegantes — ela com um *corsage* — capturados por um fotógrafo de rua numa cidade estranha, andando debaixo da marquise de um cinema que passava *Marujos do amor*. O piquenique dos funcionários dos Correios no parque em Tupperton, um dia nublado, e Fern toda contente de calças folgadas segurando um taco de beisebol.

Não encontrei carta nenhuma. Vasculhei as gavetas, as prateleiras do armário, debaixo da cama, até dentro das malas. Achei três maços separados de papéis, com elásticos em volta.

Um maço continha uma carta-corrente e muitas cópias de uma mesma estrofe, a lápis ou a tinta, letras diferentes, algumas datilografadas ou mimeografadas.

Esta oração já circulou o mundo seis vezes. Foi criada na ilha de Wight por uma vidente que a viu num sonho. Copie esta carta seis vezes e mande-a para seis amigos, depois copie a oração em anexo e envie-a a seis nomes no topo da lista em anexo. Seis dias depois de receber essa carta, você começará a receber cópias dessa oração de todos os cantos do planeta, e elas lhe trarão bênçãos e boa sorte SE VOCÊ NÃO QUEBRAR A CORRENTE. *Se você quebrar a corrente, pode esperar que algo triste e desagradável aconteça com você seis meses depois do dia em que receber esta carta.* NÃO QUEBRE A CORRENTE. NÃO OMITA A PALAVRA SECRETA AO FINAL. POR MEIO DESTA ORAÇÃO, FELICIDADE E BOA SORTE ESTÃO SENDO ESPALHADAS PELO MUNDO.

Ó, Deus, amor e paz derrama
No meu amigo que a Ti clama.
As dores dele amaina, o coração dele alivia,
Que a fonte de amor e paz seja sempre sua guia.

KARKAHMD

Outro maço era composto de várias folhas de impressão manchada interrompidas por ilustrações acinzentadas e borradas do que eu de início achei que fossem bolsas de enema com tubos emaranhados, mas que, ao ler o texto, descobri que eram ilustrações de plano sagital das anatomias masculina e feminina, com coisas como pessários, tampões, preservativos (esses termos corretos eram todos novos para mim) sendo inseridas ou vestidas. Eu não conseguia olhar aquelas ilustrações sem sentir alarme e um forte desconforto local, por isso comecei a ler. Li a respeito da pobre esposa de um fazendeiro na Carolina do Norte jogando-se debaixo do trem quando descobriu que teria o nono filho, sobre mulheres que morriam em cortiços de complicações da gravidez ou do parto, ou de terríveis abortos fracassados que faziam com alfinetes de chapéu, agulhas de costura, bolhas de ar. Eu lia, ou ia pulando, estatísticas a respeito do aumento populacional, leis que tinham sido aprovadas em vários países contra os métodos contraceptivos ou a favor deles, mulheres que tinham ido para a cadeia por promovê-los. Em seguida, havia as instruções para usar diversos dispositivos. O livro da mãe de Naomi também tinha um capítulo a respeito disso, mas nunca chegamos a lê-lo, porque parávamos em "Históricos médicos" e "Variedades de cópula". Tudo o que eu lia agora a respeito de géis e espumas, e até o uso da palavra *vagina*, faziam aquilo tudo parecer laborioso e domesticado, de algum modo relacionado a unguentos e bandagens e hospitais, e fazia com que eu me sentisse tão enojada e ridiculamente indefesa quanto quando precisava tirar a roupa no médico.

No terceiro maço havia versos datilografados. Alguns tinham títulos. "Limonada caseira." "Lamento da mulher do caminhoneiro."

Marido, querido marido, o que devo fazer?
Quero a dura delícia que está em você.
Mas você nunca chega, e quando chega só dorme.
(É só pôr na minha xana a sua pica enorme!)

Fiquei surpresa que algum adulto conhecia ou ainda se lembrava dessas palavras. A gananciosa progressão dos versos, as palavras gordinhas e curtas numa fonte sem vergonha, atiçavam o desejo em doses cavalares, como jatos de querosene sobre fogueiras. Mas eles eram repetitivos, elaborados; depois de um tempo, o esforço mecânico necessário para compô-los começava a se fazer sentir e os tornava pesados; eles iam ficando estonteantemente chatos. Porém, as palavras em si ainda emanavam jatos de força, especialmente *foder*, que eu nunca tinha sido capaz de realmente olhar, nas cercas e calçadas. Eu nunca tinha sido capaz de contemplar antes seu ímpeto de brutalidade, sua insolência hipnótica.

Eu disse não ao sr. Chamberlain quando ele me perguntou se eu tinha feito o dever de casa. Ele não encostou em mim a noite inteira. Porém, quando saí da escola na segunda, lá estava ele.

— Sua amiga ainda está doente? Que pena. Mas que legal. Não é legal?

— O quê?

— Os pássaros são legais. As árvores são legais. É legal que você pode dar uma volta de carro comigo, fazer umas investigaçõezinhas para mim. — Ele disse isso com uma voz infantil. Com ele, o mal nunca seria grandioso. Sua voz sugeria que seria possível fazer qualquer coisa, mas qualquer coisa mesmo, e depois dizer que era só brincadeira, uma brincadeira com todas as pessoas solenes e culpadas, com todas as pessoas morais e emotivas, as pessoas "que se levavam a sério" no mundo. Era isso que ele não aguentava nas pessoas. Seu sorrisinho era repulsivo; a soberba estendia-se sobre um grande abismo de irresponsabilidade ou coisa pior. Isso não me fazia hesitar a respeito de ir com ele, nem de fazer o que quer que ele tivesse em mente. Seu caráter moral, nesse ponto, não tinha a menor importância para mim; talvez fosse até necessário que fosse sombrio.

A excitação, que devia algo aos poemas sujos de Fern, tinha me dominado por completo.

— Você deu uma boa olhada? — disse ele com a voz normal.

— Dei.

— Não achou nada? Olhou em todas as gavetas? Estou falando das gavetas da *cômoda*. Caixas de chapéu, malas? Vasculhou o armário?

— Olhei e olhei em toda parte — falei sobriamente.

— Ela deve ter jogado fora.

— De repente ela não é sentimental.

— Zendimendal? Não zei o que ezas palavraz difízeiz zignificam, garodinha.

O carro já estava fora do povoado. Seguíamos para o sul na Rodovia 4 e pegamos a primeira saída.

— Uma bela manhã — disse o sr. Chamberlain. — Desculpe-me... uma bela *tarde*, um belo dia. — Olhei pela janela; o campo que eu conhecia era alterado pela sua presença, pela sua voz, pela presciência avassaladora da incumbência que cumpriríamos juntos. Havia um ou dois anos que eu olhava as árvores, os campos, a paisagem, com uma exaltação secreta e forte. Em certos estados de espírito, em certos dias, eu conseguia sentir por uma touceira de grama, por uma cerca, por uma pilha de pedras, uma emoção tão pura e ilimitada quanto a que eu costumava ter esperanças de sentir, e vislumbrar, em relação a Deus. Eu não conseguia sentir aquilo quando estava com qualquer outra pessoa, claro, e agora, com o sr. Chamberlain, eu via que a natureza como um todo se tornava corrompida, enlouquecedoramente erótica. Agora mesmo era a época mais abundante, mais verde do ano; nas valas brotavam margaridas, linárias, ranúnculos, as cavidades estavam repletas de arbustos vagamente dourados e do reluzir de riachos elevados. Eu via tudo isso como um vasto arranjo de esconderijos, os campos arados além se estendendo como colchões desavergonhados. Pequenas trilhas, abrindo-se entre os arbustos, lugares esmagados na grama, onde sem dúvida uma vaca se deitara, me pareciam especificamente, urgentemente convidativas como certas palavras ou pressões.

— Espero que não encontremos a sua mãe dirigindo por aqui.

Eu não achava que isso fosse possível. Minha mãe habitava uma camada da realidade diferente daquela em que eu tinha acabado de entrar.

O sr. Chamberlain saiu da estrada, seguindo um caminho que logo acabou, num campo que já era metade floresta. O carro parando, a sucessão do fluxo quente de som e movimento em que eu estava suspensa, me deram um pequeno solavanco. Os acontecimentos estavam ficando reais.

— Vamos dar uma caminhada pelo riacho.

Ele saiu pelo lado dele, eu saí pelo meu. Fui seguindo-o por um declive entre os pilriteiros, em flor, cheirando a levedura. Aquele era um caminho percorrido, com maços de cigarro, uma garrafa de cerveja, uma caixa de chicletes caídos na grama. Arvorezinhas e arbustos iam cerrando-se à nossa volta.

— Por que não damos uma parada aqui? — disse o sr. Chamberlain de maneira prática. — Perto d'água já é meio enlameado.

Ali, na quase penumbra acima do riacho, eu estava com frio e tão violentamente ansiosa para saber o que seria feito comigo que todo o calor e a coceira dançante entre as minhas pernas tinham morrido, anestesiadas como se um pedaço de gelo tivesse sido colocado ali. O sr. Chamberlain abriu o paletó e afrouxou o cinto, em seguida abriu o zíper. Levou a mão dentro para separar algumas cortinas interiores, e *Bu!*, disse ele.

Nada parecido com o Davi de mármore, aquilo se projetava diretamente à frente dele, o que, pelas minhas leituras, eu sabia que acontecia. Tinha uma espécie de cabeça, como um cogumelo, e a cor era um roxo-avermelhado. Parecia rombudo e estúpido, em comparação, digamos, com dedos das mãos e dos pés, com sua expressividade inteligente, ou até com um cotovelo ou um joelho. A mim não parecia assustador, embora eu achasse que essa pudesse ter sido a intenção do sr. Chamberlain, de pé ali com seu olhar de firme observação, suas mãos separando as calças para mostrá-lo. Cru e rombudo, com a cor feia de uma ferida, me parecia vulnerável, brincalhão e ingênuo, como um animal forte e trombudo cuja aparência grotesca e simples é uma espécie de garantia de boa vontade. (O contrário do que a beleza costuma ser.) Aquilo, porém, não trouxe de volta nada da minha excitação. Aquilo não parecia ter nada a ver comigo.

Ainda me observando e sorrindo, o sr. Chamberlain colocou a mão em volta dessa coisa e começou a subir e descer, não muito forte, num ritmo eficiente e controlado. Seu rosto se abrandou; seus olhos, ainda fixados em mim, ficaram vítreos. Pouco a pouco, quase experimentalmente, ele aumentou a velocidade da mão; o ritmo ficou menos suave. Ele se agachou, seu sorriso se abriu e tirou os lábios de cima dos dentes, e seus olhos reviraram ligeiramente para cima. Sua respiração ficou alta e trêmula, agora ele operava furiosamente com a mão, gemeu, quase se curvou num espasmo de agonia. A cara que ele me fez, agachado, era cega e cambaleante como uma máscara numa vara, e aqueles sons que saíam da sua boca, involuntários, sons humanos derradeiros, eram ao mesmo tempo teatrais e improváveis. Aliás, a performance inteira, cercada de galhos calmos e floridos, parecia forçada, exagerada de maneira fantástica e previsível, como uma dança indígena. Eu tinha lido a respeito do corpo nos extremos do prazer, possuído, mas aquelas expressões não me pareciam igualar o esforço terrível e incivilizado, o frenesi deliberado, do que estava acontecendo ali. Se ele não chegasse logo aonde queria chegar, achei que morreria. Mas de repente ele soltou um novo tipo de gemido, o mais alto e mais desesperado até então; sua voz tremeu como se estivesse sendo golpeado na laringe. Isso abrandou, miraculosamente até virar um choramingo pacífico e grato, na hora em que uma coisa disparou dele, a coisa esbranquiçada de verdade, a semente, e pegou na barra da minha saia. Ele se levantou e se ajeitou, tremendo, sem fôlego, e enfiou aquilo rapidamente dentro das calças. Pegou um lenço e limpou primeiro as mãos, depois minha saia.

— Sorte a sua, hein? — Ele riu para mim, embora ainda não tivesse recuperado todo o fôlego.

Depois de tal convulsão, de tal revelação, como um homem conseguia simplesmente guardar o lenço no bolso, checar a braguilha e começar a andar de volta — ainda um tanto corado e com os olhos injetados — pelo caminho por onde tínhamos vindo?

A única coisa que ele disse foi no carro, quando se sentou por um instante, recompondo-se antes de girar a chave.

— Uma senhora vista, hein? — foi o que disse.

A paisagem estava pós-coito, distante e sem sentido. O sr. Chamberlain pode ter sentido alguma tristeza também, ou apreensão, porque me obrigou a ficar no chão do carro na hora em que entramos de novo no povoado, e então ficou dirigindo a esmo e me deixou sair num lugar vazio, onde a rua se inclinava para baixo, perto da estação de trem. Ele já se sentia ele mesmo o bastante, porém, para me bater de leve na virilha com o punho, como se estivesse testando a solidez de um coco.

Aquela foi uma aparição de despedida do sr. Chamberlain, como eu deveria ter imaginado que seria. Cheguei em casa ao meio-dia e encontrei Fern sentada na mesa de jantar, que estava posta para o almoço, ouvindo minha mãe falando alto da cozinha para vencer o som do amassador de batatas:

— Não importa o que as pessoas digam. Vocês não eram casados. Não eram noivos. Não é da conta de ninguém. A sua vida é só sua.

— Quer ver minha cartinha de amor? — disse Fern, e balançou-a debaixo do meu nariz.

Querida Fern,
Devido a circunstâncias além do meu controle, vou embora esta noite em meu bom e velho Pontiac para algum lugar a oeste. Há muitas partes do mundo que ainda não vi, e não faz sentido ficar preso. Talvez eu te mande um cartão postal da Califórnia ou do Alasca, quem sabe? Seja uma boa menina como você sempre foi e continue lambendo os selos e abrindo as cartas com vapor, vai que você ainda encontra uma nota de cem dólares. Quando mamãe morrer, provavelmente voltarei para casa, mas não por muito tempo.
Felicidades,
Art.

A mesma mão que tinha escrito: *Del é uma menina travessa*.

— Mexer nas cartas é crime federal — disse minha mãe, entrando. — Não acho nada engraçado isso que ele está dizendo.

Ela colocou na mesa cenouras em conserva, purê de batatas, bolo de carne. Qualquer que fosse a estação, comíamos uma refeição pesada no meio do dia.

— Parece que ele não me tirou a vontade de comer, ao menos — disse Fern, suspirando. Ela colocou ketchup. — Eu podia ter ficado com ele. Há muito tempo, se quisesse. Ele até me escreveu cartas falando de casamento. Eu devia ter guardado, podia processar ele por quebra de promessa.

— Que bom que você não fez isso — disse minha mãe espirituosamente —, do contrário, onde estaria hoje?

— Não fiz o quê? Processei ou casei?

— Casou. Quebra de promessa é uma degradação pras mulheres.

— Ah, eu não corria o menor risco de casar.

— Você tinha o seu canto. Tinha o seu interesse na vida.

— Normalmente eu só estava me divertindo muito mesmo. Eu já sabia o bastante sobre casamento para entender que é quando a diversão acaba.

Quando Fern falava em se divertir, ela queria dizer ir a bailes no pavilhão Lakeshore, ir ao Hotel Regency em Tupperton para beber e almoçar, ser levada de um bar de beira de estrada a outro no sábado à noite. Minha mãe tentava mesmo entender esses prazeres, mas não conseguia, assim como não conseguia entender por que as pessoas vão nos brinquedos em um parque de diversões, saem e vomitam, depois vão nos brinquedos de novo.

Fern não era de ficar de luto, apesar de sua familiaridade com a ópera. O sentimento que ela expressava era que os homens sempre iam embora, e melhor que fossem antes que você não os aguentasse mais. Mas ela ficou muito falante; nunca ficava em silêncio.

— Tão ruim quanto o Art — disse ela a Owen, jantando. — Ele não tocava em nenhum vegetal amarelo. A mãe dele devia ter-lhe dado umas palmadas quando era pequeno. Era isso que eu costumava dizer a ele.

E falou ela ao meu pai:

— O seu corpo é o contrário do corpo do Art. O problema de ajustar os ternos dele era que ele era muito comprido de corpo, e curto de perna. Só em Tupperton, na Ransom, era que conseguia ajustar.

"Só uma vez o vi perder a cabeça. No pavilhão, quando fomos a um baile lá, e um sujeito me tirou para dançar, e me levantei para dançar com ele porque o que é que você pode fazer, e ele baixou o rosto, colocou bem no meu pescoço. Me lambendo como se eu fosse cobertura de chocolate! Art disse a ele: Se vai ficar babando, não babe na minha namorada, talvez eu a queira para mim. E aí ele arrancou o homem! Fez isso mesmo!"

Eu entrava num cômodo onde ela estava falando com minha mãe e havia um silêncio antinatural, de espera. Minha mãe ouvia com um rosto encurralado, determinadamente compassivo, triste. O que ela podia fazer? Fern era sua amiga, uma boa amiga, talvez a única.

Porém, havia coisas que ela nunca achava que teria de ouvir. Talvez tenha sentido falta do sr. Chamberlain.

— Ele tratou você mal — disse ela a Fern, em resposta ao encolher de ombros de Fern e sua risada ambígua. — Tratou mal, sim. Tratou. Nunca o meu apreço por alguém sumiu tão rápido. Mas mesmo assim sinto falta dele quando ouço o pessoal da rádio tentando ler o noticiário.

Pois a rádio de Jubilee não tinha encontrado qualquer outra pessoa que pudesse ler o noticiário como era agora, cheio de nomes russos, sem entrar em pânico, e tinham deixado alguém chamar Bach de *Batch* no "In Memoriam" quando tocaram "Jesus, alegria dos homens". Isso deixou minha mãe louca.

Eu tinha pensado em contar a Naomi tudo a respeito do sr. Chamberlain, agora que estava acabado. Mas Naomi saiu da doença sete quilos mais magra, com toda uma nova perspectiva de vida. Sua sinceridade tinha sumido junto de sua silhueta corpulenta. Seu linguajar fora purificado. Sua ousadia tinha sumido. Ela agora tinha uma nova visão delicada de si mesma. Sentava-se debaixo de uma árvore com a saia estendida em volta de si, observando o resto de nós jogar vôlei, e ficava pondo a mão na testa para ver se estava febril. Ela nem mesmo estava interessada no fato de que o sr. Chamberlain tinha ido embora, de tão preocupada que estava consigo e com sua doença. Sua temperatura tinha passado de quarenta graus. Todos os aspectos mais nojentos do sexo tinham sumido de sua conversa e, ao que tudo indicava, de sua mente, embora ela falasse muito do dr. Wallis e de como ele mesmo tinha passado a esponja nas suas pernas e como ela ficara desamparadamente exposta a ele enquanto estava doente.

Assim, não tive o alívio de transformar aquilo que o sr. Chamberlain fizera numa história engraçada, embora horripilante. Eu não sabia o que fazer com ela. Eu não conseguia colocá-lo de volta em seu papel antigo, não conseguia fazer com que ele representasse o devasso obstinado, simplório, vigoroso e obsequioso dos meus devaneios. Minha fé na depravação simples tinha enfraquecido. Talvez somente nos devaneios o alçapão se abrisse de maneira tão doce, tão fácil, corpos mergulhando juntos sem pensamento, sem personalidade, na autoindulgência, na licenciosidade má e insana. Em vez disso, como o sr. Chamberlain tinha me mostrado, as pessoas levam consigo muita coisa: carne que não é superada, mas precisa de trancos para o êxtase, todo o enigma obstinado e as sinuosidades obscuras de si mesmas.

Em junho, houve a ceia anual do morango nos gramados atrás da igreja unida. Fern foi cantar nela, usando o vestido florido de chifon que minha mãe a ajudara a fazer. Agora estava bem apertado na cintura. Desde que o sr. Chamberlain fora embora, Fern tinha engordado, de modo que agora não estava macia e bojuda, mas realmente gorda, inchada como um pudim fervido, a pele manchada não mais escurecida, mas esticada e brilhante.

Ela deu um tapinha na altura do umbigo.

— De qualquer forma, ninguém vai poder dizer que estou abatida, vai? Seria um escândalo se eu rasgasse a costura.

Ouvíamos seu salto alto se afastando pela calçada. Nas tardinhas folhosas, nubladas e quietas debaixo das árvores, os sons viajavam longe. As ondas do ruído comunitário do evento na igreja unida chegaram a alcançar nossos degraus. Será que minha mãe queria estar usando um chapéu e um vestido leve de verão, e indo? Seu agnosticismo e sua sociabilidade com frequência conflitavam em Jubilee, onde as vidas religiosa e social tendiam a ser a mesma. Fern havia falado para ela ir.

— Você faz parte. Você não me disse que entrou para a igreja quando casou?

— Na época as minhas ideias não estavam formadas. Hoje eu seria uma hipócrita. Não sou uma adepta.

— E você acha que eles todos são?

Eu estava na varanda lendo *Arco do triunfo*, livro que tinha pegado na biblioteca. A biblioteca havia recebido algum dinheiro e comprado um estoque de livros novos, seguindo principalmente as recomendações da sra. Wallis, a esposa do médico. Ela tinha diploma universitário, mas talvez não as preferências literárias com que a Câmara Municipal contava. Houvera reclamações, as pessoas haviam dito que Bella

Phippen deveria ter escolhido os livros, mas somente um título — *The Hucksters** — tinha sido efetivamente retirado das prateleiras. Eu lera ele antes. Minha mãe o pegara, lera algumas páginas e ficara entristecida.

— Nunca imaginei ver a palavra impressa usada desse jeito.

— O livro fala de como o mundo da publicidade é corrupto.

— Não é só isso que é corrupto, lamento dizer. Logo estarão contando como vão ao banheiro, por que deixar isso de fora? Nada disso aparece em *Silas Marner*. Nem nos autores clássicos. Eles eram bons escritores, não precisavam dessas coisas.

Eu tinha me afastado dos meus favoritos de antigamente, *Kristin Lavransdatter*, romances históricos. Agora eu lia livros modernos. Somerset Maugham. Nancy Mitford. Lia a respeito de gente rica e com títulos de nobreza que desprezava exatamente o tipo de pessoa que, em Jubilee, estava no topo da sociedade: farmacêuticos, dentistas, donos de lojas. Aprendi nomes como Balenciaga e Schiaparelli. Aprendi sobre drinques. Uísque com soda. Gim e tônica. Cinzano, Bénédictine, Grand Marnier. Conheci o nome de hotéis, ruas, restaurantes, em Londres, Paris, Singapura. Nesses livros as pessoas iam pra cama, faziam aquilo o tempo inteiro, mas as descrições do que faziam não eram minuciosas, apesar do que minha mãe achava. Um livro comparava ter relações sexuais a passar por um túnel de trem (presumivelmente se você fosse o trem inteiro) e sair à toda num bosque montanhoso tão alto, tão abençoado e bonito que você tinha a

---

*Romance de 1946 de Frederic Wakeman, inédito no Brasil. Foi adaptado para o cinema como *Mercador de ilusões* no ano seguinte, estrelando Clark Gable. (N. do E.)

sensação de estar no céu. Os livros sempre comparavam aquilo a outra coisa, nunca falavam daquilo por si só.

— Não dá para ler aí — disse minha mãe. — Não dá para ler nessa luz. Venha aqui pros degraus.

Desci, mas ela não queria que eu lesse nada. Ela queria companhia.

— Veja, os lilases estão brotando. Logo vamos para o sítio. — Por toda a frente do nosso quintal, margeando a calçada, havia lilases roxos empalidecidos na forma de paninhos de chão delicados e macios, com pintinhas cor de ferrugem. Além deles a rua, já empoeirada, e porções de arbustos de amoras-silvestres crescendo na frente da fábrica tapada com tábuas, na qual ainda se podia ler as grandes letras vaidosas e desbotadas: PIANOS MUNDY.

— Lamento pela Fern — disse minha mãe. — Lamento pela vida dela.

Seu tom triste e confidencial me deixou alerta.

— De repente ela encontra um namorado novo essa noite.

— Como assim? Ela não está procurando um namorado novo. Ela já se cansou disso. Ela vai cantar "Where'er You Walk". A voz dela ainda está boa.

— Ela está engordando.

Minha mãe falou comigo na sua voz séria, esperançosa, de sermão:

— Acho que uma mudança nas vidas de meninas e mulheres está chegando. Sim. Mas cabe a nós fazer ela chegar. Até agora, tudo o que as mulheres tiveram foi sua conexão com os homens. Tudo o que tivemos. Vidas que eram tão nossas quanto as de animais domésticos. *Quando sua paixão esvair-se da potência inovadora, ele te manterá um pouco mais próxima do que seu cão, um pouco mais estimada do que seu cavalo.* Tennyson escreveu isso. É verdade. *Era* verdade. Mas você vai querer ter filhos.

Isso era o quanto ela me conhecia.

— Mas espero que você... use a cabeça. Use a cabeça. Não se distraia. Basta que você cometa esse erro, de... se distrair, por causa de um homem, e sua vida nunca vai ser sua. Você vai ficar com o ônus, a mulher sempre fica.

— Hoje existem métodos contraceptivos — recordei-lhe, e ela me olhou sobressaltada, embora tivesse sido ela própria quem havia envergonhado publicamente nossa família, ao escrever no *Herald-Advance* de Jubilee que "dispositivos profiláticos deveriam ser distribuídos a todas as mulheres que vivem da seguridade social no Condado Wawanash, a fim de ajudá-las a impedir novos aumentos de suas famílias". Na escola, os garotos tinham gritado para mim:

— Ei, quando é que a sua mãe vem distribuir os dispositivos proplásticos?

— Isso não basta — disse ela —, embora seja, é claro, uma verdadeira dádiva, e a religião é inimiga disso como o é de tudo o que pode aliviar as dores da vida na Terra. É de respeito próprio que eu estou falando, na verdade. De respeito próprio.

Não entendi muito bem o que ela queria dizer ou, se entendi, estava preparada para resistir àquilo. Eu teria de resistir a tudo o que ela me dissesse com tanto afinco, com tanto otimismo obstinado. A preocupação dela com a minha vida, da qual eu precisava e menosprezava, eu não suportava que fosse exprimida. No mais, também sentia que não era tão diferente de todos os outros conselhos passados às mulheres, às meninas, conselhos que presumiam que ser fêmea tornava você danificável, que era necessária uma certa quantidade de cuidado e minudências solenes e autoproteção, ao passo que os homens supostamente podiam sair e vivenciar todo tipo de experiência e descartar o que não queriam e voltar orgulhosos. Sem nem pensar nisso, eu tinha decidido fazer igual.

BATISMO

No nosso terceiro ano do secundário, Naomi mudou para o ensino técnico; subitamente libertada de latim, física, álgebra, ela subiu ao terceiro andar da escola, onde, debaixo do teto inclinado, as máquinas de escrever tique-taqueavam o dia todo e nas paredes pendiam máximas emolduradas que preparavam você para a vida no mundo dos negócios. *Tempo e Energia são meu Capital; se eu Desperdiçá-los, não terei Outro.* O efeito, depois das salas de aula nos andares de baixo com seus quadros negros cobertos de palavras estrangeiras e fórmulas abstratas, suas imagens turvas de batalhas e naufrágios e aventuras mitológicas emocionantes, mas decentes, era o de passar para a luz fria e comum, para o mundo real e atarefado. Um alívio para muitos. Naomi gostava.

Em março daquele ano ela arrumou um emprego no escritório da fábrica de laticínios. Sua vida escolar tinha se encerrado. Falou para eu ir vê-la depois das quatro. Fui, sem ter muita ideia de onde estava entrando. Achei que Naomi ia fazer uma careta para mim de trás do balcão. Eu ia fazer minha voz trêmula de velhinha e dizer a ela:

— O que é que está acontecendo? Ontem comprei uma dúzia de ovos aqui e estavam todos podres!

O escritório ficava em um anexo de estuque, construído junto à frente da antiga fábrica de laticínios. Havia luzes fluorescentes, gaveteiros de metal e mesas novas — o tipo de ambiente onde eu por instinto me sentia deslocada

— e um ruído eficiente de máquinas de escrever e uma calculadora. Além de Naomi, duas garotas trabalhavam lá; depois soube que se chamavam Molly e Carla. As unhas de Naomi estavam coral; ela tinha sido muito bem-sucedida em arrumar o cabelo; estava usando uma saia xadrez rosa e verde com suéter verde. Novos. Ela sorriu para mim e abanou os dedos acima da máquina de escrever numa saudação mínima e em seguida continuou a datilografar em grande velocidade, enquanto mantinha uma conversa alegre, desconjuntada e incompreensível com as colegas. Após vários minutos disso, ela ergueu a voz para me dizer que terminaria às cinco. Falei que tinha de ir para casa. Tinha a sensação de que Molly e Carla estavam olhando para mim, para a tinta nas minhas mãos vermelhas e nuas, meu lenço de lã que escorregava, meu cabelo selvagem, minha pilha de livros de estudantezinha.

Meninas bem-arrumadas me deixavam morta de medo. Eu não queria nem chegar perto delas, com medo de ficar como a fedorenta. Eu tinha a sensação de que havia uma diferença radical entre mim e elas, como se fôssemos feitas de substâncias diferentes. Suas mãos frias não ficavam com manchas nem suavam, seus cabelos mantinham seu molde calculado, suas axilas nunca ficavam úmidas — elas não sabiam o que era ter de ficar com os cotovelos colados do lado do corpo para esconder as escuras e vergonhosas manchas em meia-lua nos vestidos — e nunca, nunca sentiriam aquele jorrinho extra de sangue, aquele pequenino bônus que absorvente Kotex nenhum vai segurar, que vai escorrer de maneira horripilante pelo lado de dentro das coxas. Não mesmo: suas menstruações seriam discretas; a natureza as servia sem traí-las. Minha rispidez também jamais se traduziria em sua fineza; era tarde demais, a diferença já tinha se aprofundado muito para isso. Mas e quanto a Naomi?

Ela havia sido como eu; certa vez, tivera uma epidemia de verrugas nos dedos; tinha tido pé de atleta; tínhamos nos escondido no banheiro das meninas quando estávamos as duas menstruadas ao mesmo tempo e tínhamos medo de fazer acrobacias — uma de cada vez, na frente do resto da turma —, com medo de um escorregão ou de sangramento, e envergonhadas demais para pedir dispensa. O que era esse disfarce que ela estava adotando agora, com seu esmalte, seu suéter em tom pastel?

Ela logo ficou muito amiga de Molly e Carla. A sua conversa, quando vinha à minha casa ou me convocava à dela, estava cheia das dietas das duas, dos cuidados com a pele, dos métodos de lavar o cabelo, das roupas, dos diafragmas (Molly estava casada havia um ano e Carla se casaria em junho). Às vezes, Carla aparecia na casa de Naomi quando eu estava lá; ela e Naomi sempre falavam de lavar, de lavar seus suéteres ou suas roupas de baixo ou seus cabelos. Elas diziam:

— Lavei meu cardigã!
— *Mesmo?* Lavou com água fria ou com água morna?
— Morna, mas acho que ficou bom.
— O que você fez com a gola?

Eu ficava ali sentada pensando em como meu suéter estava imundo e que meu cabelo estava oleoso e meu sutiã descolorido, uma alça presa com alfinete. Eu precisava fugir, mas quando chegava em casa eu não costurava a alça do sutiã nem lavava meu suéter. Os suéteres que eu lavava sempre encolhiam, de qualquer forma, ou então a gola ficava frouxa; eu sabia que não me ocupava o suficiente deles, mas tinha uma sensação fatalista de que iriam encolher ou afrouxar não importava o que eu fizesse. Às vezes eu lavava o cabelo, e colocava bobs de aço terríveis que me impediam de dormir; aliás, eu era capaz de passar horas, às vezes, na frente do espelho, dolorosamente arrancando as sobrancelhas, me olhando de perfil, contornando meu rosto com pó claro e escuro, a fim de enfatizar os pontos bons e minimizar os ruins, como as revistas recomendavam. O que eu não conseguia era manter uma atenção sustentada, embora tudo, das propagandas a F. Scott Fitzgerald a uma canção assustadora no rádio — *a menina com quem eu me casar terá de ser macia e rosada como um berçário** — me dissese que eu teria, *teria* de aprender. O amor não é para as não depiladas.

Quanto a lavar o cabelo: mais ou menos nessa época comecei a ler um artigo numa revista sobre a diferença básica entre os hábitos de pensamento de homens e mulheres, principalmente quanto às suas experiências sexuais (o título do artigo fazia você pensar que ele falaria muito mais de sexo do que falava). O autor era um famoso psiquiatra de Nova York, discípulo de Freud. Ele dizia que a diferença entre os modos de pensamento de homens e mulheres poderia ser facilmente ilustrada pelos pensamentos de um menino e de uma menina, sentados no banco de um parque, olhando a lua cheia. O menino pensa no universo, sua imensidão e mistério; a menina pensa: "Preciso lavar o cabelo." Quando li isso, fiquei terrivelmente incomodada; precisei fechar a revista. Para mim, ficou imediatamente claro que eu não pensava como a menina; enquanto eu vivesse, a lua cheia nunca me lembraria de lavar o cabelo. Eu sabia a resposta da minha mãe se mostrasse isso para ela.

— Ah, é só essa bobajada enlouquecedora de sempre dos homens, de que as mulheres não têm inteligência — ela diria. Isso não me convenceria; certamente um psiquiatra de

---

*No original, *The girl that I marry will have to be, as soft and pink as a nursery*. "The Girl That I Marry" (1946), de Irving Berlin, mais conhecida pelas interpretações de Frank Sinatra e Eddy Howard. (N. do E.)

Nova York *sabe das coisas*. E as mulheres como a minha mãe eram minoria, isso estava claro para mim. Além disso, eu não queria ser como minha mãe, com sua brusquidão virginal, sua inocência. Eu queria que os homens me amassem *e* eu queria pensar no universo quando olhasse a Lua. Eu me sentia presa, encalhada; parecia que tinha de haver uma escolha onde não podia haver escolha. Não quis continuar a ler o artigo, mas fui atraída de volta para ele, como seria atraída quando era mais jovem a uma certa imagem de um mar escuro, de uma baleia gigante, num livro de contos de fadas; meus olhos pulavam nervosos pela página, estremecendo em afirmações como: *Para uma mulher, tudo é pessoal; nenhuma ideia por si mesma tem interesse para ela, precisando ser traduzida para sua própria experiência; nas obras de arte, ela sempre enxerga a própria vida ou seus devaneios.* Por fim, levei a revista até a lata de lixo, rasguei-a em duas, botei lá dentro e tentei esquecer. Depois, quando via algum artigo numa revista chamado "Feminilidade: Ela está voltando!" ou um *quiz* para adolescentes com o título "Será que o seu problema é que você está tentando ser um menino?", eu virava a página rápido, como se alguma coisa quisesse me morder. Porém, nunca tinha me ocorrido querer ser um menino.

Por meio de Molly e Carla, e de sua nova posição de moça trabalhadora, Naomi estava se tornando parte de um círculo de Jubilee que nem ela nem eu realmente sabíamos que existia. Esse círculo envolvia as meninas que trabalhavam em lojas e em escritórios e nos dois bancos, e também algumas meninas, casadas, que tinham recentemente saído do emprego. Se não eram casadas nem tinham namorados, iam a bailes juntas. Iam jogar boliche em Tupperton. Faziam chás umas para as outras, de casamento e de bebê (esse último tipo era um costume novo, que ofendia algumas senhoras mais idosas do povoado). Suas relações umas com as outras, embora cheias de confidências escandalosas, ainda eram cercadas de vários tipos de formalidades sutis, cortesias, decoros. Não era como a escola: não havia selvageria, maldade, palavrões, mas sempre uma complicada rede de brigas referida obliquamente, sempre alguma crise — uma gravidez, um aborto, uma separação — que todas conheciam e falavam a respeito, mas que guardavam como seu segredo, protegendo-o do resto do povoado. As coisas mais inocentes ou consoladoras e lisonjeiras que diziam podiam significar outra coisa. Elas toleravam aquilo que a maioria das pessoas no povoado consideraria lapsos morais umas nas outras, mas eram intolerantes quanto a desvios de traje e de penteado e às pessoas não cortarem as cascas dos sanduíches, nos chás.

Assim que começou a receber um salário, Naomi passou a fazer aquilo que aparentemente essas garotas todas faziam até se casar. Ia a várias lojas e mandava separarem coisas para ela, pelas quais pagaria uma parcela mensal. Na loja de ferragens, mandou separar um jogo de panelas inteiro; na joalheria, um jogo de talheres; na loja Walker, um cobertor e um conjunto de toalhas e um par de lençóis de linho. Isso era tudo para quando se casasse e começasse a cuidar da casa; foi a primeira vez que eu soube de algum plano assim definitivo dela.

— Você precisa começar alguma hora — disse ela, irritada. — Você vai se casar com o quê, dois pratos e um esfregão?

Nas tardes de sábado ela queria que eu fosse com ela às lojas enquanto fazia os pagamentos e contemplava suas futuras posses, e falava de por que, assim como Molly, iria cozinhar em calor seco, e como dava para perceber a qualidade dos lençóis pelo número de fios por centímetro quadrado. Eu ficava tão impressionada e intimidada por ela nessa nova versão entediante e preocupada. Parecia que estava quilômetros à minha frente. Aonde Naomi estava indo eu não queria ir, mas parecia que *ela* queria; as coisas estavam progredindo para ela. Será que dava para dizer o mesmo de mim?

O que eu realmente queria fazer nas tardes de sábado era ficar em casa e ouvir a Ópera Metropolitana. Esse hábito vinha do tempo em que Fern Dogherty era inquilina em nossa casa, e ela e minha mãe costumavam ouvir. Fern Dogherty tinha ido embora de Jubilee, tinha ido trabalhar em Windsor, e nos escrevia cartas vagas, infrequentes e alegres a respeito de cruzar a fronteira pelo túnel e ir até alguma casa noturna em Detroit, de ir às corridas, de cantar com a Light Opera Society, de se divertir.

— Aquela Fern Dogherty era simplesmente uma piada — Naomi disse a respeito dela. Ela falava a partir de seu novo ponto de vista. Ela e todas aquelas outras garotas estavam firmes no caminho do casamento; as mulheres mais velhas que não tinham se casado, fossem elas perfeitas solteironas de idade ou aventureiras discretas, como Fern, não poderiam contar com a simpatia de nenhuma delas. Em que sentido ela era uma piada? Eu quis saber, desejando criar caso, mas Naomi abriu os olhos claros, luminosos, protuberantes para mim. — Uma piada, ela era simplesmente uma *piada*! — repetiu, como alguém que dispensava, diante de atabalhoadas heresias, belos pedaços de dogma autoevidentes.

Minha mãe já não dava mais muita atenção à ópera. Ela conhecia os personagens e a trama e conseguia reconhecer as árias famosas; não havia mais nada a aprender. Às vezes, ela estava fora; continuava tentando vender as enciclopédias; as pessoas que já tinham comprado uma coleção tinham de ser convencidas a comprar os suplementos anuais. Mas ela não estava bem. Primeiro fora afligida por toda uma série de doenças incomuns: uma verruga na sola do pé, uma infecção nos olhos, glândulas inchadas, zumbido no ouvido, sangramentos no nariz, uma misteriosa erupção escamosa na pele. Ela ficava indo ao médico. As coisas paravam, mas outras começavam. O que estava realmente acontecendo era uma perda de energia, um abatimento, que ninguém teria esperado. Não era constante. De vez em quando ainda escrevia uma carta para o jornal; estava tentando aprender astronomia sozinha. Porém, às vezes ficava deitada na cama e me chamava para cobri-la. Eu sempre fazia isso sem cuidado; ela me chamava de novo e me fazia prender o cobertor embaixo dos joelhos dela, em volta dos pés. E então usava uma voz petulante, afetada, infantil.

— Dê um beijo na mamãe. — Eu dava um beijinho seco e mesquinho na têmpora dela. Seu cabelo estava ficando bem fino. A pele branca exposta da têmpora tinha uma aparência nada saudável, de sofrimento, da qual eu não gostava.

De todo modo, eu preferia ficar sozinha quando ouvia *Lucia di Lammermoor*, *Carmen*, *La Traviata*. Certos trechos da música me empolgavam tanto que eu não conseguia ficar sentada, mas precisava levantar e ficar dando voltas na sala de jantar, cantando na minha cabeça junto com as vozes no rádio, abraçando-me e apertando meus cotovelos. Meus olhos enchiam de lágrimas. Fantasias celeremente formadas ferviam em mim. Eu imaginava um amante, circunstâncias turbulentas, a glória condenada e pulsante da nossa paixão. (Nunca me ocorria que eu estava fazendo aquilo que o artigo dizia que as mulheres faziam, com obras de arte.) A entrega voluptuosa. Não a um homem, mas ao destino, na verdade, às trevas, à morte. Mesmo assim, Carmen era de quem eu mais gostava, no final. *Et laisser moi passer!*"* Eu sibilava a frase entre os dentes; ficava abalada, imaginando a outra entrega, mais tentadora, mais esplendorosa até do que a entrega ao sexo: a do herói, a do patriota, a entrega de Carmen à importância final do gesto, da imagem, do eu autocriado.

*E deixe-me passar! (N. do T.)

A ópera me dava fome. Quando acabava, eu ia até a cozinha e fazia sanduíches de ovo frito, pilhas de biscoito de água e sal unidos por mel e manteiga de amendoim, e uma mistura opulenta, secreta e enjoativa de cacau, xarope de milho, açúcar mascavo, coco e nozes picadas, que tinha de ser comida de colher. Comer com avidez primeiro me acalmava e depois me deixava triste, como a masturbação. (*Masturbação*. Naomi e eu costumávamos ler nos livros da mãe dela sobre como as camponesas do leste europeu se masturbavam com cenouras e como mulheres no Japão usavam esferas com pesos, e sobre como era possível distinguir os masturbadores habituais pelo olhar embotado e pela pele amarelada, e andávamos por Jubilee à procura de sintomas, achando que aquilo tudo era tão bizarro, tão engraçado, tão nojento — tudo o que descobríamos sobre o sexo faziam com que parecesse cada vez mais uma palhaçada para nos fazer rir e passar mal, ou, como costumávamos dizer, *rir até passar mal*. E agora nós nem tocávamos no assunto.) Às vezes, depois de comer muito, eu ficava de jejum um dia ou dois e bebia uma dose enorme de sal de Epsom com água morna, achando que as calorias não iam se assentar se eu conseguisse me livrar delas rapidamente. Não fiquei realmente gorda; só larga o bastante, sólida o bastante, para adorar ler livros em que as proporções generosas da protagonista eram descritas de maneira terna e erótica, e ficava nervosa com livros em que as mulheres desejáveis eram sempre esguias; para me tranquilizar, eu dizia a mim mesma o verso do poema a respeito de "damas com membros grandes, macios, marmóreos".* Eu gostava disso; gostava da palavra *dama*, palavra de saia longa rodada,

---

*No original, *mistresses with great, smooth, marbly, limbs*; o verso é do poema "The Bishop Orders His Tomb at St. Praxed's Church", de Robert Browning. (N. do T.)

com uma certa cerimônia; uma dama não deveria ser magra demais. Eu gostava de olhar a reprodução das *Banhistas* de Cézanne no suplemento de arte da enciclopédia, e em seguida me olhar nua no espelho. Porém, o lado de dentro das minhas coxas tremiam; queijo cottage num saco transparente.

Enquanto isso, Naomi olhava em volta, procurando as possibilidades disponíveis.

Um homem chamado Bert Matthews, solteiro, com vinte e oito ou vinte e nove anos, um rosto jovial e preocupado e cabelo cortado como um chapéu de pele puxado para trás no couro cabeludo enrugado, ia regularmente ao escritório da fábrica de laticínios. Era inspetor de granjas. Naomi me falava, com nojo, das coisas que ele dizia a Molly e Carla. Ele sempre perguntava a Molly se já estava grávida, dando a volta sorrateiramente para olhar sua barriga de perfil, e dava a Carla conselhos sobre sua lua de mel vindoura. Ele chamava Naomi de "tortinha de manteiga". Buzinava para ela na rua e diminuía a velocidade do carro, e ela virava o rosto.

— Meu bom Deus, me salve desse idiota! — dizia Naomi. Ela franzia o rosto, sonhadora, para seu reflexo nas vitrines das lojas.

Bert Matthews apostou dez dólares com Naomi que ela não teria permissão para encontrá-lo no salão de baile Gay-la. Naomi queria ir. Ela disse que era pelos dez dólares, e para mostrar a ele. Era verdade que a mãe dela não a teria deixado ir lá, mas a mãe estava fora do povoado, num trabalho de enfermagem, e não precisava se preocupar com o pai.

— *Ele* — ela sempre dizia —, ele está senil. — Parecia gostar do som clínico daquela palavra. Ele passava o tempo no próprio quarto com a Bíblia e sua literatura religiosa, organizando profecias.

Naomi queria que eu fosse com ela e ficasse em sua casa a noite inteira, dizendo à minha mãe que estávamos indo ao cinema Lyceum. Achei que não tinha outra escolha a não ser fazer isso, não porque fosse particularmente algo que Naomi queria que eu fizesse, mas porque eu realmente odiava e temia o salão de baile Gay-la.

O salão de baile Gay-la ficava quase um quilômetro ao norte do povoado, na rodovia. Era coberto de toras falsas cor de chocolate, e as janelas não tinham vidro, só portinholas de madeira bem fechadas durante o dia, abertas quando havia baile.

— Veja só, Sodoma e Gomorra! — dizia minha mãe, quando andávamos de carro ali por perto.

Ela se referia a um sermão feito na igreja presbiteriana que comparava o salão de baile Gay-la àqueles lugares e previa um destino similar. Minha mãe tinha observado, na época, que a comparação era inválida, porque Sodoma e Gomorra foram punidas por práticas *anti*naturais. ("Bem, natural ou antinatural, isso não depende?, disse Fern Dogherty, a quem ela explicou aquilo, de maneira confortável e misteriosa.) Minha mãe estava numa posição difícil; por princípio, ela tinha de ridicularizar a posição da igreja presbiteriana, mas a mera visão do salão de baile Gay-la a tocava, como eu percebia, com o mesmo flagelo frio sentido pelos presbiterianos. E eu o via do mesmo jeito que ela via: com suas janelas cegas, naquele campo sarnento cheio de lixo, um lugar todo sombrio e cercado de rumores.

Todo mundo dizia que, nos bosques de pinheiros atrás dele, os preservativos se espalhavam como peles velhas de cobras.

Fomos a pé pela rodovia numa noite de sexta, com nossos vestidos floridos de saia longa rodada. Eu tinha feito o melhor que podia: tinha tomado banho, me depilado, usado desodorante, arrumado o cabelo. Eu usava uma anágua, áspera e piniquenta nas coxas, e um corpete que deveria comprimir minha cintura, mas que na verdade espetava minha barriga e criava um pneu abaixo. Precisei apertar o cinto de plástico em cima dele. Fechei o cinto em sessenta e três centímetros e fiquei suando por baixo. Eu tinha jogado uma maquiagem bege como se fosse tinta por cima do pescoço e da cara; minha boca estava vermelha e pintada quase com a mesma espessura de uma flor de glacê numa torta. Eu usava sandálias, e elas juntavam as pedrinhas da beira da estrada. Naomi estava de salto alto. Era junho a essa altura, o ar estava quente, macio, gemendo e tremendo com insetos, o céu parecia uma pele de pêssego atrás dos pinheiros negros, o mundo gratificante o suficiente, se ao menos não fosse necessário ir a bailes.

    Naomi seguiu à minha frente cruzando o estacionamento sem asfalto e acidentado, e subiu os degraus iluminados por uma única lâmpada amarela. Se, assim como eu, ela estava com medo, não demonstrava. Eu mantinha os olhos em seus desdenhosos saltos altos, em suas pernas descobertas claras como biscoito, musculosas, determinadas. Havia homens e garotos espalhados pelos degraus. Não conseguia ver os rostos deles, e nem olhei. Só vi seus cigarros ou fivelas de cinto ou garrafas reluzindo no escuro. Para passar pelas coisas estranhamente pavorosas, suaves e tranquilas e sem dúvida desdenhosas que diziam, tentei interromper a audição, do jeito como você consegue segurar a respiração. O que tinha acontecido com a minha antiga confiança — falsa confiança dos velhos tempos de palhaçadas e superioridade? Tinha tudo ido embora; eu pensava com nostalgia e incredulidade em como havia sido ousada, por exemplo, com o sr. Chamberlain.

    Uma velha gorda marcou nossas mãos com tinta roxa.

    Naomi foi direto até Bert Matthews, que estava de pé perto da pista de dança.

    — Veja só, nunca imaginei que veria você aqui — disse ela. — A mamãe deixou você sair?

Bert Matthews levou-a para dançar. As pessoas dançavam numa plataforma de madeira com pouco mais de meio metro de altura, as laterais cheias de luzes coloridas amarradas, que também subiam pelas quatro colunas nos cantos e pendiam em dois fios diagonais cruzados acima de quem dançava, fazendo a plataforma parecer um navio iluminado flutuando acima do chão de terra e serragem. Tirando essas luzes e a luz de uma janela aberta acima de uma espécie de cozinha, onde eram vendidos cachorros-quentes, hambúrgueres, refrigerantes e café, o lugar era escuro. As pessoas se ajuntavam em rodinhas indistintas, a serragem sob os pés molhada e fedida das bebidas derramadas. Um homem estava de pé na minha frente, oferecendo um copo de papel. Achei que tivesse me confundido com outra pessoa e balancei a cabeça. Depois quis ter aceitado. Talvez ele tivesse ficado ao meu lado e me chamado para dançar.

Depois de duas músicas, Naomi voltou, trazendo seu Bert Matthews e outro homem, magro, atraente, de rosto avermelhado e cabelo ruivo. Ele projetava a cabeça pra frente, seu corpo comprido curvado como uma vírgula. Esse homem não me perguntou se eu queria dançar, mas pegou minha mão quando a música começou e me puxou pra plataforma. Para o meu espanto ele era um dançarino sofisticado, inventivo, que ficava me lançando para longe e me puxando de volta, girando o próprio corpo, estalando os dedos, fazendo tudo isso sem sorrir, aliás, com uma expressão mortalmente séria, hostil. Além de tentar acompanhar seus passos, tive de tentar de algum modo acompanhar sua conversa, porque ele também falava durante aquelas partes breves e imprevisíveis da dança em que ficávamos perto o bastante um do outro. Ele falava com um sotaque holandês, que não era real. Naquela época, imigrantes holandeses tinham comprado algumas fazendas em torno de Jubilee, e o sotaque deles, seu som caloroso e inocente, era ouvido em algumas piadas e bordões locais.

— Dance eu solto — disse ele, usando um desses bordões, e revirando os olhos para mim, suplicante. Não entendi o que ele queria dizer; certamente eu o estava dançando ou ele estava dançando a si mesmo, o mais solto que se poderia dançar? Tudo o que ele dizia era assim; eu ouvia as palavras, mas não conseguia entender o sentido; ele podia estar brincando, mas seu rosto permanecia firmemente fechado. Mas revirava os olhos, desse jeito grotesco, e me chamava de "gatinha" com uma voz fria e lânguida, como se eu fosse alguém inteiramente distinta de mim mesma; tudo o que consegui pensar em fazer foi ter alguma ideia dessa pessoa com quem ele achava que estava dançando e fingir ser ela; alguém pequena, animada, esperta, atirada. Mas tudo o que eu fazia, cada movimento e expressão com que tentava estabelecer contato, parecia vir tarde demais; ele já tinha passado para outra coisa.

Dançamos até a banda fazer uma pausa. Fiquei contente por ter acabado e contente por ele ter continuado comigo; nutrira o medo de que ele reconhecesse o quanto eu era inadequada e simplesmente rodasse até chegar noutra pessoa. Ele me puxou para fora da plataforma e até a janela da cozinha, onde fomos empurrados pela multidão até ele conseguir comprar dois copos de papel de ginger ale.

— Beba um pouco — ordenou, abandonando o sotaque holandês e soando cansado e prático. Bebi um pouco do meu. — Dos dois — ele me disse. — Nunca bebo ginger ale.

Estávamos nos movendo pelo piso. Agora eu conseguia distinguir rostos e via pessoas que conhecia e sorria para elas, tentando parecer orgulhosa de estar ali, orgulhosa porque um homem me tinha a reboque. Alcançamos Bert e Naomi, e Bert sacou um frasco de uísque e disse:

— Bem, soldado, o que posso fazer por você? — Ele serviu um pouco nos dois copos. Naomi me deu um sorriso sem expressão igual a uma nadadora que tivesse acabado de sair da água. Eu estava com calor e sede. Tomei meu uísque com ginger ale em três ou quatro golões.

— Deus do céu — disse Bert Matthews.

— Uma pinguça — disse Naomi, contente comigo.

— Então ela não precisa do ginger ale — disse Bert, e colocou uísque no meu copo. Bebi tudo, querendo aumentar meu novo prestígio, sem me importar lá muito com o gosto. Bert começou a reclamar que não queria dançar mais. Disse que estava com problema nas costas. O homem com quem eu estava (cujo nome, ali ou depois, fiquei sabendo que era Clive) soltou uma risada que me assustou, ruidosa como uma metralhadora, e fingiu socar a fivela do cinto de Bert.

— E essa dor aí nas costas, hein? Como é que apareceu essa dor nas costas?

— Bem, delegado, eu estava só ali deitado — disse Bert com a voz aguda, choramingueira —, e ela veio e sentou em mim, o que é que eu podia fazer?

— Não seja obsceno — disse Naomi, contente.

— O que é obsceno? O que foi que eu falei? Está querendo massagear minhas costas, querida? N'omi, massageia minhas costas?

— Que se danem as suas costas, saia e vá comprar um linimento.

— Você vai esfregar em mim, hm? — disse ele, farejando o cabelo de Naomi — Esfregar bem gostoso em mim?

As luzes coloridas tinham ficado desfocadas, se mexiam para cima e para baixo como fitas elásticas esticadas. Os rostos das pessoas tinham passado por um ligeiro e obsceno alargamento nas bochechas; era como se eu estivesse olhando os rostos refletidos numa superfície curva polida.

As cabeças também pareciam grandes, desproporcionais em relação aos corpos; eu as imaginava (embora não as visse, de fato) destacadas do todo, flutuando suavemente sobre bandejas invisíveis. Esse foi o ápice da minha embriaguez no que diz respeito à alteração de percepções. Enquanto a vivenciava, Clive foi comprar cachorros-quentes, envoltos em guardanapos de papel, e um fardo de ginger ale. Todos saímos do salão de baile e entrei no banco traseiro de um carro com Clive. Ele colocou o braço em volta de mim e fez cócegas com certa brutalidade na minha barriga blindada. Andamos de carro pela rodovia no que parecia ser alta velocidade, Bert e Clive cantando, com harmonias em falseto.

— Que se dane se o sol não brilhar, o meu amor eu faço ao luar.*

As janelas estavam todas abaixadas, o vento e as estrelas passavam correndo. Eu me sentia feliz. Não era mais responsável por nada. *Estou bêbada*, pensei. Entramos em Jubilee; vi os prédios ao longo da rua principal e parecia que tinham um recado para mim, algo a respeito da natureza temporária, jocosa e jubilosamente improvável do mundo. Eu tinha esquecido de Clive. Ele se inclinou e pressionou o rosto contra o meu, enfiando a língua, que parecia enorme, úmida, fria, amarfanhada, como um esfregão, na minha boca.

Tínhamos parado atrás do Hotel Brunswick.

— É aqui que eu moro — disse Bert. — É aqui meu lar feliz.

— Não podemos entrar — disse Naomi. — Eles não vão deixar você levar meninas pro quarto.

I don't care if the sun don' shine, I git my lovin' in the evenin' time, no original. Trecho da música "I don't Care If the Sun don't Shine" de Mack David, gravada por Patti Page (1950) e Elvis Presley (1954). (N. do E.)

— Espere só para ver.

Entramos por uma porta dos fundos, subimos alguns lances de escada, passamos por um corredor no fim do qual brilhava um recipiente em forma de bolha com algum líquido vermelho, que naquele meu estado me pareceu belíssimo. Entramos num quarto e sentamos, sob uma súbita luz quente, separados uns dos outros. Bert sentou, e depois deitou, na cama. Naomi sentou na cadeira e eu num pufe de pé rasgado, nossas saias devidamente estendidas. Clive sentou-se no radiador frio, mas imediatamente se levantou para encaixar uma tela na janela, e em seguida nos serviu mais uísque, misturando com o ginger ale que tinha comprado. Comemos os cachorros-quentes. Eu sabia que havia sido um erro o carro ter parado e termos entrado. Minha felicidade estava vazando e, embora eu estivesse bebendo mais na esperança de que ela fosse voltar, só me sentia inchada, com o corpo espesso, particularmente nos dedos das mãos e dos pés.

— Você acredita em direitos iguais para as mulheres? — Clive me perguntou bruscamente.

— Sim. — Tentei me concentrar, incentivada, e sentindo certa obrigação, diante da perspectiva de uma discussão.

— Você também acha que a pena capital deve ser aplicada a mulheres?

— Sou totalmente contra a pena capital. Mas, se é para existir pena capital... então que seja aplicada às mulheres.

Rápido como uma bala, Clive disse:

— Você acha que as mulheres deveriam ser enforcadas, como os homens?

Ri alto, sem um pingo de felicidade. A responsabilidade estava voltando.

Aquilo fez Bert e Clive começarem a contar piadas. Cada piada começava séria, e continuava séria por um bom tempo, como uma anedota reflexiva e instrutiva, de modo que você precisava estar vigilante o tempo todo para não ficar de boca aberta feito uma idiota quando chegasse a hora de rir. Eu tinha medo de que, se não risse imediatamente, daria a impressão de ser ingênua demais para entender a piada ou de estar ofendida com ela. Em muitas dessas piadas, assim como na primeira, era necessário que Naomi ou eu déssemos a continuidade, e o jeito de fazer isso, para não me sentir boba como tinha me sentido daquela vez, era responder de um jeito hesitante, exasperado, mas ainda vagamente tolerante, acompanhar a piada com olhos semicerrados e um sorrisinho, como se você soubesse o que estava por vir. Entre uma piada e outra, Bert dizia a Naomi:

— Venha para a cama comigo.

— Não, obrigada. Estou bem onde estou. — Ela se recusava a beber mais e batia as cinzas de cigarro no copo do hotel.

— O que você tem contra as camas? É nelas que a gente tem o melhor custo-benefício.

— Então vá se beneficiar.

Clive não ficava parado um instante. Ele tinha de pular em volta do quarto, imitando um boxeador, ilustrando suas piadas, investindo contra Bert na cama, até que enfim Bert também se levantou num pulo e eles fingiram brigar, circulando e dando soquinhos um no outro, dobrando os joelhos e se erguendo, rindo. Naomi e eu tivemos de recuar os pés.

— Dupla de idiotas — disse Naomi.

Bert e Clive encerraram colocando os braços em volta dos ombros um do outro e nos encarando formalmente, como se estivessem num palco.

— Pela sua roupa vejo que você é um caubói — disse Bert, e Clive cantou junto: — Pela sua roupa vejo que você é um caubói também...

— Você vê pelas nossas roupas que nós dois somos caubóis...

— Ei, Rastus — disse Bert, sinistramente.

— Quié?

— Tu tem quato ou cinco anos?

— Num sei. Num sei si tenho quato ou cinco anos.

— Ei, Rastus. Entende de mulher?

— Entendo nada.

— Tu tem quato.

Nós rimos, mas Naomi disse:

— Isso é do espetáculo de menestréis da Kinsmen em Tupperton, essa eu já ouvi.

— Preciso ir ao banheiro — falei, e me levantei. Ainda devia estar bêbada, afinal. Normalmente eu jamais diria isso na frente de homens.

— Dou minha permissão — disse Bert, magnânimo. — Pode ir. Você tem minha permissão para sair do quarto. É só cruzar o corredor e entrar na porta onde diz... — Ele me olhou bem de perto e então enfiou o rosto quase no meu peito. — Ah, *agora* eu sei: *Feminino*.

Achei o banheiro e o usei sem fechar a porta, lembrando só depois. Voltando pro quarto vi a bolha de líquido vermelho, e uma luz além dela, no fim do corredor. Andei na sua direção e passei pela porta do quarto de Bert. Depois da luz havia uma porta, aberta por causa da noite quente, que dava para a saída de incêndio. Estávamos no terceiro, ou último, andar do hotel. Fui para fora, tropecei, quase caí por cima do corrimão, então me recuperei, me abaixei e, com a maior dificuldade, tirei as sandálias, que culpei por me fazerem tropeçar. Desci os degraus, todos. No final, havia uma queda de uns dois metros. Primeiro joguei meus sapatos, me sentindo esperta por ter pensado nisso, depois sentei no último degrau, me deixei descer até onde conseguia e pulei, pousando na terra dura, no beco entre o hotel e a estação de rádio. Ao colocar os sapatos, fiquei perplexa; eu realmente queria voltar pro quarto. Agora não conseguia pensar num lugar aonde ir. Tinha esquecido tudo sobre nossa casa na River Street e pensei que estávamos morando na Flats Road. Enfim lembrei da casa de Naomi; com um planejamento cuidadoso, achei que conseguiria chegar lá.

Andei ao longo da parede do Hotel Brunswick batendo contra os tijolos, saí pelos fundos dele e segui pela Diagonal Road — primeiro indo na direção errada, e precisando voltar — e atravessei a rua principal sem olhar para nenhum dos lados, mas era tarde, não havia carros em lugar nenhum. Eu não conseguia ver a hora na lua borrada do relógio dos Correios. Assim que saí da rua principal, decidi andar na grama, nos quintais das casas, porque a calçada era dura. Tirei os sapatos de novo. Pensei que precisava contar para todo o mundo a minha descoberta de que a calçada machucava e que a grama era macia. Por que ninguém tinha pensado nisso antes? Cheguei à casa de Naomi na Mason Street, e, esquecendo que tínhamos deixado a porta dos fundos destrancada, subi os degraus da frente, tentei abrir a porta, não consegui, e bati, primeiro educadamente, depois mais forte e mais alto. Achei que Naomi com certeza estaria dentro, e que me ouviria e viria para me deixar entrar.

Nenhuma luz se acendeu, mas a porta de fato abriu. O pai de Naomi de camisolão, com as pernas nuas e o cabelo branco, brilhava no escuro do hall de entrada como um cadáver redivivo.

— Naomi… — falei, e aí lembrei. Me virei e fui tropeçando pelos degraus, indo na direção da River Street, da qual também me lembrei ao mesmo tempo. Lá fui mais prudente. Deitei no balanço da varanda e adormeci, em profundos rodopios envolventes de luz e trevas, de abandono, de cheiro arrotado de cachorro-quente.

O pai de Naomi não voltou pra cama. Ficou sentado na cozinha, no escuro, até Naomi voltar para casa, e então pegou o cinto e bateu nela nos braços, pernas, mãos, em todo lugar que conseguiu acertar. Mandou-a ficar de joelhos no chão da cozinha e rezar a Deus para nunca mais sentir o gosto da bebida outra vez.

Quanto a mim, acordei com frio, enjoada, dolorida na manhãzinha, saí da varanda a tempo e vomitei num canteiro de bardanas do lado da casa. A porta dos fundos tinha ficado aberta o tempo inteiro. Meti cabeça e cabelo na pia da cozinha, tentando me livrar do cheiro do uísque, e me arrastei em segurança até a cama lá em cima. Quando minha mãe acordou, eu disse a ela que tinha passado mal na casa da Naomi e voltado para casa de madrugada. Passei o dia inteiro na cama com a cabeça latejando, o estômago dançando, uma fraqueza enorme, uma sensação de fracasso e de alívio. Me senti redimida por coisas infantis: meu velho abajur da Scarlett O'Hara, as flores de metal azuis e brancas que prendiam minhas frouxas cortinas de bolinhas. Fiquei lendo *A vida de Charlotte Brontë*.

Pela janela, eu podia ver os prados rebaixados cheios de ervas daninhas além dos trilhos de trem, arroxeados pelas gramas de junho. Eu via um pedaço do rio Wawanash, ainda bem alto, e os salgueiros prateados. Eu sonhava com uma vida meio século XIX, caminhadas e estudo, retidão, cortesia, virgindade, paz.

Naomi subiu até o meu quarto e disse num sussurro áspero:

— Jesus Cristo, mas que vontade de te matar por dar o fora em todo mundo.

— Eu passei mal.

— Mal coisa nenhuma. Quem você pensa que é? Clive não é nenhum idiota, caso você não saiba. Ele tem um bom emprego. É inspetor de *seguros*. Você quer sair com quem? *Os meninos do colégio?*

Então ela me mostrou as marcas e me contou do pai.

— Se você tivesse voltado para casa comigo, ele provavelmente teria sentido vergonha de fazer isso. Como é que ele soube que eu tinha saído, aliás?

Nunca falei. Nem ele. Talvez ele tivesse confundido tudo ou pensado que eu era algum tipo de aparição. Naomi ia sair com Bert Matthews outra vez no fim de semana seguinte. Ela não se importava.

— Ele pode me bater até ficar roxo de raiva. Eu preciso ter uma vida normal.

O que era uma vida normal? Era a vida das garotas do escritório da fábrica de laticínios, eram chás, linho e jogos de panelas e talheres, aquela ordem feminina complicada; depois, virando do avesso, era a vida do salão de baile Gay-la, andar de carro bêbada à noite pelas estradas escuras, ouvir piadas de homens, aguentá-los e lutar cautelosamente contra eles e segurar um deles, segurar... Um lado dessa vida não podia existir sem o outro, e ao adotá-los e acostumar-se com ambos uma moça se encaminhava para um casamento. Não havia outro jeito. E eu não ia conseguir fazer aquilo. Não. Melhor Charlotte Brontë.

— Levanta. Se veste. Vamos pro centro. Vai te fazer bem.

— Estou me sentindo muito mal.

— Você é uma bebezona. O que você quer fazer, se enfiar num buraco e ficar lá o resto da vida?

Nossa amizade foi se desfazendo a partir daquele dia. Nos tornamos estranhas às casas uma da outra. Nos encontrávamos na rua no inverno seguinte, ela em seu novo casaco com gola de pele e eu com minha enorme pilha de livros escolares, e ela me contava os últimos detalhes da sua vida. Normalmente estava saindo com alguém de quem eu nunca tinha ouvido falar, alguém de Porterfield ou Blue River ou Tupperton. Bert Matthews foi rapidamente deixado para trás. O papel dele, como ficou claro, era sair com meninas pela primeira vez; ele só queria meninas inexperientes, embora nunca as incomodasse de verdade ou colocasse elas em apuros, apesar de toda a sua conversa. Clive sofreu um acidente de carro, ela me contou, e uma perna teve de ser amputada abaixo do joelho.

— Não me espanta, todos eles bebem sem parar e dirigem feito idiotas — disse. Ela falava com uma espécie de resignação maternal, até de orgulho, como se beber sem parar e dirigir feito idiota fosse de alguma maneira a coisa certa, deplorável, mas necessária. Depois de um tempo ela parou de me passar essas atualizações. Nos encontrávamos em Jubilee e tudo o que dizíamos uma à outra era oi. Eu achava que ela estava tão fora do meu alcance, naquilo que eu vaga e preocupadamente supunha ser o mundo real, quanto eu, em todo tipo de conhecimento remoto e inútil e especial, ensinado nas escolas, estava fora do alcance dela.

Eu tirava notas dez na escola. Nunca eram o bastante para mim. Assim que levava para casa um punhado de notas dez, já tinha que começar a pensar nas próximas. Elas na verdade me pareciam tangíveis e pesadas como ferro. Eu as tinha empilhadas à minha volta como barricadas, e, se perdesse uma, conseguia sentir uma brecha perigosa.

No corredor principal da escola secundária, em torno do quadro de honra daqueles ex-alunos mortos em combate em 1914–1918 e em 1939–1945, estavam pendurados escudos de madeira, um para cada ano; nesses escudos estavam inseridas pequenas etiquetas prateadas com os nomes daqueles que tinham tirado as melhores notas em cada ano, até desvanecerem em empregos e maternidade. Meu nome estava ali, mas não em todos os anos. Às vezes, Jerry Storey ficava na minha frente. O QI dele era o mais alto jamais visto na escola secundária de Jubilee ou em qualquer escola secundária do Condado Wawanash. O único motivo de eu às vezes ficar à frente dele era que sua preocupação com ciências o deixava impaciente e às vezes completamente esquecido naquelas matérias que chamava de "esforço de memória" (francês e história) e em literatura inglesa, que ele parecia considerar, irritado, uma espécie de afronta pessoal.

O fluxo das coisas me aproximou de Jerry Storey. Conversávamos nos corredores. Desenvolvemos, gradualmente, bate-papos provocativos, um vocabulário, uma gama de assuntos que não era compartilhada com mais ninguém. Nossos nomes apareciam juntos no pequenino, mimeografado, quase ilegível jornal da escola. Todos pareciam pensar que éramos perfeitos um pro outro; éramos chamados de "O banco de cérebros" ou de "Os bons de prova" com certo desprezo semitolerante, que Jerry sabia suportar melhor do que eu. Ficávamos desalentados por ser pareados como os únicos membros de alguma espécie exótica num zoológico, e nos ressentíamos de as pessoas acharem que éramos parecidos, porque não achávamos isso. Eu achava que Jerry era mil vezes mais bizarro e menos atraente do que eu, e era óbvio que ele achava que colocar o cérebro dele e o meu na mesma categoria era um sinal de desconhecimento do que eram categorias; era como dizer que tanto Toscanini quanto o maestro da banda local eram talentosos. O que eu possuía, ele me dizia francamente quando discutíamos o futuro, era uma memória de primeira grandeza, um dom para a linguagem que não era incomum entre as mulheres, faculdades de raciocínio um tanto fracas e quase nenhuma capacidade de pensamento abstrato. Eu ser incomensuravelmente mais inteligente do que a maioria das pessoas em Jubilee não deveria me cegar, dizia ele, para o fato de que logo eu atingiria meus limites no mundo intelectualmente competitivo lá fora. ("Isso também vale para mim", acrescentava ele com severidade. "Sempre tento manter as coisas em perspectiva. Na escola secundária de Jubilee eu estou ótimo. E no MIT, como estaria?" Ao falar do seu futuro, ele era cheio de ambições grandiosas, mas tomava o cuidado de expressá-las sarcasticamente e de cercá-las de sóbrias admoestações a si mesmo.)

Eu ouvia seus juízos como uma soldada, porque não acreditava em nada. Quer dizer, eu sabia que era tudo verdade, mas ainda me sentia bastante poderosa em áreas que achava que ele não conseguia enxergar, onde seus modos de julgar não alcançavam. A ginástica da mente dele eu não admirava, porque as pessoas só admiram habilidades similares, ainda que superiores, às suas próprias. A mente dele, para mim, era como uma tenda de circo repleta de equipamentos foscos com os quais, quando eu não estava presente, ele realizava proezas que eram espetaculares e entediantes. Eu tomava o cuidado de não deixá-lo perceber que eu pensava assim. Ele, aparentemente, era sincero quando me falava o que pensava de mim; eu não tinha intenção de ser assim com ele. Por que não? Porque eu sentia nele aquilo que as mulheres sentem nos homens, algo muito delicado, inchado, tirânico, absurdo; eu nunca iria querer as consequências de interferir com aquilo: eu tinha uma indiferença, quase um desprezo, que escondia dele. Me sentia sensata, até bondosa; nunca me ocorreu que fosse orgulhosa.

Íamos juntos ao cinema. Íamos aos bailes da escola, e dançávamos mal, constrangidos, irritados um com o outro, humilhados pelo disfarce de namoradinhos da escola secundária que de algum modo tínhamos achado necessário adotar, até descobrirmos que o jeito de sobreviver à situação era tirar sarro dela. Paródia, zombaria de nós mesmos, foram nossa salvação. Em nossos melhores momentos éramos camaradas alegres, à vontade, às vezes cruéis, tal qual um casal casado há dezoito anos. Ele me chamava de *Berinjela*, em homenagem a um vestido horrível que eu tinha, de um tafetá vinho-púrpura, produzido a partir de um vestido que Fern Dogherty havia abandonado. (De repente ficamos mais pobres do que o normal, por causa do colapso no ramo das raposas prateadas depois da guerra.) Eu nutrira a esperança, enquanto minha mãe alterava o vestido, de que acabasse ficando bom, que até mostrasse um lustro voluptuoso no meu quadril bem largo, como o vestido de Rita Hayworth nas propagandas de *Gilda*; quando o vesti, tentei dizer a mim mesma que estava igual a ela, mas assim que Jerry fez uma careta, tomou um fôlego exagerado e disse *Berinjela!* numa voz esganiçada e deliciada, aceitei a verdade. Imediatamente tentei achar tão engraçado quanto ele, e quase consegui. Na rua, improvisamos ainda mais.

— Participando do baile de gala de inverno de ontem à noite no Arsenal de Jubilee, tivemos o sr. Jerry Storey Terceiro, descendente da fabulosa família dos fertilizantes, e a extraordinária srta. Del Jordan, herdeira do império de raposas prateadas, um casal que deslumbra todos os observadores com seu estilo de dança único e indescritível...

Muitos dos filmes que íamos ver eram sobre a guerra, que tinha acabado um ano antes de começarmos a escola secundária. Depois íamos ao Restaurante do Haines, preferindo-o ao Blue Owl, onde praticamente todo mundo da escola ia, para colocar músicas na jukebox ou brincar nas máquinas de pinball. Tomávamos café e fumávamos cigarros mentolados. Entre as cabines havia divisórias altas, de madeira escura, encimadas por janelas em leque de vidro dourado escuro. Dobrando um guardanapo de papel em desenhos geométricos, envolvendo uma colher com ele, rasgando-o em tiras esvoaçantes, Jerry falava da guerra. Ele me deu uma descrição da Marcha da Morte de Bataan, de métodos de tortura dos campos de prisioneiros japoneses, do bombardeio de Tóquio, da destruição de Dresden; ele me bombardeava com atrocidades insuperáveis, estatísticas aniquilantes. Tudo sem a mais vaga centelha de protesto, mas com uma empolgação controlada, um deleite curioso e insistente. Em seguida, me falava das armas que estavam agora sendo desenvolvidas pelos americanos e pelos russos; fazia seus poderes destrutivos parecerem inevitáveis, magníficos, tão inúteis de combater quanto as forças do próprio universo.

— E tem a guerra biológica, eles poderiam trazer de volta a peste bubônica; estão criando doenças para as quais não existem antídotos, estocando elas. Gás nervoso... imagine só, controlar uma população inteira usando drogas semientorpecentes...

Ele tinha certeza de que haveria outra guerra, de que todos seríamos aniquilados. Alegre e implacável atrás de seus óculos de garoto crânio, ele mirava a prodigiosa catástrofe do futuro. Futuro próximo, aliás. Eu respondia com horror convencional, com uma vacilante sensatez feminina, o que atiçava nele uma oposição mais forte, tornava necessário me deixar ainda mais horrorizada, calar com argumentos a minha sensatez. Isso não era difícil de fazer. Ele estava conectado com o mundo real, sabia como tinham dividido o átomo. O único mundo com o qual eu estava conectada era o que eu tinha construído, com o auxílio de alguns livros, para ser peculiar e nutritivo para mim mesma. E, no entanto, eu prestava atenção; ficava entediada e zangada e dizia tudo bem, vamos supor que isso seja verdade, por que você acorda de manhã e vai pra escola? Se é tudo verdade, por que você planeja ser um grande cientista?

— Se o mundo está acabado, se não há esperança, então por que você *continua* fazendo essas coisas?

— Ainda há tempo para eu ganhar o prêmio Nobel — ele disse, blasfemo, para me fazer rir.

— Dez anos?

— Vamos chutar vinte. A maior parte dos grandes avanços são feitos por homens com menos de trinta e cinco anos.

Depois de ter dito algo assim ele sempre resmungava:

— Você sabe que estou brincando. — Ele queria dizer quanto ao prêmio Nobel, não à guerra. Não conseguíamos escapar da crença de Jubilee de que há poderes grandiosos, sobrenaturais ligados à vanglória ou a nutrir grandes esperanças para si. Mas o que realmente nos atraía e nos mantinha juntos eram essas esperanças, tanto negadas quanto admitidas, tanto ridicularizadas quanto respeitadas um no outro.

Nas tardes de domingo, gostávamos de dar longas caminhadas seguindo os trilhos do trem, começando atrás da minha casa. Andávamos até o viaduto ferroviário na grande curva do rio Wawanash e voltávamos. Discutíamos a eutanásia, o controle genético de populações, se existia ou não existia alma, se era possível chegar a realmente conhecer o universo. Não concordávamos em nada. Começamos caminhando no outono, depois no inverno. Andávamos durante tempestades de neve, discutindo de cabeça baixa, com as mãos no bolso, a neve fina e amarga nos nossos rostos. Cansados de discutir, tirávamos as mãos dos bolsos, abríamos os braços para nos equilibrarmos e tentávamos andar por cima dos trilhos. Jerry tinha pernas longas e frágeis, cabeça pequena, cabelo encaracolado, olhos redondos e brilhosos. Usava um gorro xadrez com abas de orelha forradas de lã, que eu lembrava dele usar desde o sexto ano.

Eu lembrava que costumava rir dele, como todo mundo. Às vezes eu ainda tinha vergonha de que alguém como

Naomi me visse com ele. Mas agora achava que havia algo admirável, uma graça peculiar e seca na maneira como ele se conformava com o estereótipo, aceitando seu papel em Jubilee, sua absurdez necessária e agradável, com um fatalismo, e até com uma valentia, que eu mesma nunca teria sido capaz de exibir. Era com esse espírito que ele aparecia nos bailes, guiava-me aos espasmos por traiçoeiros quilômetros de assoalho, que tentava inutilmente rebater a bola no jogo de beisebol anual e obrigatório da escola, e marchava com os Cadetes.*
Ele oferecia a si mesmo, sem fingir ser um garoto comum, mas fazendo as coisas que um garoto comum faria, sabendo que sua performance jamais seria aceitável, que as pessoas sempre ririam. Não tinha como fazer diferente; ele era o que parecia ser. Eu, com minhas fronteiras naturais muito mais ambíguas, com minha absorção de coloração protetora onde quer que a encontrasse, comecei a perceber que poderia ser menos cansativo ser igual ao Jerry.

Ele foi jantar lá em casa, contra a minha vontade. Odiei colocá-lo frente a frente com minha mãe. Tinha medo de que ela se animasse demais, tentasse superar-se de algum jeito, por causa da fama de inteligente dele. E ela se animou; tentou fazer com que lhe explicasse a relatividade — acenando com a cabeça, incentivando, jogando-se totalmente nele com gritinhos irreverentes de entendimento. Para variar, as explicações foram incoerentes. Eu achei a comida ruim, como sempre achava na presença de visitas; a carne parecia ter passado do ponto, as batatas estavam um pouco duras, o feijão enlatado frio demais. Meu pai e Owen tinham vindo

---

*O *Cadet Program* é um programa canadense custeado pelo governo que oferece diversas atividades e cursos para jovens de doze a dezoito anos, administrado de maneira personalizada pelas três divisões das Forças Armadas: Marinha, Exército e Aeronáutica. (N. do E.)

da Flats Road, porque era domingo. Owen agora morava o tempo todo na Flats Road e cultivava a grosseria. Enquanto Jerry falava, Owen mastigava fazendo barulho e dirigia a meu pai olhares de desprezo simplório, ignorante, masculino. Meu pai não respondia esses olhares, mas falava pouco, talvez constrangido com o entusiasmo da minha mãe, que ele pode ter achado que bastava pelos dois. Eu estava com raiva de todo mundo. Sabia que, para Owen, e para meu pai também — embora ele não fosse demonstrar isso, saberia que era apenas um jeito de ver as coisas —, Jerry era uma aberração, apartado do mundo dos homens; não importava o que ele sabia. A mim parecia que eram burros demais para perceber que ele tinha poder. E para ele minha família era parte da grande massa de pessoas a quem nem vale a pena explicar as coisas; não via que eles tinham poder. De todos os lados, demonstrava-se um respeito insuficiente.

— Sempre rio do jeito como as pessoas acham que podem fazer algumas perguntas e chegar a entender alguma coisa, sem conhecer nada dos fundamentos.

— Pode rir, então — falei, amarga. — Espero que você se divirta.

Porém minha mãe tinha gostado dele, e dali em diante ficou à sua espreita, para saber suas opiniões sobre a vida criada em laboratório ou sobre como as máquinas tomariam o lugar do homem. Eu conseguia entender como o fluxo frenético de questões dela deixava-o perplexo e deprimido. Foi assim que eu me sentira quando ele próprio tirou *Look Homeward, Angel** do topo da minha pilha de livros (eu ia levar de volta para a biblioteca), o abriu e leu numa voz perplexa e monótona: "Uma pedra, uma folha, uma porta...

---

*Romance de Thomas Wolfe publicado em 1929, ainda inédito no Brasil. (N. do T.)

Ah, espectro, perdido e aflito pelo vento..." Arranquei-o da mão dele, como se o livro estivesse em perigo.

— Mas o que é que isso *quer dizer*? — disse ele, racionalmente. — Para mim parece idiota. Me explique. Quero ouvir.

— Ele é extremamente tímido — dizia minha mãe. — É um garoto brilhante, mas precisa aprender a causar a uma impressão melhor.

Era mais fácil jantar na casa dele. Sua mãe era viúva de um professor. Ele era seu único filho. Ela era a secretária da escola secundária, então eu já a conhecia. Moravam na metade de uma casa geminada na Diagonal Road. Os panos de prato eram dobrados e passados como os mais finos lenços de linho, e guardados numa gaveta com aroma de limão. De sobremesa, comemos pudim de gelatina Jell-O de três cores, parecendo uma mesquita, cheio de frutas em conserva. Depois do jantar, Jerry foi para a sala de estar para trabalhar no problema semanal de xadrez que recebia pelo correio (um exemplo daquilo a que me refiro quando digo que ele se conformava de maneira pura e impressionante ao estereótipo) e fechou as portas de vidro para que nossa conversa não o distraísse. Sequei os pratos. A mãe de Jerry me falou do QI dele. Ela falava como se aquilo fosse algum objeto raro: talvez uma descoberta arqueológica, algo de valor imenso e um tanto assustador, que deixava embrulhado numa gaveta.

— Você também tem um QI muito bom — disse ela para me tranquilizar (ela tinha acesso a todos os arquivos da escola; aliás, era quem cuidava deles) —, mas você sabe que o QI do Jerry coloca ele entre o um porcento mais inteligente da população, e, além disso, entre o primeiro um quarto desse grupo. Não é impressionante pensar nisso? E eu sou a mãe dele, é muita responsabilidade!

Concordei que era.

— Ele vai ficar anos e anos na universidade. Vai ter de fazer doutorado. Depois disso, eles ainda continuam, pós-doutorado, não *sei* direito como é. Anos.

Achei, pelo tom grave com que falava, que logo mencionaria os custos.

— Então você não deve arrumar encrenca, sabe — disse ela, pragmática. — Jerry não poderia se casar. Eu não permitiria. Já vi casos assim, de rapazes obrigados a sacrificar suas vidas porque alguma menina ficou grávida, e não acho isso certo. Você e eu já vimos, você sabe a quem me refiro, na escola. Casamentos forçados. É assim que as coisas são em Jubilee. Não concordo com isso. Nunca concordei. Não concordo que seja responsabilidade do rapaz e que ele tenha de sacrificar a carreira. Você concorda?

— Não.

— Achei que não concordaria. Você é inteligente demais para isso. Você usa diafragma? — Ela disse aquilo feito um relâmpago.

— Não — respondi, paralisada.

— Bom, então por que você não bota um diafragma? Eu sei como vocês garotas novinhas são hoje em dia. Virgindade é coisa do passado. Então que seja. Não estou dizendo que aprovo nem que desaprovo, mas não dá para voltar no tempo, não é mesmo? A sua mãe devia ter levado você para colocar um diafragma. Se eu tivesse uma filha, é isso que eu faria.

Ela era muito mais baixa do que eu, uma senhorinha roliça mas esperta, o cabelo parecendo lã amarela, cor de tulipa, as raízes grisalhas aparecendo. Sempre usava brincos e broches e colares em cores brilhantes e plásticas, combinando. Fumava, e deixava Jerry fumar em casa; aliás, estavam sempre discutindo dum jeito amistoso, como se fossem casados, a respeito de quais cigarros eram de quem. Eu tinha me preparado para achá-la muito moderna nas suas ideias, não tão moderna quanto minha mãe, intelectualmente — quem era? —, mas muito mais moderna a respeito de coisas triviais. Porém, para isso eu não tinha me preparado. Baixei os olhos pras suas raízes grisalhas enquanto me falava que minha mãe deveria me levar para colocar um diafragma e pensei na minha mãe, que advogava publicamente pelo uso de anticoncepcionais, mas que nunca sequer pensaria que precisava conversar comigo, de tão firmemente convencida que estava de que o sexo era algo a que nenhuma mulher — nenhuma mulher *inteligente* — jamais se submeteria, a menos que precisasse. Eu realmente gostava mais disso. Parecia mais adequado, numa mãe, do que a absurda aceitação da mãe de Jerry, do que sua indecente praticidade. Achei muito ofensivo uma mãe mencionar intimidades que uma menina pudesse ter com seu próprio filho. A ideia de intimidades com Jerry Storey era por si só ofensiva. O que não significava que, às vezes, não acontecessem.

Por que ofensiva? Era uma coisa estranha. Um acabrunhamento prevalecia assim que parávamos de falar. Nossas mãos permaneciam úmidas e unidas, cada um de nós se perguntando, sem dúvida, quanto tempo deveriam ficar assim em nome da cortesia decente. Nossos corpos batiam um no outro não sem vontade, mas sem alegria, como sacos de areia úmida. Nossas bocas se abriam uma para a outra, como tínhamos lido e ouvido que se abririam, mas permaneciam frias, nossas línguas ásperas, meros nacos de carne azarados. Sempre que Jerry voltava sua atenção para mim — esse tipo particular de atenção —, eu ficava irritadiça e não sabia o motivo. Mas era, afinal, taciturnamente submissa. Cada um de nós era a única estrada para a descoberta que o outro tinha encontrado.

A curiosidade podia levar as coisas bem longe. Certa noite de inverno, na sala de estar da mãe dele — ela tinha saído para participar de uma reunião da Estrela do Oriente —, Jerry me pediu para tirar a roupa toda.

— Por que você quer isso?

— Não seria educativo? Nunca vi uma mulher nua de verdade.

A ideia não deixava de ter seu apelo. As palavras "mulher nua" me agradavam secretamente, faziam com que eu me sentisse opulenta, a repartidora de um tesouro. Eu também achava meu corpo mais bonito do que meu rosto, e mais bonito nu do que vestido; muitas vezes quis exibi-lo a alguém. E eu tinha uma esperança — ou, mais precisamente, tinha curiosidade quanto a uma possibilidade — de que em algum estágio posterior da nossa intimidade meus sentimentos por Jerry mudariam, eu conseguiria acolhê-lo. Eu não sabia tudo sobre o desejo? Me via naquela velha e banal situação de casada, tentando dirigir seus tormentos mudos para o corpo disponível.

Não faria aquilo na sala de estar, não. Depois de discutir e retardar, ele disse que podíamos subir pro quarto dele. Ao subir as escadas senti uma pontada de avidez, como se tivéssemos sete ou oito anos e estivéssemos indo a algum lugar para baixar as calças. Ao descer a persiana do quarto, Jerry derrubou o abajur da mesa, e quase dei meia-volta naquela hora e desci as escadas. Nada como um gesto desajeitado para fazer tudo voltar atrás, a menos que você esteja apaixonada. Porém, decidi manter o bom humor. Ajudei-o a pegar o abajur e a ajustar a cúpula no lugar certinho, e nem fiquei chateada por ele ligá-lo para ver se estava quebrado. Então, virando de costas, tirei tudo o que eu vestia — ele não me ajudou nem encostou em mim, e achei bom — e deitei na cama.

Eu me sentia absurda e deslumbrante.

Ele ficou ao lado da cama me olhando, fazendo ligeiras caretas cômicas de espanto. Será que ele sentia que meu corpo era tão inapropriado, tão inapreensível, quanto eu sentia que era o dele? Será que queria me transformar numa menina cômoda, com o desejo não complicado pelo constrangimento, uma garota sem respostas afiadas, ou um vocabulário abrangente, ou qualquer interesse na ideia de ordem no universo, pronta para se aninhar com ele? Nós dois demos risadinhas. Ele colocou o dedo num dos meus mamilos como se estivesse testando um espinho.

Às vezes, falávamos um dialeto vagamente baseado na tira de quadrinhos *Pogo*.

— Ocê é mermo um mulerão.

— Ocê acha que tá tudo no lugar, tudo nos trinques?

— Vô só pegá meu manuar aqui e dá uma olhada.

— E esse terceiro peitinho, ocê acha que tá demais?

— As moça tudo não têm três peitinho? Ocê sabe que eu num saio muito por aí.

— Ocê não deve sair mesmo...

— Sshhhh...

Ouvimos a voz da mãe dele do lado de fora, dando boa noite a alguém que lhe tinha dado uma carona para casa. A porta do carro fechou. Ou a reunião da Estrela do Oriente tinha terminado mais cedo do que de costume, ou tínhamos passado mais tempo do que pensáramos discutindo, antes de subir.

Jerry me puxou da cama e me tirou do quarto enquanto eu ainda tentava pegar as roupas.

— No armário — sussurrei para ele. — Posso me esconder... armário... me *vestir*!

— Fica quieta — implorou ele, sussurrando também, furioso e quase chorando. — Fica quieta, fica *quieta*. — Seu rosto estava branco; ele tremia, mas estava firme, para Jerry

Storey. Eu lutava e empurrava, protestando, ainda tentando convencê-lo de que precisava pegar minhas roupas, e ele me empurrava para a frente, fazendo-me descer pelas escadas dos fundos. Abriu a porta do porão bem na hora em que a mãe abriu a porta da frente ("Alguém em ca-asa?, ouvi seu grito animado) e me empurrou para dentro, trancando a porta.

Eu estava sozinha na escada dos fundos do porão, trancada, nua.

Ele ligou a luz, para que eu entendesse o lugar, e logo a desligou de novo. Isso não ajudou em nada. O porão ficou mais escuro do que antes. Sentei cautelosamente no degrau, sentindo a madeira fria e farpenta nas minhas nádegas nuas, e tentei pensar em algum jeito de sair dali. Assim que me acostumasse com a escuridão talvez conseguisse achar as janelas do porão e poderia tentar forçar alguma delas até abrir, mas de que isso adiantaria, se eu estava nua? Talvez conseguisse achar alguma cortina velha esfarrapada ou um pedaço de forro de prateleira para me envolver, mas como eu poderia voltar para minha própria casa dentro daquilo? Como eu poderia atravessar Jubilee, passar bem pela rua principal, quando não eram muito mais do que dez da noite?

Era possível que Jerry viesse e me deixasse sair, quando sua mãe estivesse dormindo. Quando ele viesse, se viesse, eu o mataria.

Ouvi-os conversando na sala de estar, depois na cozinha. Jerry e a mãe.

— Ela quis dormir o sono da beleza? — ouvi a mãe dele dizer, depois rir; com maldade, achei. Ele chamava a mãe pelo primeiro nome, que era Greta. Como eu achava aquilo afetado, *doentio*. Ouvi panelas e xícaras batendo. Xícara noturna de chocolate quente, pães com passas torrados. Enquanto eu estava trancada com frio e sem roupas naquele porão que era um buraco. Jerry e seu QI. Seu intelecto e sua imbecilidade. Se sua mãe era tão moderna e sabia que nenhuma de nós meninas éramos virgens hoje em dia, por que eu tinha de ficar enfiada ali? Eu odiava os dois. Pensei em bater na porta. Era o que ele merecia. Eu falar pra mãe dele que queria um casamento forçado.

Meus olhos se acostumaram com o escuro, um pouco, e quando ouvi um som sibilante, uma tampa fechando no andar de cima, olhei na direção certa e vi uma coisa metálica se projetando do teto do porão. Um duto de roupas, e algo de cor clara voando dele e pousando com um som pesado e abafado no chão de cimento. Me arrastei escada abaixo e pelo cimento frio, rezando para que fossem as minhas roupas e não simplesmente um monte de coisas sujas que a mãe de Jerry tinha jogado lá embaixo para lavar.

Eram minha blusa, suéter, saia, calcinha, sutiã e meia-calça, e até minha jaqueta, que estava pendurada no armário de baixo, tudo em volta dos meus sapatos para produzir aquele baque abafado. Tudo menos minha cinta-liga tinha feito a viagem. Sem a cinta eu não podia colocar a meia-calça, então a enrolei e guardei no sutiã. A essa altura eu conseguia enxergar bastante bem e vi os tanques de lavar roupa e uma janela acima deles. Ela estava trancada embaixo. Subi no tanque, destranquei a janela e rastejei para fora, pela neve. O rádio tinha sido ligado na cozinha, talvez para encobrir meu ruído, talvez só para ouvir o noticiário das dez.

Corri para casa com as pernas de fora pelas ruas frias. Eu já estava furiosa, pensando em mim nua naquela cama. Ninguém além de Jerry para me olhar, dando risadinhas, assustado, falando em dialeto. Essa era a pessoa que eu tinha para receber minhas oferendas. Nunca teria um amante de verdade.

No dia seguinte, na escola, Jerry veio até mim carregando um saco de papel pardo.

— Ocê me dê licença, sinhora — disse ele baixinho no seu dialeto Pogo —, acho que estou cum dos seus pertences daqueles pessoais.

Era a minha cinta-liga, claro. Parei de odiá-lo. Descendo a ladeira da John Street depois da escola, transformamos a noite anterior numa Grande Cena Cômica, algo estúpido e insano de um filme mudo.

— Eu estava empurrando você escada abaixo e você me empurrava com a mesma força escada acima...

— Eu não sabia o que você ia fazer comigo. Achei que ia me jogar na rua como a mulher pega em adultério...

— Você tinha de ver a cara que fez quando te empurrei para dentro do porão.

— Você tinha de ver a sua quando ouviu a voz da sua mãe.

— Assaz inoportuno, mamãe — disse Jerry, arriscando um sotaque inglês que também usávamos às vezes —, pois acontece que há uma pessoa jovem do sexo feminino despida em minha cama. Eu estava prestes a realizar, em caráter exploratório...

— Você não estava prestes a realizar nada.

— Bem.

Assim encerramos o assunto, e estranhamente, depois desse fiasco, nos demos muito melhor do que antes. Agora tratávamos o corpo um do outro com um misto de receio e familiaridade, e não fazíamos mais exigências. Não havia mais longos abraços inúteis, nem mais línguas na boca. E tínhamos outras coisas em que pensar; tínhamos os formulários das provas de bolsa para preencher, recebemos os calendários de várias universidades, começamos a ansiar por junho, quando faríamos as provas, com prazer e medo. Nada com que tínhamos nos deparado na vida tinha a mesma importância dessas provas, enviadas lacradas pela Secretaria de Educação; o diretor da escola secundária romperia o lacre diante dos nossos olhos. Dizer que estudamos mal chega a descrever o treinamento a que nos sujeitamos; nos submetemos como atletas. Não eram apenas notas altas que queríamos, não apenas ganhar as bolsas e entrar na universidade; eram as notas mais altas possíveis: glória, glória, o topo do pináculo dos dez, a segurança enfim.

Eu me fechava na sala de estar, depois do jantar. A primavera estava chegando, as tardes ficando mais longas; eu ligava as luzes mais tarde. Mas não reparava em nada, só reparava, sem me dar conta, nas coisas naquela sala, que era minha cela ou capela. A estampa desbotada do tapete, cor de palha nas costuras, o velho rádio que ninguém fazia funcionar, grande como uma lápide, com mostradores que prometiam Roma e Amsterdã e Cidade do México, o divã estampado com samambaias musguentas e os dois quadros — um do Castelo de Chillon, levantando-se escuro do lago perolado, e o outro de uma garotinha deitada em duas cadeiras descombinadas, numa luz rósea, os pais chorando nas sombras atrás e um médico ao lado dela, parecendo tranquilo mas não otimista. Tudo isso, que encarei tantas vezes fixando verbos, datas, guerras, filos, adquiriu, na minha mente, uma importância, uma força admoestatória, como se todas aquelas figuras e padrões triviais de coisas fossem na verdade a forma exterior dos fatos e relações que eu tinha dominado, e que, após terem sido dominadas, passavam a parecer lindas, castas e obedientes. Daquela sala eu saía pálida, exausta, incapaz de pensar, como uma freira após horas de oração ou uma amante, talvez, após extenuantes devoções, e eu saía vagando pela rua principal até o Restaurante do Haines, onde Jerry e eu teríamos combinado de nos encontrar às dez. Sob as janelas em leque de vidro âmbar tomávamos café e fumávamos, conversávamos um pouco, vindo lentamente à superfície, capazes de entender e de aprovar a aparência fatigada e enrijecida um do outro.

Minha necessidade de amor tinha ido para o subterrâneo, como uma dor de dente astuciosa.

Naquela primavera haveria um Encontro de Avivamento na Prefeitura. O sr. Buchanan, nosso professor de história, ficava no alto da escada, na escola, passando bótons que diziam *Venha para Jesus*. Ele era um ancião da igreja presbiteriana, não da batista, que estava na liderança de todos os preparativos do Avivamento; porém, todas as igrejas no povoado, tirando a católica e talvez a anglicana — tão pequena que nem importaria —, estavam apoiando. No país inteiro, os avivamentos voltavam a ser respeitáveis.

— Você não quer usar um desses, Del — disse o sr. Buchanan, sem tom de interrogação, em sua voz monótona e lamentosa. Alto, seco e magro, o cabelo partido ao meio no estilo de um ciclista da virada do século (e ele tinha idade o bastante para ter sido), meio estômago removido por causa das úlceras, ele sorriu para mim com aquela ligeira ironia espasmódica que costumava guardar para algum personagem histórico elegante (Parnell seria um bom exemplo) por algum tempo, mas no final acabou se excedendo. Assim, me senti obrigada, por um espírito de contrariedade, a dizer:

— Sim, quero, muito obrigada.

— E você vai nisso? — disse Jerry.

— Com certeza.

— Para quê?

— Curiosidade científica.

— Há coisas pelas quais não faz sentido ter curiosidade.

O avivamento aconteceu no andar de cima da Prefeitura, onde costumávamos fazer as operetas da escola. Era a primeira semana de maio; o tempo tinha de repente ficado quente. Isso acontecia logo depois da inundação anual. Antes das oito, o salão já estava lotado. Era o mesmo tipo de gente que você encontrava no desfile de 12 de julho ou na Feira da Kinsmen — muitos do povoado, mas muitos mais do campo. Carros enlameados estavam parados ao longo da rua principal e nas transversais. Alguns homens usavam terno preto e quente, algumas mulheres usavam chapéu. Havia outros homens de macacão limpo e mulheres de vestido estampado folgado, tênis nos pés, braços nus, grandes e rosados como presuntos, segurando bebês envoltos em mantas. Senhores e senhoras de idade, que tinham de ser apoiados e guiados até as cadeiras. Desenterrados de cozinhas campestres, usavam roupas que pareciam ter criado mofo. Eu me perguntava se era possível dizer, só de olhar para eles, de que parte do país tinham vindo. Jerry e eu, observando das janelas da Sala de Ciências o desembarque dos três ônibus escolares — ônibus velhos, berrantes e sacolejantes que pareceriam mais apropriados balançando em alguma estrada montanhosa na América do Sul, com galinhas vivas batendo as asas nas janelas —, costumávamos brincar de falar como sociólogos, em tons elegantes e recatados:

— De Blue River, pessoas bem-vestidas e de aparência muito respeitável. Muitos holandeses laboriosos por lá. Eles foram ao dentista.

— Quase em nível urbano.

— De St. Augustine, são um tipo comum. Gente do Campo. Dentes grandes, amarelos. Parecem comer muito mingau de aveia.

— De Jericho Valley, estúpidos e potencialmente criminosos. Seu QI nunca passa de cem. Estrábicos, têm os pés tortos...

— Fenda palatina...

— Corcunda...

— Resultados da endogamia. Pais dormindo com filhas. Avôs com netas. Irmãos com irmãs. Mães com pais...

— *Mães dormem com pais?*

— Ah, é nada menos do que terrível o que aprontam naquela região.

Os assentos estavam todos ocupados. Fiquei nos fundos, atrás da última fileira de cadeiras. As pessoas ainda estavam entrando, se aglomerando nos lados do auditório, enchendo o espaço atrás de mim. Meninos sentaram-se nos parapeitos. As janelas estavam abertas ao máximo e mesmo assim estava bem quente. O sol baixo brilhava contra as velhas paredes rachadas e manchadas, revestidas de gesso e de lambris. Eu nunca tinha percebido o péssimo estado em que estava aquele auditório.

O sr. McLaughlin, da igreja unida, fez a oração de abertura. Seu filho Dale tinha fugido de casa, havia muito tempo. Onde estava ele agora? Cortando grama num campo de golfe, segundo as últimas notícias. Eu tinha a sensação de ter passado toda uma vida em Jubilee, as pessoas indo embora e voltando, casando, começando suas vidas, enquanto eu continuava indo à escola. Lá estava Naomi com as meninas da fábrica de laticínios. Todas usavam o mesmo penteado, o cabelo amarrado em dois coques atrás das orelhas, e usavam laços.

Quatro negros, dois homens e duas mulheres, entraram no palco, e houve um esticar de pescoços, um sussurro de apreciação. Muitas pessoas no auditório, eu inclusive, jamais tinham visto um negro antes, assim como nunca tínhamos visto uma girafa ou um arranha-céu ou um transatlântico. Um homem era magro e preto como uma ameixa, ressequido, com uma voz poderosa, assustadora; era o baixo. O tenor era gordo e de pele amarelada, sorridente, magnânimo. As duas mulheres eram roliças e de quadris largos, cor de café, e estavam esplendidamente vestidas de verde-esmeralda e azul-elétrico. O suor untava seus rostos e pescoços quando cantavam. Durante o canto, o pregador do avivamento, reconhecível pelo rosto que estivera colado em postes telefônicos e grudado nas vitrines das lojas havia semanas —, mas menor, mais cansado, mais grisalho do que sugeria a foto — entrou modestamente no palco e ficou atrás da tribuna, voltando-se para os cantores com uma expressão de terno prazer, erguendo o rosto, aliás, como se o canto caísse nele como chuva.

Um homem jovem, um menino, do outro lado do auditório, olhava fixamente para mim. Eu achava que nunca o tinha visto antes. Não era muito alto, tinha a pele mais escura; um rosto ossudo com órbitas profundas, bochechas compridas e ligeiramente afundadas, uma expressão séria, inconscientemente arrogante. Ao final do canto dos negros, ele saiu de onde estivera debaixo das janelas e desapareceu na multidão no fundo do auditório. Imediatamente achei que estava vindo ficar do meu lado. Depois pensei que era bobagem; como um reconhecimento numa ópera ou alguma canção ruim, sentimental, profundamente comovente.

Todos se levantaram, descolaram o algodão trançado dos traseiros suados e começaram a cantar o primeiro hino.

Numa tenda em que um jovem cigano morria
Estendido sozinho no final do dia
A Salvação anunciamos; e o rapaz
Falou: Isso ninguém me anunciou jamais!*

Desejei desesperadamente que ele viesse. Concentrei todo o meu eu numa espécie de prece branca, mentalizando que ele apareceria ao meu lado ao mesmo tempo em que

---

*Adaptação livre de: *Into a tent where a gypsy boy lay/Dying alone at the end of the day/News of Salvation we carried; said he/Nobody ever has told it to me...* (N. do. T.)

dizia a mim mesma: *Agora ele está dando a volta atrás de mim, agora está indo em direção à porta, está descendo as escadas...*

Uma mudança no equilíbrio de vozes atrás de mim me disse que ele estava ali. As pessoas tinham ido para o lado, havia um espaço com um corpo dentro, mas sem canto. Senti o cheiro da camisa fina e quente de algodão, pele queimada de sol, sabão e óleo de máquina. Meu ombro foi roçado por seu braço (é como fogo, exatamente como dizem) e ele deslizou para o lugar ao meu lado.

Ambos olhamos direto para o palco. O pastor batista tinha apresentado o pregador do avivamento, que começou a falar de maneira afável, como numa conversa. Depois de um tempinho, pousei a mão no encosto da cadeira à minha frente. Uma garotinha estava sentada ali, curvada pra frente, mexendo na casquinha de um machucado no joelho. Ele colocou a mão no encosto da cadeira a cerca de cinco centímetros da minha. Nesse momento, foi como se todas as sensações do meu corpo, toda a esperança, a vida, o potencial, fluíssem para aquela única mão.

O pregador, que começara tão brando, atrás da tribuna, pouco a pouco foi se agitando, e começou a andar de um lado pro outro no palco, seu tom ficando cada vez mais intenso, desesperado, tomado de pesar. De tempos em tempos, ele emergia do pesar e dava um giro, rugindo como um leão diretamente pra plateia. Pintou a imagem de uma ponte de cordas, como já tinha visto, disse, em seus dias de missionário na América do Sul. Essa ponte, frágil e balouçante, ficava suspensa acima de um abismo sem fundo, e o abismo estava cheio de fogo. Era o Rio de Fogo, o Rio de Fogo lá embaixo, em que estávamos nos afogando, mas nunca nos afogávamos, toda aquela horda torturada, que ele agora enumerava, ganindo, gritando, blasfemando — políticos e gângsteres, viciados em jogos e em bebidas e fornicadores e estrelas de cinema, financistas e incréus. Cada um de nós, disse ele, tinha nossa própria ponte de cordas individual, balançando acima do inferno, amarrada na beirada do Paraíso do outro lado. Porém, o Paraíso era exatamente aquilo que não conseguíamos ouvir nem ver, às vezes nem mesmo imaginar, por causa dos bramidos e das contorções no fosso, e das fumaças de pecado que, vindas dele, nos cercavam. Qual era o nome da ponte? Era a Graça do Senhor. A Graça do Senhor, e era maravilhosamente forte; mas cada pecado nosso, cada palavra e ato e pensamento pecaminoso rasgava um pouquinho a corda, desfiava-na um pouquinho mais...

E algumas das suas cordas não aguentam muito mais! Algumas das suas cordas já quase ultrapassaram o ponto decisivo. Foram desfiadas pelo pecado, foram comidas pelo pecado, sobrou delas só um fiapinho! Só um fiapo impede vocês de caírem no Inferno! Vocês todos sabem, cada um de vocês conhece o estado da sua ponte. Mais uma mordiscada nos frutos do Inferno, mais um dia e uma noite de pecado, e, depois que a corda se rompe, não tem outra! Porém mesmo um fiapo pode segurar você, caso você queira! Deus não gastou todos os milagres na época da Bíblia! Não, eu digo de coração e por experiência, que Ele está distribuindo milagres aqui e agora, e no meio de nós. Peguem Deus e segurem firme até o Dia do Juízo, e vocês não precisarão temer o Mal.

Normalmente eu teria ficado muito interessada em ouvir isso e em ver como as pessoas recebiam o discurso. Na sua maioria, com calma e com prazer, não mais perturbadas do que se ele estivesse cantando uma canção de ninar para elas. O sr. McLaughlin, sentado no palco, mantinha uma expressão amena e abatida; não era o seu tipo de exortação.

O pastor batista tinha um sorriso largo, de diretor artístico. "Amém!", cantavam os idosos da plateia e se sacudiam de leve. Estrelas de cinema e políticos e fornicadores perdidos sem chance de resgate; parecia, para a maioria das pessoas, uma ideia branda e confortável. As luzes estavam acesas agora; insetos entravam pelas janelas, só aqueles insetos da tardinha. Volta e meia você ouvia um tapa rápido e contrito.

Porém, minha atenção estava tomada por nossas duas mãos no encosto da cadeira. Ele moveu a mão um pouquinho. Eu movi a minha mão. De novo. Até que a pele roçou de leve, vividamente, afastou-se, voltou, ficou junta, pressionada. Agora então. Nossos dedos mindinhos tocando-se de leve, o dele pouco a pouco ficando por cima do meu. Hesitação; minha mão se espraiando um pouco, seu dedinho tocando meu anelar, o anelar capturado, e daí por diante, em fases perfeitamente formais e inevitáveis, com tanta reticência e certeza, a mão dele cobrindo a minha. Quando isso se concluiu, ele a tirou da cadeira e a colocou entre nós. Me senti angélica de gratidão, realmente como se tivesse passado para outro plano da existência. Senti que nenhum outro reconhecimento era necessário, nenhuma intimidade maior era possível.

O último hino.

*Gosto de contar a história,
Será meu tema na Glória,
Contar a velha, velha história...**

Os negros nos lideravam, todos exceto o homenzinho que exortava, estendendo as vozes para cima com os braços.

---

*Adaptação livre de: *I love to tell the story,/Twill be my theme in Glory,/To tell the old, old story...* (N. do T.)

Cantando, as pessoas balançavam juntas. Um pungente odor verde de suor, feito cebolas, cheiro de cavalo, esterco de porco, a sensação de ser presa, amarrada, levada; uma felicidade cansada e pesarosa erguendo-se como uma nuvem. Eu tinha recusado o hinário que o sr. Buchanan e os outros membros da igreja estavam distribuindo, mas me lembrava da letra e cantei. Eu teria cantado qualquer coisa.

Mas, quando o hino acabou, ele soltou minha mão e se afastou, juntando-se a uma multidão de pessoas que estavam todas indo para a frente do auditório, respondendo a um convite para decidir-se por Jesus, assinar um voto ou renovar um voto, colocar algum selo de concretização naquela noite. Não me ocorreu que ele pretendesse fazer isso. Achei que tinha ido procurar alguém. A confusão era grande, e o perdi por um momento. Virei-me e abri caminho para fora do auditório, descendo as escadas, olhando em volta várias vezes para ver se conseguia enxergá-lo (mas pronta para fingir que estava procurando outra pessoa, caso o visse olhando para mim). Fiquei à toa na rua principal, olhando as vitrines. Ele não apareceu.

Isso foi numa noite de sexta. O fim de semana inteiro a ideia dele ficou na minha mente como uma rede de circo estendida debaixo do que quer que eu tinha para pensar a cada momento. O tempo inteiro eu me soltava e caía nela. Tentava recriar a textura exata da sua pele, tocando a minha, tentava lembrar com precisão a pressão variável de seus dedos. Eu espraiava a mão à minha frente, surpresa com o quão pouco ela tinha para me dizer. Era impenetrável como aqueles objetos em museus que foram manuseados por reis. Eu analisava aquele cheiro, distinguindo seus elementos conhecidos e desconhecidos. Eu o imaginava como da primeira vez em que o vi do outro lado do auditório, porque nunca o vi de fato depois que veio ficar ao meu lado. Seu rosto escuro, receoso, obstinado. Seu rosto continha para mim todas as possibilidades de ferocidade e doçura, orgulho e submissividade, violência, autocontenção. Nunca vi nele tanto quanto vi da primeira vez, porque naquela vez vi tudo. A coisa toda nele que eu ia amar, e nunca agarrar nem explicar.

Eu não sabia seu nome, nem de onde vinha, nem se o veria algum dia outra vez.

Na segunda, depois da escola, eu descia a ladeira da John Street com Jerry. Alguém buzinou para nós, e, de uma caminhonete velha, empoeirada de palha de madeira, aquele rosto olhou para fora. A luz do dia não o alterava nem depreciava em nada.

— As enciclopédias — falei para Jerry. — Ele tem de dar algum dinheiro pra minha mãe. Preciso falar com ele. Pode ir.

Estonteada com essa reaparição aguardada, ainda que desesperançada, intrusão sólida do lendário no mundo real, entrei na caminhonete.

— Imaginei que você frequentasse a escola.

— Estou quase terminando — falei, apressada. — Estou no último ano do secundário.

— Que sorte que eu te vi. Preciso voltar pra madeireira. Por que você não me esperou aquela noite?

— Para onde você foi? — falei, como se não o tivesse visto.

— Tive de ir lá na frente. Tinha gente à beça lá embaixo.

Percebi então que "tive de ir lá na frente" significava que ele tinha ido assinar um cartão com seu voto, ou ser salvo pelo pregador. Era típico dele não dizer isso de maneira mais definida. Ele nunca explicaria, a menos que fosse necessário. O que arranquei dele a respeito de si mesmo, naquela primeira tarde na caminhonete e depois, foi uma sequência de fatos simples, oferecidos normalmente em resposta a perguntas. Seu nome era Garnet French, ele vivia num sítio depois de Jericho Valley, mas trabalhava ali em Jubilee, na madeireira. Tinha passado quatro meses na cadeia, dois anos antes, por ter participado de uma briga terrível na frente do bar de hotel em Porterfield, em que um homem havia perdido um olho. Na cadeia, ele recebera a visita de um pastor batista que o convertera. Ele tinha saído da escola após concluir o oitavo ano, mas havia recebido permissão para começar alguns cursos do secundário na cadeia porque pensava em ir pra Universidade da Bíblia e virar ele mesmo pastor batista. Agora falava desse objetivo sem urgência. Tinha vinte e três anos.

A primeira coisa a que me chamou para ir foi um encontro da Sociedade de Jovens Batistas. Ou talvez ele nem tenha me chamado.

— Certo, então te pego depois do jantar — pode ter dito, e dirigiu por nossa rua aquela distância curta e me levou, aturdida e calada, ao último lugar em Jubilee, talvez com exceção do bordel, onde jamais imaginei ir.

Era isso que eu faria toda noite de segunda durante a primavera inteira e parte do verão: ficar sentada num banco mais pro fundo da igreja batista, sem nunca me acostumar, sempre espantada e solitária como alguém abandonado num naufrágio. Ele nunca me perguntava se eu queria estar ali, o que eu achava quando estava lá, nada. Uma vez ele disse:

— Provavelmente eu teria voltado pra cadeia se não fosse pela igreja batista. Só sei isso, e isso me basta.

— Por quê?

— Porque eu tinha o hábito de brigar e de beber.

Na parte de trás dos bancos da igreja havia chicletes velhos, de um preto prateado, duros como ferro. A igreja tinha um cheiro acre, como uma cozinha enxaguada com água acinzentada, com panos de chão secando atrás do fogão. Nem todos os Jovens eram jovens. Havia uma mulher chamada Caddie McQuaig que trabalhava no Açougue do Monk, jogando nacos de carne crua no moedor, cortando com uma serra enorme um quarto de boi, envolta num avental branco ensanguentado, robusta e jovial como o próprio Dutch Monk. Ali estava ela de vestido florido de organdi, as mãos gastas no harmônio, o pescoço vermelho desnudado pelo cabelo curto, mansa e atenta. Havia um par de irmãos baixinhos e com cara de macaco da zona rural, Ivan e Orrin Walpole, que faziam truques de ginástica. E uma garota de rosto ruborizado e busto grande que tinha trabalhado com Fern Dogherty nos Correios; Fern sempre a chamava de *Betty Santinha*. Meninas da loja Chainway, com sua palidez empoeirada da Chainway, o menor salário e a menor posição na escala social de todas as garotas que trabalhavam em lojas em Jubilee. Uma delas, não consigo lembrar qual, supostamente teria tido um filho.

Garnet era o presidente. Às vezes ele puxava uma oração, começando com voz educada e firme.

— Nosso pai celestial... — O calor do início de maio tinha desaparecido, e uma chuva fria de primavera lavava as janelas. Eu tinha aquela sensação estranha e confiante de estar num sonho do qual acordaria logo. Em casa, na mesa da sala de estar, estavam meus livros abertos e o poema "Andrea del Sarto", que estivera lendo antes de sair, e que ainda ecoava na minha cabeça:

*Um cinza comum vai prateando tudo,
Tudo no ocaso, tu e eu iguais...**

---

*Poema de Robert Browning (1855). No original: *A common greyness silvers everything,/All in a twilight, you and I alike...* (N. do T.)

Depois do que era chamado de culto, descíamos para o porão da igreja, onde havia uma mesa de pingue-pongue. Jogos de pingue-pongue eram organizados, Caddie McQuaig e uma das garotas da Chainway desembrulhavam sanduíches trazidos de casa e faziam chocolate quente num fogão elétrico. Garnet ensinava as pessoas a jogarem pingue-pongue, incentivava as garotas da Chainway que mal pareciam ter força para levantar a raquete, brincava com Caddie McQuaig, que, quando descia ao porão, ficava tão ruidosa quanto no açougue.

— Fico preocupado com você sentada lá naquele banquinho do harmônio, Caddie.

— Como é? Preocupado com o quê?

— Com você lá naquele banquinho do harmônio. Parece muito pequeno para você.

— Você acha que ele corre o risco de desaparecer? — A voz dela, deliciada e ultrajada, o rosto vermelho como carne fresca.

— Ora, Caddie, nunca pensei uma coisa dessas — disse Garnet, com um rosto pesaroso, desalentado.

Eu sorria para todos, mas ficava enciumada, horrorizada, só esperando aquilo tudo acabar, as xícaras de chocolate quente serem lavadas, as luzes da igreja apagadas, Garnet me levar até a caminhonete. Então descíamos aquela estrada enlameada que passava pela casa de Pork Childs ("Eu conheço o Pork, ele me empresta uma corrente e me tira se eu atolar", dizia Garnet, e a ideia de estar nesses termos iguais, socialmente, com Pork Childs, que naturalmente era batista, produzia em mim aquele silencioso afundar do coração, hoje bastante familiar). Naquela hora nada importava. A irrealidade, o constrangimento prolongado e o tédio da noite desapareciam na cabine da caminhonete, no cheiro de seus velhos assentos separados e de ração de galinha, na visão das mangas arregaçadas e dos antebraços nus de Garnet, de suas mãos, relaxadas e alertas no volante. A chuva negra nas janelas fechadas nos abrigava. Ou, se a chuva parava, abaixávamos as janelas e sentíamos o brando ar fétido perto do rio invisível, cheirávamos a hortelã esmagada pelas rodas da caminhonete, no lugar em que saíamos da estrada para estacionar. Embicávamos fundo nos arbustos, que arranhavam o capô. A caminhonete parava com um último pequeno solavanco que parecia um sinal de realização, de permissão, seus faróis, cortando fracamente a densidade da noite, se apagavam, e Garnet se virava para mim sempre com o mesmo suspiro, o mesmo olhar velado e sério, e nos transportávamos, passávamos para um território onde havia segurança perfeita, nenhum movimento que não trouxesse deleites, onde a decepção não era possível. Só quando estive doente, com febre, foi que cheguei a ter aquela sensação de estar flutuando, a sensação de languidez e proteção, e de ao mesmo tempo ter um poder ilimitado. Ainda estávamos nas aproximações do sexo, circundando, voltando, hesitando, não porque estivéssemos com medo ou porque tivéssemos estabelecido algum tipo de proibição contra "ir longe demais" (naquele território, e com Garnet, era praticamente impossível tal explicitação), mas porque sentíamos uma obrigação, como no jogo das nossas mãos no encosto da cadeira, de não ter pressa, de fazer recuos tímidos, formais, temporários, diante de tanto prazer. Aquela própria palavra, *prazer*, tinha mudado para mim; eu costumava achar que era uma palavra leve, que indicava uma autoindulgência bastante discreta; agora ela parecia explosiva, a vogal da primeira sílaba estourando como fogos de artifício, terminando no platô da última sílaba, seu ronronar onírico.

 Eu voltava para casa dessas sessões à beira do rio e às vezes não conseguia dormir até o dia raiar, não por causa da tensão sexual não aliviada, como se poderia esperar, mas porque eu precisava recapitular, não conseguia largar, aqueles grandes presentes que recebera, as lindas gratificações — lábios nos pulsos, no interior do cotovelo, nos ombros, nos seios, mãos na barriga, nas coxas, entre as pernas. Presentes. Vários beijos, toques de língua, ruídos gratos e suplicantes. Audácia e revelação. A boca fechada com franqueza em torno do mamilo parecia fazer uma admissão de inocência, uma condição indefesa não por imitar a de um bebê, mas por não ter medo do absurdo. O sexo me parecia todo ele entrega — não da mulher ao homem, mas da pessoa ao corpo, um ato de pura fé, de liberdade na humildade. Eu ficava deitada, banhada nessas insinuações, descobertas, como se suspensa em água transparente e aquecida e irresistivelmente movente, a noite inteira.

Garnet também me levava a jogos de beisebol, às vezes jogados cedo demais depois da chuva. Eles aconteciam à tardinha, no terreno reservado para feiras no final da Diagonal Road, e nos povoados vizinhos. Garnet era o primeira-base do time de Jubilee. Os jogadores usavam uniformes vermelho e cinza. Todos os campos tinham arquibancadas bambas, cercas de tábuas pintadas com anúncios antigos de refrigerantes e cigarros. As arquibancadas nunca estavam mais do que um terço ocupadas. Homens velhos compareciam — os mesmos velhos que estavam sempre sentados no banco comprido na frente do hotel, ou que jogavam damas, no verão, no tabuleiro de cimento pintado atrás do Cenotáfio, que iam inspecionar o rio Wawanash transbordado toda primavera e ficavam acenando com a cabeça e comentando como se eles mesmos tivessem feito o rio subir. Meninos de dez ou onze anos ficavam sentados na grama perto da cerca, fumando. O sol com frequência saía depois de um longo dia lúgubre, e se deitava do outro lado do campo em tranquilas barras de ouro. Eu sentava com as mulheres — algumas amigas e esposas jovens, que gritavam e quicavam nas arquibancadas. Nunca consegui gritar. O beisebol me deixava tão perplexa quanto a igreja batista, mas não me deixava desconfortável. Gostava de pensar que aquele ritual masculino era o prelúdio do nosso.

Eu ainda estudava, nas outras noites. Aprendia coisas, não tinha esquecido como fazer isso. Mas caía em devaneios que duravam meia hora. Ainda ia encontrar Jerry no Restaurante do Haines.

— Por que você está saindo com aquele neandertal?

— Como assim, neandertal? Ele é Cro-Magnon — eu dizia, traiçoeira, envergonhada e contente.

Porém, na cabeça de Jerry não havia muito espaço para mim. Pesavam-lhe decisões sobre o futuro.

— Se eu for para a McGill... — dizia ele. — Por outro lado, se eu for para Toronto... — Ele precisava levar em conta as bolsas que provavelmente ganharia, e também tinha de pensar mais adiante; qual universidade lhe daria a maior chance de entrar numa das melhores pós-graduações americanas? Fiquei interessada. Eu olhava os calendários, comparava com ele as alternativas enquanto ruminava os detalhes tórridos do meu último encontro com Garnet.

— Você ainda vai fazer faculdade, não vai?

— Por que eu não iria?

— Melhor tomar cuidado, nesse caso. Não estou sendo sarcástico. Não estou com *ciúmes*. Estou pensando no seu próprio bem.

Minha mãe também achava isso.

— Eu conheço essa família French. Vivem lá do outro lado do Jericho Valley. Aquele lugar é o buraco mais pobre e esquecido por Deus que existe. — Não contei dos Jovens Batistas, mas ela descobriu. — Não consigo entender — disse ela. — Acho que o seu cérebro amoleceu.

— Não posso ir aonde eu quero? — falei com aspereza.

— Você deixou um *garoto* confundir sua cabeça. Você, com a sua inteligência. Quer morar em Jubilee a vida toda? Quer ser a esposa de um peão de madeireira? Quer fazer parte das Missionárias Batistas?

— *Não!*

— Bem, estou só tentando abrir os seus olhos. Para o seu próprio bem.

Quando Garnet vinha à nossa casa, ela o tratava com cortesia, fazia perguntas sobre o mercado de madeira. Ele a chamava de *sinhora*, exatamente como Jerry e eu fazíamos em nossas paródias das pessoas do campo.

— Bem, eu não conheço direito essa parte do negócio, *sinhora* — ele dizia, polido e senhor de si. Qualquer tentativa de levar a conversa para esse tipo de assunto, qualquer tentativa de fazê-lo pensar desse jeito, teorizar, criar sistemas, trazia uma expressão vazia, muito ligeiramente ofendida e superior ao seu rosto. Ele odiava pessoas que usavam palavras sofisticadas, que falavam de coisas fora de suas próprias vidas. Ele odiava que as pessoas tentassem conectar as coisas. Como esses eram meus grandes passatempos, por que ele não me odiava? Talvez eu fosse muito boa em esconder dele como eu era. O mais provável era que ele tivesse me rearranjado, pegado só o que precisava, o que lhe convinha. Eu fazia isso com ele. Adorava seu lado sombrio, seu lado estranho, que eu não conhecia, não o batista regenerado; ou melhor, eu via o batista, de quem ele se orgulhava, como uma máscara com a qual brincava e que podia facilmente descartar. Tentei fazê-lo me contar a respeito da briga na frente do bar do hotel em Porterfield, do tempo na cadeia. Eu prestava atenção na vida dos seus instintos, nunca em suas ideias.

Tentei fazê-lo me contar por que tinha se aproximado de mim naquela noite no encontro do avivamento.

— Gostei da sua aparência.

Era essa toda a declaração que eu obteria.

Nada que pudesse ser dito por nós nos uniria; as palavras eram nossas inimigas. O que sabíamos um do outro seria apenas confundido por elas. Esse era o conhecimento mencionado como "apenas sexo" ou "atração física". Eu ficava surpresa, quando pensava nisso — ainda fico surpresa —, com o tom ameno, e até de menosprezo, com que se fala disso, como se fosse algo que pudesse ser encontrado facilmente, todos os dias.

Ele me levou para conhecer sua família. Era uma tarde de domingo. As provas começavam na segunda. Falei que tinha planejado estudar.

— Você não pode fazer isso. Mamãe já matou duas galinhas — disse ele.

A pessoa que conseguia estudar já estava de fato perdida, trancafiada. Eu não conseguia entender livro nenhum, colocar uma palavra atrás da outra, com Garnet presente. Tudo que conseguia fazer era ler palavras em outdoors enquanto dirigíamos. Era o exato oposto de sair com Jerry, e ver o mundo denso e complicado mas chocantemente desvelado; o mundo que eu via com Garnet era algo não muito distante do que eu achava que os animais viam, o mundo sem nomes.

Eu já tinha passado de carro pela estrada para Jericho Valley com minha mãe. Em alguns trechos, a caminhonete passava apertada. Rosas silvestres roçavam a cabine. Andamos quilômetros atravessando mato espesso. Havia um campo cheio de cepos. Lembrei daquilo, lembrei de minha mãe dizendo:

— Antigamente era tudo assim, essa região toda. Aqui a fase dos pioneiros ainda não foi exatamente superada. De repente as pessoas são preguiçosas demais. Ou a terra não vale a pena. Ou as duas coisas.

Os esqueletos de uma casa e um celeiro incendiados.

— Gostou da nossa casa? — disse Garnet.

Sua casa de verdade ficava numa depressão, com árvores enormes em volta, tão próximas que não era possível ver a casa inteira de uma vez; o que você conseguia ver eram as cumeeiras de ripas marrons desbotadas e a varanda, que tinha sido pintada de amarelo havia tanto tempo que da pintura só restavam riscas na madeira fendida. Enquanto a caminhonete entrava no quintal e era manobrada, houve uma grande erupção esvoaçante de galinhas, e dois cachorrões vieram latindo, pulando nas suas janelas abertas.

Duas meninas, com cerca de nove e dez anos, pulavam em estrados de molas que tinham ficado no quintal tempo suficiente para embranquecer a grama. Elas pararam e ficaram olhando. Garnet me conduziu passando reto por elas, sem me apresentar. Não me apresentou a ninguém. Seus parentes apareciam — eu não tinha certeza de quais eram seus familiares imediatos e quais eram tios, tias, primos, primas — e começavam a falar com ele, me olhando de lado. Eu descobria seus nomes às vezes ouvindo-os falar uns com os outros, e nunca me chamavam pelo nome.

Havia uma menina que eu achava que tinha visto na escola secundária. Estava descalça e brilhava de tanta maquiagem e girava taciturna em torno de uma das pilastras da varanda.

— Veja só a Thelma! — disse Garnet. — Quando a Thelma passa batom, usa um batom inteiro. Qualquer cara que beijasse ela ia ficar colado. Não ia conseguir se descolar nunca.

Thelma encheu as bochechas revestidas de ruge e pó de arroz de ar, soltando-o com um som grosseiro.

Da casa saiu uma mulher baixinha, redonda, com cara de brava, usando tênis sem cadarço. Seus tornozelos estavam inchados, de forma que as pernas pareciam perfeitamente redondas, como tubos de calha. Foi a primeira pessoa a falar comigo diretamente.

— Você é a filha da moça das enciclopédias. Eu conheço a sua mãe. Não encontrou nenhum lugar para sentar? — Ela empurrou um garotinho e um gato de cima de uma cadeira de balanço e ficou ao seu lado até eu ter me sentado. Quanto a ela, sentou no degrau mais alto e começou a berrar instruções e censuras a todos. — Tranquem as galinhas lá atrás! Peguem alface, cebolinha e rabanete na horta! Lila! Phyllis! Podem parar de pular! Vocês não arrumam nada melhor para fazer? Boyd, sai desse caminhonete! Tirem ele da caminhonete! Ele passou a marcha outro dia e a caminhonete atravessou o quintal e foi por centímetros que não acertou essa varanda.

Ela tirou um pacote de tabaco e alguns papéis de enrolar cigarro dos bolsos do avental.

— Eu não sou uma senhora batista, gosto de um cigarro de vez em quando. Você é batista?

— Não, só vou com o Garnet.

— Garnet começou a ir depois da encrenca dele... você sabe da encrenca do Garnet?

— Sei.

— Bom, ele entrou na igreja depois da encrenca e eu nunca disse que não é uma coisa boa para ele, mas tem umas ideias estritas. Todos nós éramos, *somos*, da igreja unida, mas ela fica muito longe para ir dirigindo e às vezes estou no trabalho, o domingo não é um dia diferente no hospital. — Ela me contou que trabalhava no Hospital Porterfield, como auxiliar de enfermagem. — Eu e Garnet, nós sustentamos a família — disse ela. — Com um sítio que nem esse não dá para viver. — Ela me contou sobre acidentes, sobre uma criança envenenada que tinha sido levada recentemente ao hospital porque havia ficado preta como graxa de sapato, sobre um homem com a mão esmagada, sobre um garoto que estava com um anzol no olho. Me contou sobre um braço pendurado no cotovelo por um fiapo de pele. Garnet tinha sumido. No canto da varanda havia um homem de macacão, sentado, vasto e amarelo como um Buda, mas sem aquela expressão de paz. Ele ficava erguendo as sobrancelhas e mostrando os dentes num sorriso largo que sumia imediatamente. Primeiro achei que aquilo fosse um comentário sardônico às histórias sobre o hospital; depois percebi que era um tique facial.

As meninas tinham parado de pular nos estrados de molas e vieram ficar perto da mãe, provendo-lhe de detalhes que pudesse esquecer. Os meninos começaram a brigar no quintal, rolando e rolando no chão duro de terra, selvagens, silenciosos, suas costas nuas tão marrons e macias quanto o lado de dentro de cascas de árvore.

— Olha que vou pegar uma chaleira de água fervendo! — advertiu a mãe. — Vou escaldar o couro de vocês!

— Ela quer ver o riacho? — uma das meninas disse.

Ela queria dizer eu. Elas me levaram ao riacho, um fiapo de água marrom em meio às pedras brancas achatadas. Me mostraram até onde ele ia na primavera. Certo ano havia inundado a casa. Me levaram até o palheiro para ver uma família de gatinhos, laranja e pretos, que ainda não tinham aberto os olhos. Me levaram por dentro do estábulo vazio e me mostraram como o celeiro era sustentado por vigas e pilastras improvisadas.

— Se tiver uma ventania forte, esse celeiro vai desabar.

Elas deram pulinhos pelo estábulo inventando uma música: *Esse celeiro velho vai cair, vai cair...*

Me mostraram a casa por dentro. Os cômodos eram grandes, com pé direito alto, mobília esparsa e estranha. Havia uma cama de latão no que parecia ser a sala de estar, e pilhas de roupas e mantas nos cantos, no chão, como se a família tivesse acabado de se mudar. Muitas janelas não tinham cortinas. A luz do sol entrava nos cômodos altos atravessando as árvores quase imóveis, de modo que as paredes ficavam cobertas por sombras flutuantes de folhas. Me mostraram as marcas que a água da inundação tinha deixado nas paredes, e algumas fotos de revistas que tinham cortado e pendurado. Eram imagens de astros de cinema, e de mulheres em lindos vestidos etéreos anunciando absorventes íntimos.

Na cozinha, a mãe lavava as verduras.

— E será que você ia gostar de morar aqui? Parece bem sem graça para quem vem do povoado, mas sempre temos o que comer. O ar é bom, no verão, pelo menos, gostoso e fresco lá perto do riacho. Fresco no verão, protegido no inverno. Não conheço casa em lugar melhor.

O linóleo estava todo preto e com saliências, restando apenas ilhas do padrão antigo, debaixo da mesa, perto das janelas, onde não era muito gasto. Senti aquele cheiro cinza de galinha ensopada.

Garnet abriu a porta de tela, sua silhueta negra contra o brilho do quintal dos fundos. Estava com calças de trabalho, sem camisa.

— Tenho uma coisa para te mostrar.

Saímos pra varanda dos fundos, as irmãs dele também, e ele me fez olhar para cima. Do lado de baixo de uma das vigas do telhado da varanda, estava talhada uma lista de nomes de meninas, cada qual com um X ao lado.

— As namoradas do Garnet! — gritou uma das irmãs, e elas riram arrebatadamente, mas Garnet leu, com voz séria:

— Doris McIver! O pai dela tinha uma serraria, logo depois de Blue River. Ainda tem. Se eu tivesse casado com ela, estaria rico!

— E isso é jeito de ficar rico? — disse sua mãe, que tinha nos seguido até a porta de tela.

— Eulie Fatherstone. Era católica, trabalhava no café do Hotel Brunswick.

— Com essa você teria sido pobre — disse a mãe, de maneira significativa. — Você sabe o que o papa manda eles fazerem!

— Você mesma passou muito bem sem o papa, mãe... Margaret Fraleigh. Ruiva.

— Não dá para confiar no temperamento delas.

— Ela não era mais temperamental do que um pintinho. Thora Willoughby. Trabalhava na bilheteria do cinema Lyceum. Hoje mora em Brantford.

— E esse X, filho, é o quê? É quando você parou de sair com elas?

— Não, senhora.

— Então é o *quê*?

— Segredo militar! — Garnet pulou no corrimão da varanda.

— Isso não vai aguentar seu peso! — a mãe avisou.

Ele começou a talhar algo no fim da lista. Era o meu nome. Quando terminou o nome, circundou-o de estrelas e fez uma linha embaixo.

— Acho que cheguei ao final — disse.

Ele fechou o canivete, desceu do corrimão.

— Beija ela! — disseram as irmãs, rindo insanamente, e ele colocou os braços em volta de mim. — Ele está beijando ela na boca, olha só o Garnet, beijando ela na boca! — Elas chegaram bem perto e Garnet afugentou-as com uma mão, ainda me beijando. Em seguida, começou a fazer cosquinha em mim, e tivemos uma tremenda luta de cosquinhas em que as irmãs ficaram do meu lado, e tentamos segurar Garnet no chão da varanda, mas ele fugiu, por fim, e saiu correndo na direção do celeiro.

Entrei e perguntei à mãe dele, orgulhosamente, o que podia fazer para ajudar com o jantar.

— Você vai estragar o vestido — disse ela, mas cedeu, e me deixou fatiar os rabanetes.

Jantamos galinha ensopada, não muito dura, com um bom molho da carne para amaciar, bolinhos de massa cozidos e levinhos, batatas ("Pena que não é época das novas!"), bolinhos assados redondos, chatos e farinhentos, feijões e tomates de conserva caseira, vários tipos de picles, tigelas de cebolinha, rabanete e alface no vinagre, uma torta pesada com gosto de melado, geleia de amora. Havia doze pessoas em volta da mesa; Phyllis contou. De um lado, todos se sentaram em tábuas montadas sobre dois cavaletes, para fazer um banco. Sentei numa cadeira envernizada trazida da sala de estar. O homem grande e amarelo foi trazido da varanda e sentado na cabeceira da mesa; era o pai. Do celeiro, com Garnet, veio um homem mais velho mas muito vivaz, que falou de como não tinha dormido nada na noite anterior por causa de uma dor de dente.

— Melhor você nem experimentar a galinha — disse-lhe Garnet, zombando solicitamente —, vamos só te dar um pouco de leite quente e te mandar pra cama!

O velho comeu com gosto, descrevendo como tinha tentado usar óleo de cravo morno.

— E algo mais forte que isso, aposto minha aliança de casamento! — disse a mãe de Garnet. Fiquei sentada entre Lila e Phyllis, que estavam começando uma brincadeira-briga, recusando-se a passar as coisas uma pra outra, escondendo a manteiga debaixo de um pires. Garnet e o velho contaram uma história a respeito de um fazendeiro holandês na concessão vizinha que tinha dado um tiro num guaxinim, achando que era um animal silvestre perigoso. Tomamos chá. Phyllis discretamente tirou a tampa do saleiro, colocou sal na tigela de açúcar e passou-a para o velho. A mãe a agarrou bem na hora.

— Um dia eu te esfolo viva! — prometeu.

Não havia como negar que eu estava feliz naquela casa.

Pensei em dizer a Garnet, na volta: *Gosto da sua família*, mas percebi o quanto isso soaria estranho aos seus ouvidos, porque nunca tinha passado pela sua cabeça que eu não gostaria deles, se me tornaria parte deles. Juízos desse tipo pareceriam constrangidos, pretensiosos, para ele.

A caminhonete quebrou logo depois de sairmos da rua principal, em Jubilee. Garnet saiu e olhou embaixo do capô e disse que era o que imaginava, o sistema de transmissão. Falei que ele podia dormir na sala de estar, mas percebi que ele não queria, por causa da minha mãe; disse que ia ficar com um amigo que trabalhava na madeireira.

Como nossa chegada à minha casa não tinha sido assinalada pelo barulho da caminhonete, pudemos dar a volta até a lateral e nos esmagarmos contra a parede, beijando e amando. Eu sempre tinha pensado que nossa eventual união teria alguma espécie de pausa especial antes, um começo cerimonial, como uma cortina que sobe no último ato de uma peça. Porém, não houve nada disso. Na hora em que percebi que ele estava realmente levando aquilo adiante quis sugerir todo tipo de melhoria; queria deitar no chão, queria me livrar da minha calcinha, que estava enrolada nos meus pés, queria tirar o cinto do vestido, porque ele pressionava a fivela dolorosamente contra a minha barriga. Porém, não houve tempo. Afastei as pernas o máximo que pude com aquela calcinha atrapalhando os pés e me apoiei contra a parede da casa, tentando manter o equilíbrio. Diferente das nossas intimidades anteriores, essa exigia esforço e atenção. Ela também me machucou, embora os dedos dele já tivessem me esticado antes. Com tudo o mais, tive que segurar as calças dele, com medo de que o reflexo branco de sua bunda nos denunciasse a alguém que passasse na rua. Comecei a sentir uma dor insuportável na planta dos pés. Bem quando achei que teria que pedir a ele para parar, esperar, pelo menos até eu colocar os calcanhares no chão por um segundo, ele gemeu, me empurrou violentamente e despencou contra o meu corpo, o coração martelando. Eu não estava equilibrada para receber o peso dele e ambos desabamos, desengatando de algum modo, em cima da bordadura de peônias. Coloquei a mão na minha perna molhada e ela voltou escura. Sangue. Quando vi o sangue, a glória do episódio inteiro ficou clara para mim.

De manhã, dei a volta para ver as peônias despedaçadas e uma manchinha de sangue, sim, de sangue seco no chão. Eu tinha de mencioná-la a alguém.

— Tem sangue no chão do lado da casa — falei pra minha mãe.

— Sangue?

— Ontem vi um gato ali estraçalhando um passarinho. Era um macho grande, listrado, não sei de onde veio.

— Malignos, esses bichos.

— Você devia ir dar uma olhada.

— O quê? Eu tenho mais o que fazer.

Naquele dia começamos a fazer as provas. Lá estávamos Jerry e eu, Murray Heal e George Klein, que seriam respectivamente dentista e engenheiro, e June Gannett, cujo pai estava obrigando ela a tirar o diploma da escola secundária antes de permitir que se casasse com um garoto de peito afundado e aparência extenuada que trabalhava no Banco do Comércio. Havia também duas garotas da zona rural, Beatrice e Marie, que pretendiam cursar a Escola Normal.

O diretor rompeu o lacre diante dos nossos olhos, e assinamos um juramento de que não fora rompido antes. Estávamos a sós na escola secundária, todas as outras turmas tinham sido dispensadas para as férias de verão. Nossas vozes, nossos passos soavam imensos nos corredores. O prédio estava quente e cheirava a tinta. Os zeladores tinham tirado todas as carteiras de uma sala de aula e as empilhado no corredor; estavam envernizando o chão.

Eu me sentia muito distante daquilo tudo. A primeira prova era a de literatura inglesa. Comecei a escrever a respeito de "L'Allegro" e "Il Penseroso".* Eu conseguia entender perfeitamente o sentido da questão, e, no entanto, não conseguia crer que o sentido fosse realmente aquele, parecia disparatado, oblíquo e sinistro como alguma frase num sonho. Escrevi devagar. De vez em quando parava, franzia a testa, flexionava os dedos, tentando ganhar um senso de urgência, mas não adiantava, eu não conseguia ir mais rápido. Consegui chegar ao fim, mas não tive tempo, nem forças, nem mesmo vontade de verificar o que tinha escrito. Desconfiei que havia deixado de fora parte de uma pergunta; deliberadamente, não olhei a folha com as perguntas para ver se era verdade.

Eu tinha uma sensação radiante de importância, de grandiosidade física. Movia-me languidamente, exagerando um ligeiro desconforto. Agora eu me lembrava, de novo e de novo, do rosto de Garnet, tanto no esforço extremo quanto no instante de triunfo antes que desabássemos. Que eu pudesse ser para qualquer pessoa a ocasião de tanta dor e tanto alívio fazia com que eu me maravilhasse comigo mesma.

Beatrice, uma das garotas da zona rural, tinha vindo com o carro da família, porque os ônibus escolares não estavam mais rodando. Ela me chamou para tomar uma Coca no drive-in recém-inaugurado — na oficina reformada e repintada de um ferreiro — na ponta sul do povoado. Me chamou porque queria saber quais tinham sido minhas respostas. Era uma garota grande e diligente que usava vestidos de popeline abotoados na frente. Naomi e eu costumávamos

---

*Ambos os poemas são de John Milton (1608–1674). (N. do E.)

rir dela porque vinha à escola no inverno com pelos brancos de cavalo no casaco.

— O que você escreveu nessa? — disse ela. — *Os ingleses no século* XVIII *valorizavam a elegância formal e a estabilidade social. Discuta, fazendo referência a um poema do século* XVIII — leu, lentamente.

Eu estava pensando que, se saísse do carro e andasse até os fundos do terreno com cascalho onde estávamos estacionadas, chegaria à rua que passava atrás da madeireira. Os homens que trabalhavam na madeireira paravam seus carros naquela rua. Se andasse até lá e ficasse no meio dela, conseguiria ver a cerca dos fundos, a entrada, o telhado do longo galpão aberto e o topo de algumas pilhas de madeira. No povoado havia alguns lugares marcados, fosforescentes — a madeireira, a igreja batista, o posto de gasolina onde Garnet abastecia, o barbeiro onde cortava o cabelo, as casas de seus amigos —, e, correndo entre esses lugares, as ruas onde costumava passar de carro apareciam em minha mente como fios luminosos.

Agora era chegado o fim de todas as nossas primeiras e doces bolinações, joguinhos de chuva dentro da caminhonete. A partir de agora fazíamos amor plenamente. Fazíamos amor no assento da caminhonete com a porta aberta, e debaixo de arbustos, e na grama noturna. Muita coisa mudou. De início fiquei paralisada, avassalada pela importância, pelo nome e pela ideia do que estávamos fazendo. Então tive um orgasmo. Eu sabia que era esse o nome, graças ao livro da mãe de Naomi, e sabia como era, tendo descoberto aquelas convulsões por mim mesma, havia algum tempo, com muitos amantes imaginários impacientes, aliás, vorazes. Mas fiquei maravilhada por vivenciá-lo acompanhada, por assim dizer; parecia algo privado demais, até mesmo algo solitário, para se encontrar no coração do amor. Logo ele passou a ser aquilo que devia ser alcançado — eu não conseguia imaginar como, outrora, parávamos antes. Tínhamos passado para outro nível — mais sólido, menos miraculoso, onde causa e efeito têm de ser reconhecidos, e o amor começa a fluir segundo um padrão deliberado.

Nunca dizíamos uma palavra, um ao outro, a respeito de nada disso.

Aquele era o primeiro verão que minha mãe e eu tínhamos ficado em Jubilee, em vez de irmos para a Flats Road. Minha mãe dizia que não conseguiria, e, de todo modo, eles estavam contentes onde estavam, meu pai e Owen e tio Benny. Às vezes eu andava até lá para vê-los. Eles bebiam cerveja na mesa da cozinha e limpavam ovos com lã de aço. O negócio de criação de raposas tinha acabado, porque o preço das peles havia caído demais depois da guerra. Não havia mais raposas, os cercados tinham sido derrubados, meu pai estava passando para criação de galinhas. Sentei e tentei limpar ovos também. Owen bebeu meia garrafa de cerveja. Quando pedi um pouco, meu pai disse:

— Não, sua mãe não ia gostar.

— Nada de bom vem de mulher que toma cerveja. — disse o tio Benny.

Era isso que eu tinha ouvido Garnet dizer, as mesmas palavras.

Eu esfregava o chão e limpava as janelas e jogava fora comida mofada e forrava os armários com papel novo, trabalhando com um ar ressentido e motivado. Owen resmungava para mim, para mostrar que era homem, e esticava os pés de modo senhorial e os movia milimetricamente quando eu dizia:

— Tire os pés! Quero esfregar aí. *Tire.* — Às vezes eu o chutava, ou ele me fazia tropeçar e entrávamos em brigas de socos e chutes. Tio Benny ria de nós, daquele seu jeito envergonhado e ofegante, mas meu pai fazia Owen parar de brigar com uma menina, mandava-o ir para fora. Meu pai me tratava polidamente, elogiava minha faxina, mas nunca brincava comigo do jeito como brincava com as garotas que moravam na Flats Road, com a garota dos Potter, por exemplo, que tinha largado a escola ao completar o oitavo ano e ido trabalhar na fábrica de luvas de Porterfield. Ele me aprovava e de algum modo ficava ofendido comigo. Será que achava que minha ambição denotava falta de orgulho?

Meu pai dormia no sofá da cozinha, não no andar de cima, onde costumava dormir. Na estante acima do sofá, ao lado do rádio e do tinteiro, havia três livros: *Uma breve história do mundo*, de H.G. Wells, *Robinson Crusoé* e uma coletânea de textos de James Thurber. Ele lia e relia várias vezes os mesmos livros para dormir. Nunca conversava sobre o que lia.

Eu andava de volta pro povoado logo à tardinha, quando o sol, ainda a uma hora ou mais de se pôr, projetava uma sombra comprida na estrada de cascalho à minha frente. Observava aquela estranha figura encomprindada com a cabeça longínqua, pequena e arredondada (uma tarde, sem nada para fazer, eu tinha cortado meu cabelo) e me parecia a sombra de uma garota africana, imponente e desconhecida. Nunca olhava as casas da Flats Road, nunca olhava os carros que passavam por mim, levantando poeira, não via nada além da minha própria sombra flutuando sobre o cascalho.

Eu chegava tarde, dolorida em lugares inesperados — sempre tinha uma dor atravessando a parte de cima do peito, e nos ombros — e úmida e assustada com meu próprio cheiro, e lá estaria minha mãe sentada na cama, a luz atravessando diretamente seu cabelo e brilhando no couro cabeludo macio, sua xícara de chá já fria na mesa ao lado da cama, junto com outras xícaras de chá abandonadas mais cedo naquele dia ou no dia anterior — às vezes ficavam lá até o leite nelas azedar — e ela lia para mim os catálogos universitários que tinha pedido.

— Vou te falar as matérias que *eu* faria... — Ela não tinha mais medo de Garnet, ele desvanecia na clara luminosidade do meu futuro. — Eu faria astronomia e grego. Grego, sempre tive um desejo secreto de aprender grego. — Astronomia, grego, línguas eslavas, a filosofia do iluminismo... ela disparava as matérias para mim enquanto eu ficava de pé na soleira da porta. Tais palavras não ficavam na minha cabeça. Eu precisava pensar não nelas, mas nos cabelos escuros e não muito grossos dos antebraços de Garnet, tão elegantemente paralelos que me pareciam penteados, nas saliências de seus pulsos estreitos, no rosto calmamente franzido com que dirigia a caminhonete, na expressão peculiar, que combinava urgência e senso prático, com que me conduzia pelo mato ao longo da margem do rio, procurando um lugar para deitarmos. Às vezes nem esperávamos até escurecer de verdade. Eu não tinha medo de ser descoberta, assim como não tinha medo de ficar grávida. Tudo o que fazíamos parecia acontecer fora do alcance das outras pessoas ou das consequências comuns.

Eu falava comigo a respeito de mim mesma, dizendo *ela. Ela está apaixonada. Ela acaba de chegar de um encontro com seu amante. Ela se entregou ao seu amante. Sêmen desce por suas pernas.* Eu muitas vezes tinha a sensação, no meio do dia, de que teria de fechar os olhos e cair onde estava e adormecer.

Assim que as provas haviam terminado, Jerry Storey e sua mãe partiram numa viagem de carro pelos Estados Unidos. Irregularmente, ao longo do verão, eu recebia um cartão postal com uma vista de Washington, D.C., Richmond, na Virgínia, do rio Mississípi, do Parque Yellowstone, com uma breve mensagem escrita no verso em alegres letras maiúsculas.

AVANÇANDO PELA TERRA DOS HOMENS LIVRES SENDO TRAPACEADO POR DONOS DE MOTÉIS, DE OFICINAS ETC. VIVENDO DE HAMBÚRGUERES E DA NOJENTA CERVEJA AMERICANA, SEMPRE LEIO *DAS KAPITAL* NOS RESTAURANTES PARA CHOCAR OS NATIVOS. NATIVOS NÃO RESPONDEM.

Naomi iria se casar. Ela telefonou para me contar e pediu que eu fosse até sua casa. A Mason Street estava a mesma coisa de sempre, exceto que a casa da srta. Farris fora ocupada por um casal recém-casado que a tinha pintado de azul-turquesa.

— Oi, sumida — disse Naomi acusatoriamente, como se a interrupção da nossa amizade tivesse sido totalmente ideia minha. — Você está saindo com o Garnet French, não está?

— Como você sabe?

— Achou que estava guardando segredo? Já virou batista? Ele é melhor que o Jerry Storey, pelo menos.

— Você vai casar com quem?

— Você não vai conhecer — disse Naomi, desanimada. — Ele é de Tupperton. Bem, não, na verdade ele é originalmente de Barrie, mas agora trabalha em Tupperton.

— O que ele faz? — perguntei, só querendo ser educada e demonstrar algum interesse, mas Naomi fez cara feia.

— Bem, ele não é um grande gênio nem nada. Ele não foi pra *universidade*. Ele trabalha pra Bell Telephone instalando as linhas. O nome dele é Scott Geoghagen.

— Scott o quê?

— Geoghagen. — Ela soletrou. — Melhor eu me acostumar, vai ser meu nome. Naomi Geoghagen. Quatro meses atrás era um nome que eu nunca tinha nem ouvido. Eu estava saindo com um cara totalmente diferente quando o conheci. Stuart Claymore. Ele comprou um Plymouth novo, agora que parei de sair com ele. Vamos subir para eu te mostrar as minhas coisas.

Subimos a escada e passamos pela porta do pai dela.

— Como ele está?

— Quem, ele? Tem tanto buraco na cabeça dele que os pássaros estão botando ovos lá dentro.

Sua mãe apareceu no alto da escada dos fundos e nos acompanhou até o quarto de Naomi.

— Decidimos fazer um casamento discreto — disse ela. — Afinal, para que um casamento grandioso? É só para se exibir.

— Você precisa ser a minha dama de honra — disse Naomi. — Afinal, você é minha amiga mais antiga.

— Quando vai ser?

— Uma semana depois do próximo sábado — disse a mãe dela. — Vamos fazer no jardim, debaixo de uma treliça, se o tempo continuar bom. Vamos pegar emprestadas as cadeiras da igreja unida e o ministério feminino vai fazer o bufê, não que a gente vá precisar de muita coisa. Querida, você vai ter que arranjar um vestido. O da Naomi é azul clarinho. Mostre o seu vestido, Naomi. Acho que você ficaria bem de coral.

Naomi me mostrou seu vestido e seu traje de saída do casamento e sua roupa de baixo e seu robe nupcial. Ela se alegrou um pouco fazendo isso. Em seguida, abriu o baú do enxoval e mais outro baú e várias gavetas e tirou caixas do armário e me mostrou todas aquelas coisas que tinha comprado para abastecer e manter uma casa. Eu pensava, infeliz, que por ser dama de honra, teria de fazer um chá de casamento para ela e decorar uma cadeira com serpentinas de papel crepom rosa e cortar as cascas dos sanduíches e fazer rosas de rabanete e espirais de cenoura. Ela tinha comprado fronhas lisas e bordado cada uma delas, com guirlandas de flores e cestas de frutos e menininhas com toucas camponesas e regadores.

— Bella Phippen vai te dar uma alfineteira — falei, com um sentimento de tristeza, pensando em nossos velhos tempos na biblioteca depois da escola.

Naomi gostou da ideia.

— Tomara que seja verde ou amarela ou laranja, porque essas são as cores que vou usar na minha decoração. — Ela me mostrou as toalhinhas de crochê que tinha feito nessas cores. Algumas ela tinha enrijecido com uma solução de açúcar e água, de modo que ficavam erguidas nas bordas, como cestas.

Sua mãe tinha descido. Naomi dobrou tudo e fechou as gavetas e caixas e me disse:

— Então, o que você ouviu a meu respeito?

— O quê?

— Eu sei. Muita gente nesse povoado tem a boca grande demais.

Ela sentou pesadamente na cama, sua bunda produzindo um grande som surdo. Eu me lembrava daquele colchão, de quando passava a noite e sempre rolávamos pro meio e acordávamos nos chutando e dando cabeçadas.

— Estou grávida, sabe? Não me olha desse jeito estúpido. Todo mundo faz. É só que nem todo mundo tem azar o suficiente para engravidar. Todo mundo *faz*. Está ficando igual a dizer oi. — Com os pés no chão, ela deitou de costas na cama, colocou as mãos atrás da cabeça e espremeu os olhos na direção da luz. — Essa lâmpada está cheia de insetos.

— Eu sei. Eu também fiz — falei.

Ela sentou.

— *Você?* Com quem? *Jerry Storey*. Ele não saberia por onde começar. Garnet?

— Sim.

Ela caiu de volta.

— E aí, gostou? — Ela parecia desconfiada.

— Gostei.

— Vai melhorando com o tempo. Da primeira vez doeu muito. Não foi o Scott, também. Ele estava usando uma coisa, sabe. Doeu *mesmo*! A gente deveria ter usado um pouco de vaselina. Mas onde você vai arrumar vaselina no mato no meio da noite? Onde aconteceu com você da primeira vez?

Contei sobre as peônias, o sangue no chão, o gato matando um passarinho. Deitamos de bruços, atravessadas na cama, e contamos tudo, os detalhes escandalosos. Eu até contei a Naomi, depois daquele tempo todo, sobre o sr. Chamberlain, e de como aquele havia sido o primeiro que eu tinha visto, e o que ele tinha feito consigo. Fui recompensada com ela socando o colchão, rindo.

— Jesus, ainda não vi ninguém fazer isso! — disse. Mas, depois de algum tempo ficou entristecida de novo, e se ergueu na cama para olhar a barriga. — Você ainda está com sorte. Melhor começar a usar alguma coisa. Melhor ter cuidado. Mesmo assim, nada é certo. Aqueles preservativos velhos e capengas às vezes rasgam. Quando fiquei sabendo que estava grávida, tomei quinina. Tomei ulmeiro vermelho, tomei um maldito laxante com jujubas e sentei num banho de mostarda até achar que ia virar um cachorro-quente. Nada funciona.

— Você não conversou com a sua mãe?

— A ideia do banho de mostarda foi dela. Ela não sabe tanto quanto dá a entender.

— Você não precisa se casar. Você podia ir para Toronto...

— Claro, me coloque logo num lar do Exército da Salvação. Jesus seja louvado! — disse ela, com a voz trêmula. — De qualquer forma, não acho certo dar meu bebê para estranhos — acrescentou, de maneira um tanto incoerente tendo em vista a quinina e a mostarda.

— Certo, mas se você não quer casar...

— Ah, mas quem diz que eu não quero? Juntei essa tralha toda, melhor casar logo. Você sempre fica deprimida na primeira gravidez, são os hormônios. Também estou com a pior constipação do mundo.

Ela me levou até a calçada. Ficou lá, olhando os dois lados da rua, as mãos nos quadris, a barriga protuberando da velha saia xadrez. Eu conseguia vê-la casada, uma jovem mãe mandona, irritadiça e satisfeita cuidando dos filhos, chamando-os para dormir, fazendo tranças em seus cabelos ou interferindo na vida deles de algum outro jeito.

— Tchau, não virgem — disse ela afetuosamente.

Quando eu já tinha andado meia quadra e estava debaixo do poste de luz, ela gritou:

— Ei, Del!

E veio correndo desajeitada atrás de mim, ofegando e rindo, e, quando chegou perto, levou as mãos aos dois lados da boca e disse, num sussurro gritado:

— Também não confie no interrompido!

— Não vou confiar!

— Os canalhas nunca tiram a tempo!

Então cada qual andou na sua direção, virando-se e acenando duas ou três vezes, com exagero escarnecido, como costumávamos fazer.

**

Garnet e eu fomos até a Terceira Ponte para nadar, após o jantar. Primeiro fizemos amor, na grama alta, depois de procurar um lugar sem cardos por algum tempo, e então andamos abraçados desajeitadamente por uma trilha feita para uma pessoa só, parando e nos beijando pelo caminho. A qualidade dos beijos mudava muito, de antes para depois; ao menos os beijos de Garnet, que iam de apaixonados a consolatórios, de suplicantes a indulgentes. Com que rapidez ele voltava, depois de gritar como gritava, e de revirar os olhos e pulsar o corpo inteiro e afundar em mim como uma gaivota alvejada! Às vezes, quando ele mal tinha recuperado o fôlego, eu perguntava no que estava pensando.

— Eu estava entendendo agora mesmo como consertar aquele silenciador do carro... — ele dizia. Mas dessa vez ele disse outra coisa. — Eu estava pensando em quando a gente vai casar.

Naomi estava casada agora, morando em Tupperton. Tínhamos passado do auge do verão. Não havia mais bagas de tramazeira. O rio tinha baixado depois de semanas de pouca chuva, revelando penínsulas luxuriantes de elódeas que pareciam sólidas o suficiente para caminhar por cima.

Entramos na água, afundando na lama até chegarmos ao fundo pedregoso e arenoso. Os resultados das provas tinham sido divulgados naquela semana. Eu tinha passado e concluído a escola secundária. Não tinha ganhado minha bolsa. Não tinha tirado uma única nota na faixa mais alta.

— Você quer ter um filho?
— Quero — falei. A água, que agora estava quase tão morna quanto o ar, tocava minhas nádegas doloridas e espetadas. Eu estava fraca de fazer amor, me sentia quente e preguiçosa, como um grande repolho se abrindo, enquanto minhas costas, meus braços, meu peito desciam para dentro d'água, como grandes folhas de repolho afrouxando-se e espalhando-se pelo chão.

De onde viria uma mentira dessas? Não era mentira.

— Primeiro você precisa entrar pra igreja — disse ele timidamente. — Você precisa ser batizada.

Caí na água de vez, de braços abertos. Moscas-varejeiras voavam trêmulas em suas trajetórias horizontais, niveladas com meus olhos.

— Sabe como fazem na nossa igreja? O batismo?
— Como?
— Mergulham você bem debaixo d'água. Eles têm um tanque atrás do púlpito, todo coberto. É onde fazem. Mas é melhor fazer num rio, várias pessoas de uma vez.

Ele se jogou na água e nadou atrás de mim, tentando pegar um pé.

— Quando você vai fazer isso? Poderia ser esse mês.

Virei de costas e flutuei, chutando água na cara dele.

— Em algum momento você precisa ser salva.

O rio ainda parecia uma lagoa; só de olhar, não era possível dizer para que lado ia a corrente. Ele continha o reflexo das margens opostas, a municipalidade de Fairmile, escura com pinheiros e abetos e arbustos de cedros.

— Por que eu preciso?

— Você sabe por quê.

— Por quê?

Ele me alcançou e me pegou pelos ombros, me empurrou delicadamente para cima e para baixo na água.

— Eu devia batizar você agora e resolver isso. Eu devia batizar você agora.

Eu ri.

— Eu não quero ser batizada. Não adianta se não quero ser batizada. — Teria até sido muito fácil, só de brincadeira, ceder, mas não consegui.

— Batizar você! — ele continuava dizendo, e me fazia ir para cima e para baixo, cada vez menos delicadamente, e eu continuava recusando, rindo, balançando a cabeça para ele. Gradualmente, com o esforço, o riso parou, e os esgares largos, determinados, dolorosos em nossos rostos enrijeceram. — Você acha que é boa demais pro batismo — disse ele baixinho.

— Não acho!

— Você acha que é boa demais pra tudo. Pra todos nós.

— Não acho!

— Então seja batizada, ora! — Ele me empurrou bem para dentro d'água, me pegando de surpresa. Subi cuspindo e assoando o nariz. — Da próxima vez você não vai se livrar assim tão fácil! Vou te segurar lá embaixo até que diga que vai fazer! Diga que vai ser batizada ou vou batizar você de qualquer jeito...

Ele me empurrou para baixo de novo, mas dessa vez eu estava esperando por isso. Prendi a respiração e lutei. Lutei com força, naturalmente, como qualquer pessoa presa debaixo d'água faria, e sem pensar muito em quem estava me prendendo. Porém, quando ele me deixou subir tempo o bastante para ouvi-lo dizer: *Agora fala que vai fazer*, vi seu rosto cheio da água que eu tinha jogado nele e fiquei atônita, não por estar lutando com Garnet, mas porque alguém pudesse ter cometido um erro desses, achar que tinha poder real sobre mim. Eu estava atônita demais para sentir raiva, esqueci de me assustar, me parecia impossível que ele não entendesse que todos os poderes que eu lhe tinha concedido estavam em jogo, que ele próprio estava — em jogo, que eu pretendia mantê-lo costurado para sempre em sua pele de amante dourado, mesmo que cinco minutos antes eu tivesse falado em me casar com ele. Para mim, isso era claro como o dia, e abri minha boca para dizer o que quer que fosse deixar isso claro para ele, e vi que ele já sabia de tudo; o que sabia era que eu de algum modo tinha respondido às suas boas oferendas com minhas oferendas traiçoeiras, quer eu soubesse disso ou não, equiparado minha complexidade e meu fingimento à intenção verdadeira dele.

Você acha que é boa demais pra isso.

— Então diga que vai fazer! — O rosto dele, escuro e afável, mas circunspecto, estava rompido pela fúria, por uma sensação impotente de ter sido insultado. Eu tinha vergonha deste insulto, mas tinha de me aferrar a ele, porque ele era tão somente as minhas diferenças, minhas reservas, minha vida. Eu pensava em Garnet chutando e chutando aquele homem na frente do bar do hotel em Porterfield. Eu tinha pensado que queria saber sobre ele, mas não queria de verdade, eu nunca quisera de verdade seus segredos ou sua violência ou ele próprio tirado do contexto daquele jogo peculiar e mágico e, parecia agora, possivelmente fatal.

Imagine que num sonho você pulasse voluntariamente num buraco e risse enquanto as pessoas jogavam grama macia e piniquenta em você, e então entendesse, quando sua boca e seus olhos estivessem cobertos, que aquilo não era brincadeira nenhuma, ou, se fosse, era uma brincadeira que exigia que você fosse enterrado vivo. Eu lutava debaixo d'água exatamente como você lutaria num sonho desses, com uma sensação de desespero que não era exatamente imediata, que precisava abrir caminho por camadas de incredulidade. Mesmo assim, achei que ele poderia me afogar. Realmente achei isso. Achei que estava lutando pela minha vida.

Quando ele me deixou subir de novo, tentou a posição convencional do batismo, curvando-me para trás a partir da cintura, o que foi um erro. Consegui chutá-lo na barriga, na parte de baixo — não nos genitais, embora eu não fosse me importar, não sabia nem me importava com onde eu chutava —, e esses chutes foram fortes o bastante para fazê-lo me soltar e cambalear um pouco e me afastei. Assim que havia um metro de água entre nós, o absurdo e o horror da nossa briga ficou evidente e não pôde ser retomado. Ele não veio na minha direção. Andei lenta e seguramente para fora d'água, que naquela época do ano não passava muito do nível das axilas em parte nenhuma. Eu tremia, arquejava, bebia ar.

Me vesti imediatamente no abrigo da caminhonete, passando com dificuldade as pernas pelos buracos do meu short, tentando prender a respiração para ganhar firmeza e conseguir abotoar a blusa.

Garnet gritou para mim.

— Eu te dou uma carona pra casa.

— Quero caminhar.

— Eu venho te buscar na segunda à noite.

Não respondi. Achei que aquilo tinha sido dito por cortesia. Ele não viria. Se fôssemos mais velhos, certamente teríamos ficado, discutido o preço da reconciliação, explicado e justificado e talvez perdoado, e levado isso para o futuro conosco, mas naquele momento estávamos perto demais da infância e aptos a acreditar na seriedade absoluta e no caráter definitivo de certas brigas, na imperdoabilidade de certos golpes. Tínhamos visto um no outro aquilo que não podíamos suportar, e não tínhamos ideia de que as pessoas veem isso de fato e seguem adiante e odeiam e amam e tentam se matar, de várias maneiras, depois amam um pouco mais.

Comecei a andar pela trilha que levava à estrada, e após algum tempo andando me acalmei e me fortaleci; minhas pernas não eram tão terrivelmente fracas assim. Andei pela Terceira Concessão, que ia dar na Cemetery Road. Havia pouco menos de seis quilômetros ao todo para percorrer.

Cortei pela Cemetery. Estava escurecendo. Agosto ficava tão distante do solstício de verão quanto abril, um fato sempre difícil de lembrar. Vi um menino e uma menina — não consegui distinguir quem eram — deitados na grama cortada perto do mausoléu Mundy, em cujas escuras paredes de cimento Naomi e eu tínhamos certa vez escrito um epitáfio que inventáramos e achávamos fantástico e hilário, e do qual eu não conseguia mais lembrar por completo.

Os corpos de pilhas de Mundy jazem aqui
Morreram da sopa em que fizeram xixi

Olhei aqueles amantes deitados no gramado do cemitério sem inveja nem curiosidade. Ao entrar andando em Jubilee, tomei posse do mundo outra vez. Árvores, casas, cercas, ruas, voltaram para mim, em suas próprias formas sóbrias e familiares. Desconectado da vida do amor, descolorido pelo amor, o mundo retoma sua importância própria, natural e insensível. De início é um golpe, depois um estranho consolo. E eu já sentia meu velho eu — meu velho eu ardiloso, irônico, isolado — começando a respirar de novo e a esticar-

-se e a assentar-se, embora em torno dele inteiro meu corpo se aferrasse partido e perplexo, na dor estúpida da perda.

Minha mãe já estava na cama. Quando eu não conseguira ganhar a bolsa, algo que ela nunca tinha questionado, as esperanças dela para o futuro por meio dos filhos haviam desabado. Ela enfrentou a possibilidade de que Owen e eu não faríamos nada e enfim não seríamos nada, de que éramos medíocres ou infectados pela perversidade temida, orgulhosa e assustada da família do meu pai. Havia Owen, morando lá na Flats Road, dizendo "rumá" e "conzinhar" e usando a gramática do tio Benny, dizendo que queria largar a escola. Havia eu saindo com Garnet French e me recusando a falar a respeito, e não ganhando a bolsa.

— Você vai ter de fazer o que quiser — disse ela, amarga.

Mas isso era tão fácil assim de saber? Fui até a cozinha, liguei a luz e preparei para mim uma mistura enorme de batatas e cebolas e tomates e ovos, tudo refogado, que comi ávida e soturnamente direto da frigideira, de pé. Eu estava livre e não estava livre. Estava aliviada e estava desolada. Imagine, então, se nunca tivesse despertado? Imagine se eu tivesse me deixado deitar e ser batizada no rio Wawanash?

Volta e meia cogitei essa possibilidade, como se ela ainda existisse — junto com a sombra da folhagem e as manchas d'água na casa dele, e com as dádivas do corpo do meu amante —, por muitos anos.

Ele não veio na segunda. Esperei para ver se viria. Penteei o cabelo e esperei, classicamente, atrás das cortinas na nossa sala de estar. Eu não sabia o que faria se ele viesse; a dor de querer ver a caminhonete dele, o rosto dele, engolia todo o resto. Pensei em passar pela igreja batista, para ver se a caminhonete estava lá. Se tivesse feito isso, se a caminhonete estivesse lá, eu talvez tivesse entrado, dura como uma sonâmbula. Cheguei apenas até a nossa varanda. Reparei que estava chorando, choramingando num ritmo monótono, como fazem as crianças quando celebram um machucado. Me virei, voltei ao hall de entrada para olhar no espelho escuro meu rosto úmido e contorcido. Sem diminuição da dor, me observei; estava espantada por pensar que a pessoa que sofria era eu, porque não era eu de jeito nenhum; eu observava. Eu observava, eu sofria. Falei para o espelho um verso de Tennyson, dos *Poemas Completos de Tennyson* que minha mãe tinha, presente de sua antiga professora, a srta. Rush. Falei, com absoluta sinceridade, com absoluta ironia.

Ele não vem, disse ela.

De "Mariana", um dos poemas mais bobos que já tinha lido. Ele fez minhas lágrimas correrem com mais força. Ainda me observando, voltei à cozinha e fiz uma xícara de café e levei-a pra sala de jantar, onde o jornal da cidade ainda estava sobre a mesa. Minha mãe tinha rasgado as palavras cruzadas e levado pra cama. Abri nos classificados de vagas de emprego e peguei um lápis, para poder circular qualquer um que parecesse possível. Me obriguei a entender o que estava lendo, e depois de algum tempo senti uma ligeira e sensata gratidão por aquelas palavras impressas, por aquelas possibilidades estranhas. Cidades existiam; havia vagas de telefonistas; o futuro poderia ser preenchido sem amor nem bolsas de estudo. Agora, enfim, sem fantasias nem autoengano, apartada dos erros e da confusão do passado, séria e simples, carregando uma mala pequena, entrando num ônibus, como as meninas nos filmes deixando para trás casa, conventos, namorados, imaginei que começaria minha vida real.

Garnet French, Garnet French, Garnet French.
Vida real.

EPÍLOGO: O FOTÓGRAFO

— Acontecem muitos suicídios nesse povoado. — Essa era uma das coisas que minha mãe dizia, e por muito tempo levei comigo essa afirmação misteriosa e dogmática, acreditando que era verdadeira; isto é, acreditando que Jubilee tinha muito mais suicídios do que outros lugares, assim como Porterfield tinha brigas e bêbados, que seus suicídios distinguiam o povoado como a cúpula na Prefeitura. Depois, minha atitude em relação a tudo o que minha mãe dizia passou a ser de ceticismo e de desdém, e afirmei que havia, na verdade, pouquíssimos suicídios em Jubilee, que certamente seu número não poderia exceder a média estatística, e eu desafiava minha mãe a enumerá-los. Ela repassava de maneira metódica as várias ruas do povoado, mentalmente.

— ...fulano se enforcou enquanto a mulher e a família estavam na igreja... sicrano saiu da sala depois do café e deu um tiro na cabeça... — dizia, mas não eram realmente tantos; provavelmente eu estava mais próxima da verdade do que ela.

Houve dois suicídios por afogamento, se você contasse a srta. Farris, minha antiga professora. A outra tinha sido Marion Sherriff, em cuja família minha mãe e outras pessoas detinham-se com um toque de orgulho.

— Aí sim temos uma família que já teve sua dose de Tragédia! — diziam. Um irmão tinha morrido alcoólatra, outro estava no asilo em Tupperton e Marion tinha andado para dentro do rio Wawanash. As pessoas sempre diziam que ela tinha *andado para dentro* dele, embora no caso da srta. Farris dissessem que ela tinha *se jogado* nele. Como ninguém vira nenhuma das duas fazer o que fizeram, a diferença deve ter vindo da diferença entre as próprias mulheres, a srta. Farris sendo impulsiva e dramática em tudo o que fazia, e Marion Sherriff deliberada e vai-com-calma.

Ao menos era essa a impressão que ela dava em sua foto, que estava pendurada no corredor principal da escola secundária, acima da caixa que continha o Troféu de Atletismo Feminino Marion A. Sherriff, uma taça prateada retirada todo ano e presenteada à melhor atleta da escola, e depois guardada de volta, após ter o nome daquela aluna gravado nela. Na foto, Marrion Sherriff segurava uma raquete de tênis e usava uma saia branca com pregas e um suéter branco com duas faixas escuras em volta do V do pescoço. Ela tinha o cabelo partido ao meio, preso para trás nas têmporas, o que não a favorecia; era atarracada e não sorria.

— Grávida, naturalmente — costumava dizer Fern Dogherty, e Naomi dizia, todo mundo dizia, exceto minha mãe.

— Isso nunca foi confirmado. Por que manchar o nome dela?

— Algum sujeito colocou ela em apuros e se mandou — disse Fern, com certeza. — Se não, por que uma garota de dezessete anos iria se afogar?

Chegou uma época em que todos os livros na biblioteca da Prefeitura não bastavam para mim, eu precisava ter os meus. Percebi que a única coisa a fazer com a minha vida era escrever um romance. Escolhi a família Sherriff como tema; o que tinha acontecido com eles os isolava, esplendidamente, fadava-os à ficção. Mudei o nome da família de Sherriff para Halloway, e o pai morto, de dono de loja para juiz. Eu sabia, pelas minhas leituras, que nas famílias de juízes, assim como nas de grandes proprietários de terras, a degeneração e a loucura eram dadas como certas. A mãe eu podia deixar do jeito que era, exatamente como eu costumava vê-la na época em que ia à igreja anglicana, e ela estava sempre lá, magra e magnífica, trombeteando suas súplicas grandiosas. Porém, tirei-os de onde moravam, transportei-os da casa de estuque mostarda atrás do prédio do *Herald-Advance*, onde sempre tinham morado e onde ainda agora a sra. Sheriff mantinha um gramado bem cortado e canteiros de flores impecáveis, para uma casa totalmente inventada por mim, uma casa bem alta de tijolos com longas janelas estreitas e uma *porte-cochère* e uma profusão de arbustos em volta, perversamente cortados para ter a aparência de galos, cães e raposas.

Ninguém sabia desse romance. Eu não tinha necessidade nenhuma de contar a ninguém. Escrevi alguns trechos e guardei, mas logo vi que era um erro tentar escrever qualquer coisa; o que eu escrevesse poderia estragar a beleza e a inteireza do romance na minha mente.

Eu a levava — a ideia dele — por toda parte comigo, como se fosse uma dessas caixas mágicas que um personagem privilegiado arranja num conto de fadas: basta tocá-la para que seus problemas desapareçam. Eu a levei junto quando Jerry Storey e eu andamos pelos trilhos de trem e ele me disse que um dia, se o mundo continuasse existindo, os recém-nascidos poderiam ser estimulados com ondas elétricas e seriam capazes de compor música como a de Beethoven, ou como a de Verdi, o que preferissem. Ele explicou como as pessoas poderiam ter sua inteligência e seus talentos e preferências e desejos embutidos nelas, em quantidades judiciosas; por que não?

— Como em *Admirável mundo novo?* — quis saber e ele perguntou o que era aquilo. Expliquei, e ele disse, casto:

— Não sei, nunca leio ficção.

Simplesmente me aferrei à ideia do romance, e me senti melhor; ela parecia tirar a importância do que ele dizia, mesmo que fosse verdade. Ele começou a cantar canções sentimentais com sotaque alemão e tentou marchar em passo de ganso pelos trilhos e caiu, como eu sabia que cairia.

— *Be*-lieff *me, if all those en-dearing jung tcharms...**

No meu romance, eu tinha me livrado do irmão mais velho, o alcoólatra; três destinos trágicos eram demais até para um livro, e certamente mais do que eu aguentaria. O irmão mais velho eu considerava delicado e amoroso, com certa inocência ofensiva; rosto rosado e sardento, corpo indefeso e gorducho. Intimidado na escola, incapaz de aprender aritmética ou geografia, ficava feliz uma vez por ano, quando tinha permissão para dar voltas e mais voltas no carrossel da Feira da Kinsmen, sorrindo beatificamente. (Naturalmente, tirei isso de Frankie Hall, aquele idiota crescido que costumava morar na Flats Road e que a essa altura já tinha morrido; ele sempre podia dar voltas de graça, o dia inteiro, e acenava para as pessoas com uma negligência majestosa, embora nunca acusasse a presença de ninguém em nenhum outro momento.) Os meninos o provocavam por causa da irmã, por causa de... *Caroline*! O nome dela era Caroline. Ela apareceu na minha cabeça já pronta, provocante e reservada, apagando por completo a rechonchuda Marion, a tenista. Seria ela uma bruxa? Seria ela uma ninfomaníaca? Nada tão simples!

Ela era rebelde, leve como uma pluma e se esgueirava pelas ruas de Jubilee como se estivesse tentando passar por

---

*"Believe me, if all those endearing young charms" ou "Creia, se todos esses encantos ternos e jovens". Verso musical de 1808 do irlandês Thomas Moore. (N. do T.)

uma fenda numa parede invisível, de lado. Seu cabelo era longo e preto. Ela concedia seus dons caprichosamente aos homens — não aos homens jovens e bonitos que achavam que tinham direito a ela, não aos heróis e atletas amuados da escola secundária, com hábitos de conquista estampados em seus rostos de sangue quente, mas aos maridos cansados de meia-idade, aos caixeiros-viajantes derrotados de passagem pelo povoado, e até, ocasionalmente, aos deformados e ligeiramente perturbados. Porém, a generosidade dela zombava deles, sua *pele agridoce, da cor de amêndoas descascadas*, queimava os homens rapidamente e deixava um travo de morte. Ela era o sacrifício, espraiada para o sexo em lápides mofadas e desconfortáveis, empurrada contra a casca cruel das árvores, seu corpo frágil esborrachado na lama e na caca de galinha dos estábulos, suportando o peso assassino dos homens, mas era ela, mais do que eles, quem sobrevivia.

Certo dia, um homem foi tirar fotos na escola secundária. Ela o viu primeiro envolto em seu pano preto de fotógrafo, uma corcunda de pano preto-acinzentado andrajoso atrás do tripé, o olho grande, as pregas pretas de acordeão da câmera antiquada. Quando ele saiu, como era? Cabelo preto dividido ao meio, penteado para trás em duas asas, caspa, peito e ombros bem estreitos e uma pele pálida, descascada — e apesar da aparência esfarrapada e da pouca saúde, uma energia perversa fluía em torno dele, um sorriso luminoso e implacável.

Ele não tinha nome no livro. Era sempre chamado de O *Fotógrafo*. Dirigia pelo país num carro alto e quadrado, cujo teto era de pano preto esvoaçante. As fotos que tirava revelavam-se peculiares, assustadoras até. As pessoas viam que, nas suas fotos, tinham envelhecido vinte ou trinta anos. Pessoas de meia-idade viam em seus próprios traços a semelhança terrível, crescente, inescapável, com seus pais mortos; moças e moços viçosos exibiam os rostos abatidos ou enfadonhos ou estúpidos que teriam aos cinquenta. Noivas pareciam grávidas, as crianças ficavam boquiabertas e com o olhar vazio. Assim, ele não era um fotógrafo popular, mas era barato. Ninguém gostava de lhe recusar trabalho, contudo; todos tinham medo dele. As crianças se jogavam nas valas quando seu carro vinha pela rua. Caroline, porém, corria atrás dele, caminhava longamente pelas estradas calorentas procurando por ele, esperava-o, o emboscava e se oferecia a ele sem o desprezo brando, sem a prontidão indiferente que mostrava aos outros homens, mas com entusiasmo vigoroso, esperança e gritos. E certo dia (quando já podia sentir seu útero inchado *como uma abóbora amarela e dura na barriga*), ela encontrou o carro capotado ao lado de uma ponte, numa vala ao lado de um riacho seco. Estava vazio. Ele tinha sumido. Naquela noite, ela andou para dentro do rio Wawanash.

Isso era tudo. Só que, depois que ela morria, o coitado do seu irmão, olhando a foto que O Fotógrafo tinha tirado da turma da irmã na escola secundária, via que naquela foto *os olhos de Caroline estavam brancos*.

Eu mesma ainda não tinha desenvolvido todas as implicações disso, mas sentia que eram variadas e poderosas.

Para esse romance, eu tinha mudado Jubilee também, ou escolhido algumas de suas características e ignorado outras. Ele se tornou um povoado mais antigo, mais sombrio, mais decadente, cheio de cercas de tábuas sem pintura cobertas de cartazes rasgados que anunciavam circos, feiras de outono, eleições, que há muito tinham acontecido e acabado. As pessoas nele eram muito magras, como Caroline, ou gordas como bolhas. A fala delas era sutil e evasiva e bizarramente burra; suas platitudes estalavam de loucura. A estação era sempre o auge do verão: branca, calor brutal, cães deitados como se estivessem mortos nas calçadas, ondas de ar tremeluzindo feito geleia sobre a rodovia vazia. (Mas então, como — pois considerações triviais de fatualidade de vez em quando apareciam, para me preocupar —, como então haveria água o bastante no rio Wawanash? Em vez de se encaminhar, de cabeça baixa, nua sob o luar, aquiescente, para dentro de suas profundezas, Caroline teria de deitar-se com o rosto para baixo, como se estivesse se afogando na banheira.)

Tudo imagens. Eu parecia conhecer vagamente os motivos para cada coisa acontecer, mas não conseguia explicá-los; esperava que tudo se esclarecesse depois. O principal era que parecia verdadeiro para mim, não real, mas verdadeiro, como se eu tivesse descoberto, não inventado, aquelas pessoas e aquela história, como se aquele povoado estivesse logo atrás daquele em que eu andava todo dia.

Eu não prestava muita atenção aos Sherriff reais depois de tê-los transformado para fins ficcionais. Bobby Sherriff, o filho que estivera no asilo, veio passar um tempo em casa — parecia que isso era algo que já tinha acontecido — e era visto andando por Jubilee conversando com as pessoas. Estive perto dele o bastante para ouvir sua voz baixa, deferente, vagarosa, tinha observado que ele sempre parecia ter acabado de fazer a barba, de passar talco, que usava roupas de boa qualidade, que era baixinho, atarracado e andava com aquele ar descontraído de satisfação exibido por aqueles que não têm nada para fazer. Eu tinha dificuldades de conectá-lo com meu irmão Halloway louco.

Jerry Storey e eu, ao voltar das nossas caminhadas, conseguíamos ver Jubilee perfeitamente desnudada, agora que as folhas tinham caído das árvores; ela se apresentava a nós num esquema não muito complicado de ruas com nomes de batalhas, damas e monarcas e pioneiros. Certa vez, enquanto andávamos sobre o viaduto ferroviário, um carro cheio de gente da nossa turma na escola passou por baixo, buzinando para nós, e tive uma visão, como se de fora, do quão estranho era aquilo — Jerry contemplando e dando as boas-vindas a um futuro que aniquilaria Jubilee e a vida dentro do povoado, e eu mesma secretamente planejando transformá-lo numa fábula tenebrosa e amarrá-la em meu romance, e o povoado, as pessoas que realmente eram o povoado, simplesmente apertando buzinas de carro — para zombar de qualquer pessoa que andasse em vez de dirigir numa tarde de domingo —, sem nem suspeitar do perigo que representávamos para elas.

***

Toda manhã, começando em meados de julho, o último verão que passei em Jubilee, eu andava até o centro entre nove e dez horas. Andava até o prédio do *Herald-Advance*, olhava a janela da frente e voltava para casa. Estava esperando os resultados das provas, divididas por disciplina, que tinha feito em junho. Os resultados chegariam pelos correios, mas sempre chegavam ao jornal mais ou menos um dia antes e eram grudados na janela da frente. Se não tivessem chegado no correio matinal, não chegariam naquele dia. Toda manhã, quando eu via que não tinha nenhuma folha de papel na janela, nada além da batata em forma de pombo que Pork Childs tinha desenterrado do seu jardim, e que ficava no parapeito esperando a abobrinha dupla, a cenoura deformada e a abóbora enorme que certamente se juntariam a ela depois, eu me sentia aliviada. Poderia ter paz por mais um dia. Eu sabia que havia ido mal nas provas. Tinha sido sabotada pelo amor, e não era provável que conseguisse a bolsa com a qual eu e todo mundo vínhamos contando há anos, para me levar para longe de Jubilee.

Certa manhã, depois de ter ido até o *Herald-Advance*, passei pela casa dos Sherriff em vez de voltar pela rua principal, como costumava fazer, e Bobby Sherriff me surpreendeu, de pé ao lado do portão.

— Bom dia — disse.

— Bom dia.

— Será que você gostaria de vir ao meu quintal experimentar um pedaço de bolo? Foi isso que a aranha disse pra mosca, hein? — Suas boas maneiras eram humildes e, pensei, irônicas. — Minha mãe foi para Toronto no trem das seis, então pensei, bom, já que estou acordado, porque não tento assar um bolo?

Ele ficou segurando o portão aberto. Eu não sabia como escapar daquilo. Subi os degraus atrás dele.

— Aqui na varanda é gostoso, é fresco. Pode sentar aqui. Quer um copo de limonada? Sou especialista em fazer limonada.

Assim, sentei na varanda da casa dos Sherriff, com a grande esperança de que ninguém passasse e me visse, e Bobby Sherriff me trouxe um pedaço de bolo num pratinho, com o garfinho apropriado de bolo e um guardanapo bordado. Voltou para dentro e trouxe um copo de limonada com cubos de gelo, folhas de hortelã e uma cereja marrasquino. Pediu desculpas por não trazer o bolo e a limonada juntos, numa bandeja; explicou onde as bandejas estavam no armário, debaixo de uma grande pilha de pratos, de modo que era difícil tirar uma, e ele preferia ficar sentado ali comigo, disse, a ficar de joelhos vasculhando um armário velho e escuro. Em seguida, pediu desculpas pelo bolo, dizendo que não era um grande confeiteiro, era só que ele gostava de experimentar uma receita ou outra de vez em quando, e achava que não devia me oferecer um bolo sem cobertura, mas ele nunca tinha dominado a arte de fazer cobertura, nesse ponto ele dependia da mãe, então era isso. Disse que esperava que eu gostasse das folhas de hortelã na minha limonada — como se a maioria das pessoas fosse muito melindrosa quanto a isso, e nunca fosse possível dizer se algum dia pensariam em tirar as folhas. Ele agia como se fosse um grande ato de cortesia, de graciosidade inesperada da minha parte, sentar ali, para simplesmente comer e beber.

    Havia um tapete estreito nas tábuas do assoalho da varanda, que eram largas, tinham rachaduras e eram pintadas de cinza. Parecia um antigo tapete de corredor, gasto demais para o lado de dentro. Havia duas cadeiras marrons de vime, com almofadas desbotadas e encaroçadas de cretone, nas quais estávamos sentados, e uma mesa redonda de vime. Sobre a mesa havia algo como uma caneca, ou vaso, de porcelana, sem flores dentro, mas com um pequenino estandarte vermelho canadense e uma bandeira do Reino Unido. Era um daqueles suvenires que haviam sido vendidos quando o rei e a rainha visitaram o Canadá em 1939; lá estavam seus rostos joviais e monárquicos, emanando luz bondosa, como na frente da sala de aula do oitavo ano na escola pública. Tal objeto na mesa não significava que os Sherriff fossem particularmente patrióticos. Aqueles suvenires podiam ser encontrados em muitas casas de Jubilee. Era só isso. A normalidade de tudo me fez parar, me fez lembrar. *Aquela era a casa dos Sherriff.* Eu conseguia ver um trecho do corredor, papel de parede marrom e rosa, através da porta de tela. Aquela era a porta pela qual Marion tinha passado. Indo à escola. Indo jogar tênis. Indo ao rio Wawanash. Marion era Caroline. Era tudo o que eu tivera, para começar; seu ato e seu segredo. Eu nem tinha pensado nisso quando entrei no quintal dos Sherriff ou quando fiquei sentada na varanda esperando Bobby trazer meu bolo. Eu não tinha pensado no meu romance. Eu praticamente nem pensava mais nele. Eu nunca dizia a mim mesma que o tinha perdido, acreditava que estava cuidadosamente guardado, para ser retomado em algum momento no futuro. A verdade era que ele tinha sofrido algum dano que eu sabia que não podia ser consertado. Sofrido algum dano; Caroline e os outros Halloway e seu povoado tinham perdido autoridade; eu tinha perdido a fé. Mas eu não queria pensar nisso, e não pensava.

Porém, agora eu lembrava com surpresa de como o tinha feito, toda a estrutura misteriosa e, no fim das contas, discutível que vinha desta casa, dos Sherriff, de alguns poucos fatos minguados e de tudo o que não era dito.

— Eu conheço você — disse Bobby Sherriff, tímido. — Achava que eu não sabia quem você era? Você é a menina que vai pra universidade, com bolsa.

— Ainda não ganhei bolsa.

— Você é uma menina inteligente.

E o que aconteceu, me perguntei, com Marion? Não com Caroline.

O que aconteceu com Marion? O que acontecia com Bobby Sherriff quando ele tinha de parar de assar bolos e voltava pro asilo? Tais perguntas persistem, apesar dos romances. É um choque, quando você lidou de maneira tão ardilosa, tão poderosa com a realidade, voltar e ver que ela continua ali. Será que Bobby Sherriff agora me daria uma pista, da loucura? Será que diria, em sua voz cortês e informal: *Napoleão era meu pai?* Será que cuspiria por entre uma rachadura nas tábuas do assoalho e diria: *Estou mandando chuva pro deserto de Gobi?* Era esse o tipo de coisas que eles faziam?

— Sabe, eu fui pra universidade. A Universidade de Toronto. Trinity College. Pois é — ele disse. — Não ganhei bolsa nenhuma — prosseguiu logo depois, como se eu tivesse perguntado. — Eu era um aluno mediano. Minha mãe achou que eu podia virar advogado. Foi com sacrifício que fui mandado para lá. Era a época da Depressão, você sabe que as pessoas não tinham dinheiro nenhum durante a Depressão. Agora parece que têm. Ah, sim. Desde a Guerra. Todo mundo só faz comprar. Fergus Colby, sabe, da Colby Motors, estava me mostrando a lista de nomes que ele tem, das pessoas entrando na fila para comprar novos Oldsmobile, novos Chevrolet.

"Quando você for pra universidade, vai precisar tomar cuidado com a dieta. Isso é muito importante. Todo mundo na universidade tende a comer muita comida com amido, porque enche e é barato. Eu conheci uma garota que costumava cozinhar no quarto, ela vivia de macarrão e pão. Macarrão e pão! Eu culpo meu próprio colapso pela comida que estava comendo. Não havia nutrição para o cérebro. Você precisa nutrir o cérebro se quer usar o cérebro. O que é bom para ele são as vitaminas B. Vitamina B1, vitamina B2, vitamina B12. Você já ouviu falar delas, não? Elas estão no arroz integral, na farinha integral... estou entediando você?"

— Não — falei, me sentindo culpada. — De jeito nenhum.

— Preciso pedir desculpas caso esteja fazendo isso. Eu começo a falar desse assunto e não paro, eu sei. Porque acho que meus próprios problemas, todos os meus problemas desde a juventude, têm a ver com subnutrição. Com estudar demais e não reabastecer o cérebro. Claro que eu não tinha um cérebro de primeira categoria para começo de conversa, nunca afirmei isso.

Fiquei observando-o com atenção para que não me perguntasse outra vez se estava me entediando. Ele usava uma camisa polo amarela, macia e bem passada, aberta no pescoço. Sua pele era rosada. Tinha uma semelhança, distante, com o irmão de Caroline em quem eu o havia transformado.

Eu conseguia sentir o cheiro de sua loção pós-barba. Era esquisito pensar que fazia a barba, que tinha pelo no rosto como os outros homens e um pênis dentro das calças. Imaginei-o enrolado em si mesmo, úmido e tenro. Bobby sorria para mim com doçura, falando sensatamente: será que conseguia ler o que eu estava pensando? Deve haver algum segredo da loucura, algum *dom* dela, algo que eu não sabia.

Ele estava me contando como até os ratos se recusavam a comer farinha branca, por causa do alvejante, dos produtos químicos nela. Eu fiz que sim, e atrás da cabeça dele vi o sr. Fouks sair pela porta dos fundos do prédio do *Herald-Advance*, esvaziar uma lixeira num incinerador e arrastar-se para dentro outra vez. Aquela parede dos fundos não tinha janelas; tinha algumas manchas, tijolos lascados, uma longa rachadura diagonal que começava um pouco antes do meio e terminava no canto de baixo, ao lado da loja Chainway.

Às dez os bancos abririam, o Banco Canadense de Comércio e o Banco Dominion do outro lado da rua. Às 12h30, um ônibus cruzaria o povoado, indo na direção sul, de Owen Sound para London. Se alguém quisesse embarcar, haveria uma bandeira na frente do Restaurante do Haines.

Bobby Sherriff falava de ratos e de farinha branca. O rosto fotografado da sua irmã estava pendurado no corredor da escola secundária, perto do sibilar constante do bebedouro. O rosto dela era obstinado, cauto e, por estar voltado para baixo, sombras tinham-se assentado em seus olhos. As vidas das pessoas, em Jubilee e em outros lugares, eram entediantes, simples, incríveis e incompreensíveis — cavernas profundas forradas de linóleo de cozinha.

Não me ocorria naquela época que um dia eu teria tanta avidez por Jubilee. Voraz e equivocada como o tio Craig em Jenkin's Bend, escrevendo sua História, eu me renderia à vontade de escrever as coisas.

Eu tentaria fazer listas. Uma lista de todas as lojas e negócios que construíam e derrubavam na rua principal e seus donos, uma lista de sobrenomes, de nomes nas lápides do cemitério e de quaisquer inscrições abaixo. Uma lista dos títulos dos filmes que passaram no cinema Lyceum entre 1938 e 1950, mais ou menos. Nomes no Cenotáfio (mais para a Primeira Guerra Mundial do que para a Segunda). Nomes das ruas e o esquema em que estavam dispostas.

A esperança de exatidão que incutimos nessas tarefas é louca, de partir o coração. E lista nenhuma poderia conter o que eu queria, porque o que eu queria era tudo, era cada camada de fala e pensamento, cada raio de luz nos troncos ou nas paredes, cada cheiro, buraco no asfalto, dor, rachadura, delírio, imobilizados e unidos — radiantes, perpétuos.

Naquele momento, eu não olhava muito para o povoado. Bobby Sherriff falava comigo num tom melancólico, pegando meu garfo, guardanapo e prato vazio.

— Pode acreditar — disse ele —, desejo a você sorte na vida.

Então ele fez a única coisa especial que já fez para mim. Com aquelas coisas nas mãos, se ergueu nos dedos dos pés como uma dançarina, como uma bailarina roliça. Este ato, acompanhado de seu sorriso delicado, me pareceu nem tanto uma piada dividida comigo, mas exibida para mim, e me pareceu também ter um sentido conciso, um sentido estilizado — ser uma letra, ou uma palavra inteira, num alfabeto que eu desconhecia.

Os desejos das pessoas, e suas outras oferendas, eram o que eu então via com naturalidade, um tanto distraída, como se nunca fossem nada mais do que aquilo que era meu de direito.

— Sim — falei, em vez de obrigada.

ESTE LIVRO, COMPOSTO NA FONTE FAIRFIELD,
FOI IMPRESSO EM PAPEL IVORY SLIM 65G/M² NA COAN,
TUBARÃO, BRASIL, JUNHO DE 2024.